微微一吻到天荒

阿嚏 著

wei wei yi wen
dao tian huang

民主与建设出版社

图书在版编目（CIP）数据

微微一吻到天荒 / 阿嚏著. —北京：民主与建设出版社，
2016.11
ISBN 978-7-5139-1317-1

Ⅰ. ①微… Ⅱ. ①阿… Ⅲ. ①长篇小说—中国—当代 Ⅳ.
①I247.5

中国版本图书馆CIP数据核字（2016）第253866号

微微一吻到天荒
WEIWEI YIWEN DAOTIANHUANG

出 版 人	许久文
作　　者	阿　嚏
出　　品	大周互娱
总 策 划	周　政
总 监 制	杨翔森
责任编辑	刘　芳
特约编辑	非　蓝
封面设计	良　子
版式设计	李映龙
出版发行	民主与建设出版社有限责任公司
电　　话	（010）59417747　59419778
社　　址	北京市朝阳区阜通东大街融科望京中心B座601室
邮　　编	100102
印　　刷	长沙鸿发印务实业有限公司
版　　次	2016年11月第1版　2016年11月第1次印刷
开　　本	880mm×1230mm　1/32
印　　张	8.5
字　　数	236千字
书　　号	ISBN 978-7-5139-1317-1
定　　价	29.80元

注：如有印、装质量问题，请与出版社联系。

目录

[CONTENTS]

目录
[CONTENTS]

第一章
Chapter 1

不是每句对不起都能换来没关系

1>>>

"有过演艺经历吗？"

"没有。"

"跑龙套呢？没露过脸，做路人甲，装尸体的也算哦。"

"也没有……"

"那……你是学舞蹈的，在学校时总上台表演过吧？"

"这个也没有，哦对了，晨练时操场领操算吗？"

"……"

这就是苏微微第一次面试的经历。

从天乐传媒所在的大厦出来之后，苏微微站在大马路边，回头用复杂的眼神看了眼那栋她做梦都想进去的百层大楼，竟无语凝噎。

其实面试失败打击不了从小自信心爆棚，天天顶着一张没心没肺的脸到处混吃混喝的苏微微。让她感到悲痛的原因是，她竟然面试成功了！她印象中能与这次的悲痛相比较的，唯有小学上学路上被隔壁班小朋友抢走泡面时的心情！

就在苏微微觉得一切都无可挽回，而自己的演艺天赋注定被埋没时……

面试她的大美女在问了上述一番问题后，忽然像是吃了樟脑丸一样吐气如兰，思维也来了个一百八十度大转弯。

大美女翘着兰花指说："经过对您的了解，我发现您更适合我公司的另外一个职位，不知道您有没有兴趣？"

苏微微两眼放着绿光，像几十天没吃奶的小狼崽，就差朝对方吼"有话您就说，有屁别憋着"了。

"您说。"苏微微拘谨地将双手放在膝盖上，身体微微前倾，伪装成岛国动漫里的卖萌少女，心想不会是让自己去拍类似岛国片的乱七八糟的东西吧？！现在只等对方开口了，只要她一开口，自己就立刻坚决地回绝她，然后骂她一个狗血淋头，最后拿起小包包飞驰而去，在她的眼睛里留下深藏功与名的潇洒身影。

苏微微想到这里，嘴角挂上了一抹邪恶的微笑。不过她转念一想，演那些乱七八糟的东西的也不是随随便便一个人就可以，必须得肤白貌美、腰细腿长。想到这里，她立刻芳心颤动起来，忍不住想要双手捂着脸颊做娇羞状：自己真的有演乱七八糟的东西的潜质吗？

"喀喀——"美女干咳了两声，像是在提醒苏微微注意集中精神，然后继续说，"除了演员，我公司其实更缺乏一些文案工作者。如果您有意向，可以先应聘我公司的前台助理。"

"前台助理是干吗的？"苏微微眨巴着眼睛继续强忍恶心将卖萌进行到底，心里想的是：姐姐我难道连前台都干不了吗？！还助理，助理！

"其实工作很轻松的，就是接接电话啊，擦擦电脑啊，整理整理各部门主管的办公桌什么的。"

明白了，原来今儿个她是跟钟点工大妈抢工作来了。

"除了薪水有点儿低之外，其实还是个充满了机会和潜力的职位哦。"大美女微笑着说，"比如像您这样的，一看脸就知道是实力派演员的后备军，一听名字就知道肯定是实力派的接班人。"听到"实力派演员"几个字，苏微微这一刻想抽人，谁实力派了？！明明是偶像派好不好？！

大美女继续说："您在这出影帝影后的风水宝地待久了，一定会被公司上层星探发掘的。我们公司好多捧出去的演员都是从底层发掘的，比如，前段时间特别火的那部都市爱情喜剧片，男二号以前就是个经常来送外卖的。再比如今年最火的那部穿越剧，知道皇上是谁演的吗？"

苏微微心想：不会是你二大爷吧？

"不怕告诉你，就是我二大爷。"

苏微微差点儿一口茶水喷美女一脸。

"我二大爷给别人送了半辈子水，就是在这儿送水时被发掘的。这不，他前几天去了美国拍戏，今年还琢磨着去奥斯卡拿个小金人回来呢。"

苏微微以前觉得自己就挺没心没肺，挺能瞎扯的，没想到在这儿栽了跟头。真是一山更比一山高，天外还有外星人啊！她想着：算了算了，自己还是回去看《演员的自我修养》吧。

就在苏微微心灰意冷，连抽人的力气都被对面的大美女给雷得一点儿都不剩的时候，命运的转轮却在此刻轰隆隆地像加满了93号汽油一样转了起来。

美女办公室的外面飘过一道人影，苏微微没看清楚，只看了个大概，似乎是个挺高的男生，也没在意，谁知道美女却忽然像是中了彩票一样两眼放着绿光，冲了出去，冲向了男生。

冲出去之前，美女甩了一下兰花指，苏微微急忙低头躲闪，兰花指险些戳到她的嘴里……

"啊！亲爱的，是你吗？"美女夸张地倚在办公室门口，对那道背影喊道，男生停下脚步回头对她笑了笑，她又夸张地笑着说，"刚刚到公司吗？亲爱的，人家好想你，都一个多月没有看到你了哦，还以为你都忘了人家要你给人家的签名呢。"

"呵呵。"男生讪笑两声，扶额说，"不好意思，我先回家休息下。"

"啊？！累了吗？那我请你吃饭哦！"

苏微微低头看着自己的手机，也没有看眼前的这两位，只在心里想着这是什么逻辑……

"呃……刚赶完香港的通告，连夜飞回的北京，所以有点儿累了，改天吧，改天我请客。"男生明显不想跟美女纠缠下去，语气也急促起来。

"好的呀！"美女拍手，"那就等你拍的那部贺岁片上映的时候请客哦。"

此刻的苏微微正低着头拿手机回复表姐的短信，质问表姐这哪里是人傻钱多速来，根本就是一个吃人不吐骨头的倒霉公司。她冷不防听见美女的声音又响起："对了，亲爱的，我记得你那边工作室是不是缺一个助理？"

男生歪了歪头，看了一眼坐在沙发上低头发短信的苏微微，他一时半会儿还真没注意到这个人的存在。此刻，苏微微也满脸郁闷地抬头看向站在门口的男生。她前一秒心里想的还是这美女还真以为她苏微微是来跟钟点工大妈抢饭碗的主儿啊……然后下一秒，在苏微微看见男生的脸颊时，整个人险些昏厥过去……

怎么会是他？！

苏微微满脑子充斥着摸不着头脑的问号与震撼的感叹号！

正所谓人一倒霉，就算摔在大理石地面上也能啃一大口碎石，做不成演员的苏微微本以为自己这样子已经算是被人里外给涮了个遍，但直到她抬头的那一秒，她才发觉，就算她立马变成哪吒有三个脑袋也绝对想不到，其实摔大理石地面啃一大口碎石也不算什么，最悲剧的莫过于在这样一个尴尬万分，窘迫得想要抽自己大耳刮子的时刻，竟然会遇见初恋男友……

这也太戏剧化了吧！难道她走错了生活的片场？难道她的人生不应该是平平凡凡地当一个普通人度过每一天吗？这种在面试时遇见前男友，前男友貌似还混得相当不错的情况到底是怎么一回事……

其实遇见初恋男友也没有什么，在别人眼里，顶多是时光老去后再相逢的一声叹息。但苏微微知道，对于她和他，永远没有那么简单。

用所有认识苏微微的人的话来说就是："郑佳辰这辈子最恨的人估计就是苏微微了。"

而打死苏微微也想不到，这个恨她入骨的初恋男友，现如今早已是风靡万千少女，秒杀一切少妇，连男人看他一眼都会虎躯一震的国民偶像，他此刻正踩着风火轮朝她气势汹汹地杀了过来！

那一刻苏微微在想，是不是因为她刚回国，所以时差还没有倒过来正在做梦呢？不然的话，她怎么偏偏就遇到他了？

还有就是，天杀的，面试前她怎么就忘了查一查这个公司旗下的艺人名单！

2>>

"小铅笔？"郑佳辰惊诧地看着坐在沙发上的苏微微，几乎是脱口而出。

苏微微心里"咯噔"一声，小铅笔，小铅笔……紧接着心里一阵酸楚翻涌上来，直冲她的大脑门，要不是她努力握紧了手里的手机，估计心里的那股酸楚直接就以光速掀开天灵盖跟着神七飞船冲出大气层了！

她几乎要忘记自己还有这么个外号了。

她离开了多久，就有多久没有再听过这个外号了，算起来，已有三年了吧。

大学时期的苏微微干干瘦瘦的，像极了一根铅笔，再加上她一动脑子就喜欢转笔，久而久之，"小铅笔"就成了她的外号。当然，让这个外号发扬光大的还是那次辩论赛她对郑佳辰说出那句惊天地泣鬼神的话之后。

苏微微的震惊完全不亚于此刻的郑佳辰，她目瞪口呆地喊了声他的名字："郑佳辰。"她还是像从前那样，喜欢喊他的时候连带着姓。她甚至还记得当年花前月下，两人你侬我侬，虽然没有太多的物质基础可以去浪漫，却总能因为每一次在一起而甜蜜一整天。那个时候他就一直抱怨她喊得不够亲切。苏微微忽然鬼使神差地想，现在他该庆幸当年她没有屈服于他的淫威之下，肉麻兮兮地喊他佳辰了吧？不然现在该有多尴尬。

他愣了愣，上下打量了几眼面前的苏微微，忽然嘴角一扯，冷笑一声："世界真是小。"

苏微微抿了抿嘴，一看这笑容，不摸老虎屁股也知道那屁股不是她的小手能随便抚摸的。她知道郑佳辰一这样笑，绝对没有好事儿。人在屋檐下，不得不低头，何况当年还是她没心没肺，辜负了人家大好青年呢，于是她急忙跟个狗腿子似的讪笑两声，尽量表现出一副刚刚被凌辱过的岛国少女的柔弱模样，小心翼翼地回应他："是啊，好久不见。"

"好久不见？"郑佳辰讥讽地说，双手插兜，用眼角瞥了一眼拘谨地坐在沙发上的她，一张精致的国民偶像的脸颊迅速蒙上一层冰霜，周围的温度瞬间下降了几摄氏度，她冷不防打了个冷战，他继续冷笑着，不屑地说，"我还以为是一走了之再也不见呢。"

苏微微不敢直视他，只是低着头，心里叹了口气，心想真是不是冤家不聚头，今天她算是死无葬身之地了。不不不！葬身之地都是奢侈的想法！能留给她一个全尸都悬得慌，能给她留一个人样儿就不错了！

"哎呀，原来你们认识呀。"站在一边做了半天背景的美女终于找到了插入点，拍手嬉笑着说，"那正好，佳辰，你觉得她怎么样？你那边不是缺一个前台助理吗？"

苏微微在心里狠狠捅了自己两刀，恨不得飞身而起，将美女撕成两半，然后蘸血在办公室墙壁上书写一行大字"杀人者郑佳辰也"，之后扬长而去。

"哦？原来苏大小姐是来应聘的？"郑佳辰忽然换上一副感兴趣的表情。这换脸速度，简直就是夏天大中午走在街上忽然被当头撒了一身鹅毛大雪！苏微微感觉自己的小心脏在郑佳辰的换脸速度里又慢了一个节拍。

"是呀，她来应聘群众舞蹈演员。"不用看，也知道美女是翘着兰花指的。苏微微有点儿克制不住想要一口把美女翘起来的手指咬掉的欲望。

苏微微想，还是不撕了，也不咬了，直接从窗户扔出去。她脑海里开始想象着提着美女小细腿把她扔出去的场景，抬头却撞上衰神郑佳辰帅气的微笑。是啊，真帅气。苏微微不得不承认，就算他对她有再多不客气，她也不得不承认是她自己咎由自取，当然，更不得不承认，这家伙比从前看起来还要闪瞎可怜群众的氪金狗眼啊！是不是去韩国整容了？不然怎么会别人都在被地球引力制服，越长越苍老，他却逆向生长，越发娇嫩？唉！苏微微是真不想用"娇嫩"这个浑身上下都透着一股傲娇气质的词儿，可除了娇嫩，她还真找不出第二个词语形容这家伙的美肤。

"我那边倒不是缺前台助理，是缺一个贴身助理。"郑佳辰直视着苏微微,忽然转头意味深长地对美女正色道。

"哦,这样呀,那苏小姐肯定不适合。"美女急忙灭掉潜在竞争对手,虽然美女是真的看不上看起来就傻乎乎、笨笨的苏微微。她这个时候想的是自己就算是用脚指头都可以整死苏微微。

两个人一唱一和,苏微微简直要崩溃了,心想谁能过来给她一个痛快!

"当然合适。"郑佳辰提高了声音,苏微微听闻这一声掷地有声的话语,不禁抬头看向他,他邪魅地一笑,盯着苏微微狠狠地说,"简直再合适不过。"

苏微微皱皱眉头,看这架势自己就是案板上褪光了毛的小鸭子,但作为一只有骨气的小鸭子,好歹也要挣扎一下对不对?于是苏微微正襟危坐,尽量压下心底对忽然出现的郑佳辰的无措,说:"其实我不适合……"说这话的时候,苏微微还在心里想着举止、表情一定要自然。苍天大老爷,最好是那种都市青春时尚白领丽人的优雅啊!

郑佳辰打断她:"就她吧,明天让她到我工作室报到。待遇什么的按照之前助理的待遇两倍开。"说完,他冷冷地看她一眼,直接转身走掉了。于是,我们的都市丽人发现自己哭丧着一张脸,倒映在办公室巨大的玻璃墙上。

郑佳辰的眼神不禁让苏微微连打两个寒战。

折腾了一天,下午回到表姐柴筱朵那儿时,苏微微累得一句话都不想说,整个人四仰八叉地躺在沙发上,脑海里却一刻也不停地重复着今天遇见郑佳辰的一幕。

晚上表姐下班,两个人一起去楼下吃饭。苏微微心不在焉地用筷子在碗里戳着,吃一口停顿几十秒,再扒拉一口,又发一会儿呆。

表姐柴筱朵敲敲她的碗口:"做什么白日梦呢,再不吃,菜都要馊了。"

苏微微愣愣地从神游中回过神来,冷不防说了句:"今天面试的时候遇见以前认识的一个人，很重要的一个人，算是，我的第一次吧。"

"谁啊？"柴筱朵一边往嘴里扒拉饭，一边问，"不会是初恋男友吧？我印象中你没谈过恋爱啊？"

苏微微撇撇嘴："算是吧。"

柴筱朵难以置信地抬头看向她："真是初恋男友？！"

"嗯。"苏微微老实地点点头。

"瞧我这乌鸦嘴，你初恋是谁啊？我怎么一点儿印象都没有？"柴筱朵急忙问。

"郑佳辰。"苏微微说。

"谁？微微你慢点儿说，姐姐我最近加班加得脑袋都木了。"

苏微微满头黑线，一张脸都快耷成一帘幽梦了，一字一句地说道："郑——佳——辰！"

柴筱朵愣怔了几秒钟，收起惊愕的表情，耐心地说："微微，你今天是去面试了还是去追星了？"

"面试啊。"苏微微不明就里地看着她。

好，等的就是这一句！柴筱朵心里暗爽了一下，立刻看着苏微微，语重心长地说："微微啊，你都老大不小了，就不要再学人家00后小姑娘追星了好吗？！房子、车子、票子，以及未来可能会有的孩子都在等着你撒开欢儿奋斗呢！我的傻姑娘！"

餐厅所有人的目光瞬间全部聚集到了她们这一桌，苏微微扶额，尴尬而又急切地尽量压低着声音说："当然是去面试。只不过是在面试的过程中看到他了而已。"

"你去哪面试了？"柴筱朵警惕地看着她。

苏微微撇撇嘴："我想着自己也没啥特长，在国外三年就学了个跳舞，也不知道该去哪面试，看到有人在网上招聘群众舞蹈演员，所以就去试了试……"

柴筱朵咂咂嘴，一副"到底该说你什么好"的表情："然后呢？"

"然后我就做了他的助理。"

柴筱朵皱皱眉说："助理？我的亲妹妹，你知道北京现在生存压力有多大吗？你知道连菲佣都看不起的职业就是助理吗？你知道助理就是潜在小三……"

"其实他们的工资待遇还挺好的。"苏微微没底气地说。

"多少？！"柴筱朵黑着脸问。

"平时的工作也就是在他的工作室拖拖地板，擦擦桌子，帮他订订机票，在他出去赶通告的时候提提行李，提醒他一些事情什么的。"

"多少？"

"也不累，除了每个月要跟着他到处赶通告，休息可能不会正常之外，其余真的都还挺好的。"

"多少？"柴筱朵扶额。

"没提成，实习期一个月也就8000元，不过有五险一金。转正后的工资到时候再说。"苏微微低着头，为自己为五斗米折腰的骨气所汗颜。

这下轮到柴筱朵一脸黑线了，凭什么啊！凭什么自己累死累活做设计、搞策划、做项目，每个月满打满算才7000左右！苏薇薇不就做个钟点工大妈的活儿吗，竟然就直接秒杀她！

"好吧……"柴筱朵羡慕嫉妒恨地看着她，下一秒，忽然转变了态度，一副娇羞状的模样说，"郑佳辰是不是比电视上更帅？呜呜，其实姐姐我还挺迷他的。我就是他的小迷妹！"

苏微微叹一口气，完全没有在意她态度的转变，只是自言自语道："你说我明天要是不去了，他会不会以为我是因为不敢面对他才不敢去的？"

"他会以为又遇见了一位痴痴的小粉丝。"柴筱朵两手托腮做痴情状，完全没了刚才对苏微微的义愤填膺，"再说了，干吗不去呢？工资高，又能接近国民偶像，打着灯笼都难找的好工作啊。快点儿跟姐姐说说，你是怎么认识他的？我怎么从来都不知道你跟这种极品货色谈过恋爱？印象中你都是没心没肺的独行侠啊！"

苏微微环顾着四周异样的目光，嘀咕了句："好早的事情了。谁知道这么巧。"

苏微微认识他，是在学校举办的那次辩论赛上。她所在的辩论队因为要和郑佳辰领导的辩论队进行一场友谊赛，在赛前的晚上，两队人马在学校小礼堂里进行演练，一直到凌晨才散去。不知道是谁提议出去吃东西，一行人浩浩荡荡便杀去了外面的大排档。

那应该是她第一次距离他这么近，其实他的大名她早有耳闻，校草级人物郑佳辰，各种花边小新闻的主角，女生寝室晚上卧谈会必谈的人物，据说追求他的人里面可谓三教九流什么人都有，最离谱的是大三的一位英语老师也曾私下给他发过表白的微信……但郑佳辰就是死活不开窍，简直都要被人怀疑他是不是身体有问题或者精神倾向不在女人……

尽管那年的苏微微敢爱敢恨，时常像是一头小野马一样横行在偌大的校园里，但遇见了这号人物，也难免脸红，更何况那晚他们的确多喝了两瓶啤酒。

后来迷迷糊糊中散伙的时候，也不知道是谁将她送到了家。隔天她的酒还没醒，迷迷糊糊听见寝室里有姑娘羡慕地跟她说，昨晚是郑佳辰背她回来的。

她一点儿也不记得了，只是更加脸红脖子粗，跟个女关云长似的对着墙壁撞头，直到头都差点儿把墙给顶出个窟窿，才回想昨晚的点滴，但就是想不起来那个脊背后面的面孔。

友谊赛前，看见他正襟危坐在台上，她也不知道自己是因为宿醉犯晕，还是因为真心想要谢谢对方，傻乎乎地走过去就问了他一句："昨天晚上是你吗？"

"噗！"柴筱朵直接喷饭，"然后呢？"

然后，在她天生的大嗓门里，整个礼堂的学生和老师一致向他们投来异样的目光，再然后，作为对方一辩的郑佳辰，在各种辩论大赛中横扫群雄的郑佳辰，在那天的那场友谊赛里，结结巴巴，磕磕绊绊，让所有人都大跌眼镜。

然后，她就成了他的眼中钉、心上刺。

苏微微永远忘不掉辩论赛结束时郑佳辰向她投来的目光，简直恨不得将她生吞。他还以为她是故意用这一招来害他的。

苏微微想不到的是，三年后的今天，她竟然再一次感受到了这种目光。

就在美女问郑佳辰是不是缺一个助理之后，他才注意到了一直坐在沙发上的苏微微。在他短暂的震惊之后，立马换上了一副冷若冰霜的嘴脸。一番挖苦嘲讽之后，他又用不屑的目光在目瞪口呆的苏微微身上打量了几秒钟，扔下一句："就她吧，明天让她到我工作室报到。待遇什么的按照之前助理的待遇两倍开。"

他说完转身离去，再无丁点儿多余的眼神，仿佛从来都只是陌路之人。

当时苏微微的心情是：谁能过来给她一个大耳刮子，让她从这悲惨的梦里醒来？！

但是，当苏微微从人事部美女的嘴里得知待遇的两倍是8000块时，心里的小算盘立马噼里啪啦开动了起来。

她缺钱，简直是太缺钱了，刚回国一个多月，已经欠了表姐一屁股债。她在回家的路上犹豫不决，想了半天，最后心一横，难不成他还吃了她不成？

纵使她再对不起他，但是他就一点儿责任都没有吗？

苏微微自我安慰着，转念之间思维又跳跃到了白花花的银子上，接着跳到了花花绿绿的淘宝，接着又跳到了各种鲜艳的大闸蟹……

3>>

上班一个月都没有见到郑佳辰，这倒是苏微微没有想到的。她本以为会每天围着这个小祖宗忙前忙后直至自己变成一个老太婆，事实是来公司上班的这一个月，她觉得自己都快闲出病了。

她所在的工作区域位于公司最后方的郑佳辰的工作室部分，工作室非常宽敞，装修得很现代化，这倒像极了他的风格，冷冽、锋芒毕露。整个公司有二十多位艺人，基本都是腕儿，但是有个人工作室的却只有郑佳辰。

这也难怪，跟苏微微坐同一个格子间的周莉莉这一个月没少跟苏微微爆料，什么公司百分之三十的利润都是郑佳辰创造的啦，这两年郑佳辰如何如何火啦，身价如何如何飙升啦，听得苏微微一愣一愣的。才短短的三年时间，一切却早已物是人非。她一个人在国外的生活简直就像是在外星世界。

快下班的时候，周莉莉一脸痛苦地转过脸小声对苏微微说："大明星今天晚上回来，唉，又要加班了。"

苏微微心里"咯噔"一声，有人走过来敲敲格子间的玻璃，苏微微抬头看见贝蒂对她打了个响指，说："过来一下。"

贝蒂是工作室的负责人，周莉莉背地里经常喊她妖精贝蒂，这会儿也不忘挤眉弄眼地对苏微微说："妖精召唤，必有灾祸啊，君且喝了这杯再走吧。"说着，举着刚刚打来的水，对苏微微举了举杯子，一饮而尽。

苏微微心里觉得好笑，也象征性地喝了口水，转身朝贝蒂的办公室走去。

偌大的办公室里，贝蒂开门见山，直接说："今天晚上佳辰就回来了，从今天晚上开始，你就正式是他的助理了。你懂我的意思吗？"

苏微微点点头，郑佳辰这一个月之所以都不在公司，是因为他在休假，现在假期过去了，又值九月，还有几个月就到年底了，也到了艺人最忙的时候。这也同样意味着她的闲日子到头了。

"从现在开始你一切都听他的派遣，以后也不用再按时上下班，但手机必须二十四小时开机，一切都要以他的工作为前提。"贝蒂重复着苏微微刚来时，她递给苏微微的助理手册上的内容。

苏微微继续点头。

"别光点头，助理手册上的东西都记清楚了吗？"

"记清楚了。"苏微微乖乖地说。

整部手册虽然有上百条规则，但总结下来就一个意思：一切以郑佳辰为中心，坚决并且严格贯彻将郑佳辰伺候舒服为止的宗旨。

贝蒂略微沉吟了一下，又说："我们给实习助理开出的工资是业界最高的，所以公司希望就算是实习期，你作为艺人助理也要全力以赴。"

"我会的，总监。"苏微微郑重地说道。对于她的待遇，周莉莉也羡慕不已，说是圈内助理实习期工资大多3000元左右。就是本公司的艺人钦点的助理，最多也只是给到5000元左右，唯独苏微微的待遇，简直刷新了公司艺人助理实习工资的纪录。实习期就这么多，转正后还不翻了天？！甚至因为这个工资，导致苏微微来到公司一个月，就只跟周莉莉说过话。别的人对她都是若即若离，她本善于交际，但现在却发现，无论如何，似乎都跨不过众人给她划下的界限。

还是周莉莉无意中解释了为什么会是这个状况。有一次，周莉莉对她说："微微，你是不是认识郑佳辰？"

苏微微当时的回答是："你听谁说的啊？"

"人事部的阿雅。她说郑佳辰看见你的时候叫你'小铅笔'，说你们认识呢。"

嘀，小铅笔。那日面试时，她抬头跟他的目光相撞，他是脱口而出喊了她大学时期的外号"小铅笔"，但紧接着表情便冷若冰霜。

她没有想到那个看似大条的阿雅竟然有这样的洞察力。不过她倒看出了阿雅与生俱来的八卦气质,怪不得周围的同事看她的眼神都是一副"此人底细不明,暂时不靠近也不能排斥"的神色。

最后,贝蒂对苏微微说:"好了,你先回去准备一下,晚上给佳辰接风洗尘,顺便会公布公司年底的一个电影项目。地点选在京都酒店旋转厅,别迟到。佳辰不喜欢别人迟到,尤其是作为他的助理。"

苏微微连连点头,出了贝蒂办公室,胡乱收拾了下办公桌,准备关电脑走人。

周莉莉在一边扯着嗓子低吼:"没天理啊!为什么我要加班,你却要去赴宴?!为什么,这到底是为什么?!"

苏微微看着她仰天长叹的模样,知道她喜欢做一些夸张的表情,说一些不着边际的话,也不在意,对她摆摆手说:"我先撤了。"

4>>

表姐柴筱朵看着苏微微换上黑色的小礼服,坐在沙发上懒洋洋地说:"我怎么觉着有种赴鸿门宴的感觉呢?"

苏微微看着镜子里的自己,心想鸿门宴就鸿门宴吧,为了钱,拼了!就她这样的条件,能找份工资这么高的工作,简直是鬼门关里找活人。

当然,如果搁三年前,苏微微绝对不会这么想,那个时候的苏微微一门心思想的是郑佳辰怎么样才会对她主动一点儿,而不用每次都是她约他。而且就算约出来了,他也是心不在焉地听着,她叽叽喳喳从头说到尾,他却只是点点头,老半天才能蹦出一个"嗯"。

那时的苏微微绝对奉行要爱情不要面包,她有疼爱她的爸爸妈妈,还有一个家底殷实的家,她像是这座古老的北京城里典型的北京女孩一样，敢爱敢恨，拥有一种莫名其妙的骄傲感，但为了爱情，她却可以放下一切，包括面包和尊严。

但现在不一样了，何止这些不一样了，一切都不一样了。

她到达晚宴的时候，旋转厅已经有不少人。贝蒂一眼认出了苏微微，走过来递给她一杯香槟，微笑着说："真漂亮。"

苏微微不好意思地笑笑。

贝蒂在她耳边叮嘱："等下记得帮佳辰挡酒，他胃不好。"

苏微微愣怔了片刻，脑海里鬼使神差地想起大学时的一件事，也是与喝酒有关。

那时她因为在辩论会上昏头昏脑说了那句话得罪了郑佳辰，再加上各种谣言，她被郑佳辰视为避之不及的瘟疫。那时的她也不知道是从哪得来的勇气，脸皮厚得能跟八达岭的长城一较高下，整天追着郑佳辰道歉，其实就是为了多跟他待一会儿。睡在她下铺的颜惜看着她前仆后继，比排队买iPhone的人还可怕，叹了口气说："其实微微你不错，只是谁让你遇见的是郑佳辰呢。"

那时他可是有名的冰山美男，身后一大片全是追求者，全是美女，要胸有胸，要身材有身材，要脸蛋直接都能去参加选美，他却正眼都不瞧一眼，更别说当时姿色勉强算中上的苏微微了。但苏微微生性就是不服输，不信这个邪。她就这样死缠烂打，每天跟在他屁股后面肉麻兮兮地喊："佳佳，辰辰，佳佳，辰辰……"

这样一个多月后，郑佳辰就受不了了。

他拿出一瓶可乐递给苏微微说："我们杯酒释前嫌吧。"

苏微微说："可是我只想跟你缠缠绵绵到天涯呀。再说了，这也不是酒呀！"

然后郑佳辰就没招了，苏微微继续追，郑佳辰继续躲。最后不知道是郑佳辰寝室里谁出的馊主意，说是让郑佳辰约苏微微出来喝酒。印象中，那是郑佳辰第一次也是唯一一次主动约她。

苏微微高兴了好几天，周末一行人按照约定出现在学校外面的小酒吧里。

郑佳辰却不是一个人来的，身边围了七个男生。苏微微一看这架势脑袋都大了，谁知有人忽然提议说："傻妞儿，你要是能喝得过我们'江南七怪'，我们就把佳辰许配给你。"

他们七个人连带着郑佳辰都是南方来的，又加上郑佳辰备受欢迎而他们只能空守闺阁，便自嘲是"江南七怪"。

本来他们的提议是出来好好帮着郑佳辰劝劝这个一不怕骂二不怕嫌弃的苏微微，用郑佳辰另外一个室友的话说就是："就算劝不住她，咱哥几个也能把她给吓回去吧。"郑佳辰犹豫了半天，最后还是在脑海里出现苏微微穷追猛堵的画面时妥协了。

谁知道"江南七怪"临时出卖队友，郑佳辰一听要喝酒，还是七个人喝一个女生，顿时慌了手脚，但为时已晚。

苏微微当时就愣了，心里冰凉，眼睛盯着郑佳辰不放，谁知道郑佳辰只是低了头，一言不发。

苏微微心想好吧，事已至此，虽然你无情，但我好歹不能无义，喝就喝！但绝对不是为了你这个没良心的小兔崽子，喝完姐姐就再也不搭理你了。你可以不接受姐姐的真心，但是也休想这样伤害姐姐我！

那天苏微微愣是喝倒了对方两个人才趴下。她摇摇晃晃走出酒吧的时候，听见追出来的郑佳辰站在她身后说："我送你回去吧。"

酒吧外面就是北京的夜空，苏微微回头看见郑佳辰歉意的眸子，她只觉得冷，抱紧了自己的双臂，刚走出一步，眼泪"唰"地一下就汹涌而出。

贝蒂推了推愣怔的苏微微，说："发什么呆呢。"

苏微微回过神来，眼睛酸酸的，贝蒂匪夷所思地看了她一眼，似乎是不明白她刚刚又神游去哪了，连郑佳辰从她面前走过，她都没有反应。

"赶紧去包厢。记着我的话，你是他的助理，你可以用各种理由帮他挡酒，甭管那帮侃爷怎么说，总之别让他喝。"贝蒂最后叮嘱了一遍，轻轻接过苏微微手里的杯子，"去吧，战场在召唤你！"

苏微微只觉得恍惚，没想到晃晃悠悠一千多个日夜后，她似乎又回到了一切的起点。终究还是辞别天涯两渺茫，陪君醉笑三千场，痛饮从来别有肠啊。

5>>

包厢里有一张大圆桌，坐了几十号人物，有一个导演非常眼熟，似乎是在电视上或者杂志上见到过。大家都在寒暄，苏微微一眼看见了郑佳辰，朝他走了过去。

他今天穿着一件黑色的衬衫，越发衬得他的脸颊精致如时尚杂志上走下来的衣架子，他原来就穿什么都好看。苏微微面红耳赤地站在他身后，他回头看她一眼，撇嘴冷笑一声说："我还以为你只会发呆呢。"

"对不起哦，刚刚走神了……"苏微微没底气地说。

郑佳辰皱了皱眉，没再看她，说："随便找个地方坐吧。"

苏微微更加不知所措，低头看了一眼他身边空着的位置，不知道该坐下来还是走开，重新找个离他远一点儿的位置……

她小心翼翼地看着他，想着她是有任务在身的，怎么能坐得远远的，便鼓起勇气低声说："贝蒂怕别人让你喝太多酒，说我是你的助理，让我来帮你挡酒。"

他自然听出了她话里的意思，看了一眼身边空着的座位，终于冷冷地对身边空着的座位点了点头，示意她可以坐下。

苏微微诚惶诚恐地坐下了，浑身不自在，心想果然是吃人家的嘴短，拿人家的手软，发工资的就是爷啊！

最后大家入座，苏微微觉得眼熟的那位导演忽然朝她这边瞄了两眼，对郑佳辰说："佳辰，不打算介绍下身边这位漂亮姑娘吗？"

郑佳辰微笑一下，起身说："这是我的新任助理苏……"

忽然有个女人的声音响起，打断了郑佳辰的声音："微微？"

苏微微来不及对导演做出水汪汪的无辜眼神，随即看向声音的发源处，顿时呆滞。

颜惜？

好巧！苏微微在心里大喊一声。

坐在她对面的颜惜站起来，问："你怎么在这里？"

"是啊，"苏微微答得牛头不对马嘴，末了又补充一句，"我刚回国。"

颜惜笑起来，故作责备地看着郑佳辰，说："微微都回国了，佳辰你怎么也不告诉我一声？"

郑佳辰脸色非常不好看，面对颜惜开玩笑的责备，勉强笑了笑。

一桌子人目瞪口呆地看着这仨人，当然也有人在使劲猜测着颜惜不经意间说出口的那句故作责备郑佳辰的话，琢磨着一个小助理，犯得上大明星郑佳辰对颜惜说吗？

不愧都是娱乐圈混出来的，一句话惹得众人笑而不语，纷纷沉吟地望着郑佳辰。苏微微也感觉到了桌子周围的气场似乎有些不对劲儿。颜惜似乎也意识到自己不经意间说漏了嘴，此刻正一脸歉意地看着郑佳辰。郑佳辰看了颜惜一眼，眼神中闪过一丝难以察觉的尴尬，只不过这个时候众人的注意力都在苏微微身上，自然没有注意到其实郑佳辰的尴尬并不全是因为颜惜的那句玩笑话，而是多了一份难以名状的羞涩。倒像是跟他撇不清关系的不是这个刚被颜惜开玩笑的苏微微，而是坐在他对面的漂亮的颜惜。

苏微微哪里见过这样的场面，恨不得马上钻到桌子底下，心中默念：你们看不见我，你们看不见我……

最后还是郑佳辰打圆场，得体地微笑着环视了一圈说："我们以前是大学同学。"

"哦……"

众人发出意味深长的声音。

苏微微窘迫得一张脸都快红成猴屁股了，扔大马路上直接就能冒充红灯指挥交通，还是纯天然无污染的。

"就只是大学同学吗？"另外一个西装革履的家伙忽然开口笑起来，狡黠的眼神在郑佳辰和苏微微身上迅速扫视，那眼神分明是在说，打死他也不相信一个大学同学能让在娱乐圈风生水起的郑佳辰这样窘迫。

"王总，"颜惜咧嘴对开口说话的大叔笑了笑，可能也是觉得她刚刚脱口而出说的话有些不妥，急忙替他们打圆场，"听说王总和夫人不仅是大学同学，还是青梅竹马哦，一个大院儿长大的呢！"

一桌子人顿时兴致勃勃地将注意力全转移到大叔身上，几个知情的人立刻开始调侃起来。大叔的脸瞬间变得很尴尬，讪笑着摆摆手说："怎么又说到我这儿了呢！"

郑佳辰抓住机会，转过脸看了眼不知所措正在发愣的苏微微，冷冷地说："这边暂时不需要你了，你先出去吧，有事情我再叫你。"

……

好吧，你发工资你是爷，你说出去就出去。

苏微微在心里叹一口气，想着自己已经够糗的了，被赶出去其实也是一种解脱。

苏微微最后依依不舍看了颜惜一眼，尴尬万分地对她摆摆手，示意自己先出去了，众人的目光顿时又集中在起身的苏微微身上。

在众人的目光里，苏微微低着头，踩着小碎步就往门口走，一不留神撞在门口一人高的大花瓶上，嘴上"哎哟"一声，随即身后众人哄堂大笑。苏微微扶额，瞄准了门把手，想着赶紧撤退，再待下去脸皮可都一点儿都不剩了。

可是天杀的，这是谁关的门？！她使劲拽，怎么也拽不开，无奈用上双手，还是拽不开。苏微微于是手脚并用，就差用嘴啃了，无奈门就是纹丝不动……苏微微叉腰仔细研究着，想着这破门是要跟自己死磕到底吗？！

然后一双手忽然出现在她面前，她抬头一看是郑佳辰，他的眉头紧锁，似乎在无声地告诉她：你这个蠢货！没看见门把手旁边贴着的"推"字吗？！

苏微微在包厢外没事做，又晃荡到旋转厅里，站在桌子边，她刚刚一阵紧张，现在倒有点儿饿了，拿着小木棍扎着草莓吃，贝蒂的声音冷不防在她的身后响起："你怎么在这儿？"

"他让我出来等……"苏微微险些说出是他赶她出来的。

贝蒂一副糟糕的表情，丢下苏微微朝包厢的方向走去。苏微微心想，贝蒂姐是不是太敏感了，郑佳辰虽然是不能喝酒，但也不是脆弱到一瓶两瓶就倒的主儿啊。至于胃病？他什么时候得的胃病？她记得他以前胃挺好的呀，吃一大堆香蕉，再来俩苹果，然后一个奶油蛋糕下肚，最后再涮火锅也没有问题啊。

事实证明，她错了。

她吃了一会儿草莓，觉得没趣，就又去包厢门口候着了。半小时后，她瞧见一个人走出来，却是郑佳辰，他只看了她一眼，便急急地跑向包厢的尽头。

洗手间里，苏微微手忙脚乱地给他扯着纸巾，一个劲儿地问："你没事吧？"

他夺过她手里的纸巾擦了擦嘴角，还没擦完，又吐出来，这次竟然连血都吐了出来。苏微微吓傻了，眼泪都快出来了，急忙给他扯纸巾，急急地说："你这样吐下去可不是事儿，要不上医院吧？我来的时候看见酒店下面就有一家小诊所，虽然小，但是……"话还没说完，就看到了他看向她时的犀利眼神，那眼神儿似乎在说：再这样啰嗦，信不信我吐你嘴里啊！蠢货！

他趴在洗手台上，略微抬头，紧紧地盯着镜子里的苏微微，许久后，嘴角忽然浮现出一抹微笑，却是在自嘲。

苏微微只怕他这样吐下去身体会吃不消，差点儿出馊主意说：要不你就忍着，想吐的时候再咽下去……

没办法，她就是这样控制不住，随时随地各种情况都能发散她那诡异的思维。

苏微微被他看得心里发毛，皱了皱眉说："旋转餐厅里有茶，要不……要不我给你拿过来漱漱口……"

这次话没说完就不单单是被他瞪视了，苏微微只感觉到一股强大气息将她压在墙上，她动弹不得，大脑迅速地开动起来，推算着现在这个情况到底是个什么状况……

就在她想着是不是这就是所谓的"喊破喉咙也不会有人听见"的标准"壁咚"场景时，一股浓烈的酒气顿时侵入了她的双唇之间，那样强硬的吻，像是一团火，风吹不灭，雨淋不湿，连带着最厉害的岁月这把杀猪刀也杀不死，在这一刻，她发现自己除了缴械投降，似乎也没有别的办法……

苏微微只觉得自己快要窒息了，再加上适才他猛地撞过来的力道，她的后脑勺在墙上可被撞得不轻，现下正满眼飞星星，她迷迷糊糊中看到他猛地睁开眼，直直地看着她。苏微微正琢磨着到了这个时候她是该一巴掌抡上去呢还是恶狠狠地吐他一脸唾液，但是在下一秒，他忽然松开她，将她圈在他的臂弯和墙壁形成的圈里，缓缓地低了头，喃喃地说："你怎么回来了？你不是一走了之了吗，为什么又回来？有本事你到死都别回来啊。"

苏微微呆滞地看着他，他微微颔首，她只能看见他光洁的额头。她被他说得心里难受，想要伸手去抚摸他尖尖的下巴，却终于是忍住了，只是在心里偷偷叹了口气。

她想，他们终于还是又见面了。这一刻，她比回国后再见到他的任何时候都清醒地意识到，他们终于还是逃不过有生之年狭路相逢。就算她再怎么假装无所谓，就算他再伪装出一副漠然的姿态，终究还是逃不过此间的醉生梦死。

6>>

表姐柴筱朵听苏微微怔怔地说到这里，表情夸张地说："啊！真恶心！你们小年轻久别重逢都这么重口味吗？！"

苏微微使劲地刷着牙，这还不算最悲剧的，最悲剧的是，就在苏微微使劲推开他的瞬间，转脸看见贝蒂目瞪口呆地站在洗手间门口盯着他们，那表情分明是说——你们这对狗男女，一个不履行职责挡酒，一个不能喝还使劲喝，最后还躲在这里，到底有没有把她放在眼里？！

苏微微觉得自己这下跳进黄河也洗不清了，别说黄河了，就是跳进黄海也洗不清了。

"什么洗不洗得清，你们本来就不清不楚的好吗？！"柴筱朵幸灾乐祸地说，"再说了，谁吃亏还不一定呢，人家国民偶像，你就一小助理，亲你那就是恩赐。你不谢恩就是罪孽，就是你玷污了人家的清白，辜负了人家的好意！懂吗？"

苏微微不禁发呆，说："姐，你变了！"

柴筱朵见她一脸愁容，又安慰她说："好啦好啦，男男女女就那么点儿事情，其实照我说，你们就是重新复合也没什么不好，你说说，人家郑佳辰哪点不是配得你都不知道该怎么糟践自己？"

苏微微继续发呆。

晚上临睡前她收到贝蒂发来的短信：你明天不用来了。

苏微微当时就傻眼了，什么意思？

然后她怯怯地回了过去：为什么？

贝蒂：佳辰喝多了，现在正在医院，医生说要休息一天，所以明天你就不用来了，后天直接到他家去报到就可以。好了，不早了，睡吧，晚安。

苏微微更加担心，他住院了？严不严重？要不要去看看他？就算是用作为助理的身份去看看也不为过吧？但是贝蒂已经说了明天不让她再去上班了，难道是贝蒂介怀在洗手间看到的那一幕？也有可能，作为负责郑佳辰工作室的总监，有权利干涉和监督艺人的感情生活。

就这样胡思乱想了一个晚上，她一会儿担心他的身体，一会儿又情不自禁回想起那个吻……

翌日醒来她洗漱完毕，去外面吃了早餐，回来也没事做，便打开电视看无聊的综艺节目。

不知道颜惜是怎么弄到她的号码的，忽然打电话过来问她方不方便出来坐坐。

苏微微这才想起昨天晚上自己还撞见了颜惜的那一幕。

两人约在茶楼见面。

颜惜开门见山地说："我们有多久没见？至少有三年了吧？"

苏微微说："得有三年吧。"

颜惜端起精致的小茶杯，抿了口茶。

老实说，颜惜比在学校那个时候出落得更加漂亮，苏微微忍不住多看了她两眼。那个时候颜惜就是她们舞蹈系的美女，想想舞蹈系，本来就是聚集美女的地方，可是颜惜还是可以拔尖，原因无他，她总是那么不急不缓，最重要的是，永远的素颜，惹得一大帮男生天天站在寝室楼下又是送玫瑰又是送酱猪手的。

颜惜说："真没想到，还可以再见。"

"是啊。"苏微微打着哈哈。

两个人随即陷入沉默，也许是都想到了那些不愉快的事情。苏微微在心里叹了口气，也难为颜惜了。

她们那时关系不错，整个大学里，和苏微微关系最好的就属颜惜了。只不过那是在苏微微撞见颜惜和郑佳辰相拥之前——那是完全没有一点儿预兆的撞见。

"微微。"颜惜忽然认真地看着她。

苏微微将目光从面前的茶杯上移开，也看向她。

"对不起。"颜惜眉头轻锁说，"好久之前就一直想要跟你说声对不起的，可惜没有机会。"

苏微微愣愣地看着她："其实都过去了。而且，我那时候走掉，真的不是因为你的原因，是我和他的问题。"

颜惜微笑了下，似乎并不在乎苏微微会说什么，自言自语似的继续说："谢谢你，微微，谢谢你能出来见我。"

"没关系的，真的。"

颜惜如释重负地笑起来，说："能再见到你真好。"

"我也是。"苏微微也笑起来。

后来两个人又随意地聊了很多话，只是不再涉及郑佳辰。最后分开的时候，颜惜才对苏微微说："其实，他一直在等你回来。微微，可能有很多事情是我们自己想复杂了，就像我今天还没见你之前，我一直想着你会不会原谅我。所以，微微，你懂我的意思吗？"

苏微微对她笑笑，不知道该怎么回应。

在国外的时候，她也曾想过是不是自己太自私，将所有的心灰意冷都强加给他，然后以为生活到此为止。为了心里那道过不去的坎儿，她可以自暴自弃，甚至狠心离他远远的，只因为她觉得那个时候一无所有的她不配再拥有爱情，完全不管他的感受。

三年，一千多个日夜。她不是没有想过是不是该回去看看他，哪怕只是躲在暗处看他一眼。现在，她终于如愿，看到他过得很好，心里的愧疚才稍微少一点儿。

只是，她也知道，一切都回不去了。

她和他的过往，又怎会是一句"对不起"就能换来"没关系"？

第二章
Chapter 2

兜兜转转绕不过起点终点

1>>

过了几天，一大早，苏微微梳妆打扮一番出现在郑佳辰位于三环的房子门外。她想着他应该还没有吃早餐，于是又跑下楼准备去给他买早餐。

苏微微撇撇嘴，出了大楼，跟门卫打听附近哪里有卖豆浆的。一打听她顿时就想哭，最近的豆浆贩卖点至少需要半个小时的车程，还没考虑早上上班高峰期的路况。

但是，为了给两人的重新相处一个美好的开端，她豁出去了！

于是，一个半小时后，当苏微微手握冰凉的豆浆出现在郑佳辰家门前时，整个人都是飘着的。

她恍恍惚惚地去摁了几次门铃，没人应。她愁眉苦脸地站在门外，不知道该怎么办，想着是不是他还没有出院？或者正在睡懒觉？

等了几分钟还是没反应，苏微微呆若木鸡地看着猫眼发呆，摸出手机琢磨良久，好不容易才鼓起勇气给他打了个电话。

电话很快接通，郑佳辰冷冰冰的声音从手机那端传过来："喂，干吗？"

"我……贝蒂说让我直接来你家……报到？"苏微微刚一开口，才发现自己根本没有合适的下文可说。

短暂的沉默后，他终于在电话那头说："等会儿，我穿衣服。"

"哦。"苏微微愣愣地应了声，眼前顿时浮现出一幅活色生香的裸男图，急忙摇摇头，这都什么时候了，还想这个。

门开了，他站在她面前，她伸出手，强迫自己表现得亲切一些，说："我给你带了早餐。"

他皱皱眉，很不情愿地接过她手里的豆浆，不过却附赠了句："这种豆浆含有塑化剂。"

"啊？"苏微微难以置信地拍了拍自己的肚子，刚刚她还加把劲喝了一大袋。

"有问题吗？有问题找贝蒂。助理手册里都写得清清楚楚的，什么该做什么不该做。"他冷冰冰地说。

"没问题没问题。我记得的，我只是想……想你可能没吃早餐……"苏微微急忙说，想起那天在酒店洗手间的事情，她现在最不敢面对的竟然不是强吻了她的大明星郑佳辰，却是贝蒂……

她正不知道该怎么处理他手里的豆浆时，他瞥了她一眼，面无表情地说："进来吧。"

房子里装潢得跟他的那张脸一样，看着就冷漠的现代风，不过很整洁，他一直有一点儿的洁癖，大学时苏微微因为他这个小习惯，没少跟他闹矛盾。比如大学时在食堂吃饭，每次苏微微都是从头说到尾，前几次郑佳辰还忍了，再后来他终于可怜兮兮地对她说："微微，以后我们吃饭还是不要说话了吧。"

可苏微微忍不住，她天生就喜欢嚷嚷，不让她嚷嚷还不如直接割了她的舌头。硬憋了几次之后，苏微微终于憋不住了，在一次吃饭的过程中忽然蹦出一句："佳辰，我想说话，我不说话，每次吃饭都觉得憋得跟上大号似的。"

郑佳辰觉得好笑，揉揉她的头发，没有说话。从那以后，苏微微天天说，世界真美妙，能说话真好。她是土生土长的北京人，天生就特别善于侃大山。后来郑佳辰终于受不了吃饭时还对着对方的碗说话，每次吃饭都躲着苏微微，再后来他们就吵架了，再后来，苏微微每次吃饭都特别快，几分钟搞定，然后戴着口罩，坐在郑佳辰对面尽情侃大山，在偌大的大学食堂里显得特别诡异。

"随便坐吧。"郑佳辰一边在卧室里换衣服，一边对傻站在客厅里的苏微微说。

苏微微坐下来的位置刚好能看见郑佳辰裸露的脊背，顿时羞红了一张脸。

待他换好衣服，他开车和她一起去公司。一路上，两个人都沉默不语。等红灯的时候，苏微微偷偷瞄了他一眼，觉得他似乎比三年前更加英气逼人。

他察觉到她的目光，转过脸看了她一眼。

苏微微急忙掩饰，转过头看着车窗外的北京，说："北京变得真快呀，以前还没有这栋大楼的。"

他冷哼一声，嘴角带了一抹自嘲的笑容："没有你变得快。"

苏微微皱皱眉，不再言语。没有谁会忘记那些往事，就像没有哪些往事可以重来一样。那些事情她都没有忘记，他当然也不会忘记，不然语言里怎么会夹杂了这样明显的怨恨？

苏微微紧了紧安全带，膝盖传来一阵钻心的痛感。她低头将短裤往上撩了撩，妈呀，结了一大块血痂。她想起来了，是在买豆浆回来出电梯的时候因为走得着急，不小心磕在电梯门外的垃圾桶上了。当时她还没有觉得疼，原来是被撞得麻木了，现在神经才反应过来。

苏微微倒吸了一口气，车里的冷气开得很足，可她的额头还是瞬间沁出了一层汗，看来是被伤口给疼的。

"怎么了？"郑佳辰看向她的膝盖，红灯在这个时候亮起。长长的车队开始缓缓停下来，他仔细察看着她的伤口，认真的模样让她恍惚觉得他们又回到了大学的时候。

"先开车吧。"苏微微受宠若惊地看着他担心的模样。

"开什么车？你怎么回事？"他几乎是生气的口吻。

苏微微怔了怔，不明白他为什么有这么大的火气。

她当然不明白，如果她是郑佳辰，她就会知道这三年来他有多恨她就有多担心她，担心她大大咧咧什么都不懂，在外面受人欺侮，担心她不会照顾自己，担心她一个人该怎么办。

"出电梯的时候撞的，"苏微微撇撇嘴，小心翼翼地看着他，解释说，"就是不小心撞到了放在电梯门口的垃圾桶，那个垃圾桶破了个口子，好锋利。"

郑佳辰重重地呼出一口气，英气逼人的眉宇在瞬间拧起，他一脸嫌弃，但嫌弃中又分明夹杂了一些担忧，似乎在无声地说：你这个笨蛋，就不能帮别人省省心？

苏微微绝对没想到他竟然带她去了医院，纵使她百般解释说只是皮外伤，贝蒂还等着他去公司讨论一个重要的事情。但郑佳辰只是冷冷地看了她一眼，说："知道破伤风有多严重吗？我可不想让你这么快就死掉。"

瞧这话给说得，好像将她折磨致死才是他的最佳方案啊！

也不知道是因为小护士只顾着把注意力放在郑佳辰身上，还是因为苏微微自己紧张，总之那一针扎下去，她龇牙咧嘴疼得倒吸了口气。站在窗户边的郑佳辰回头看了她一眼，随即又回头望向窗外，留给龇牙咧嘴的她一个决绝的背影。

他在想着什么？恨她？但为什么又紧张她？

她全然不知道，三年太长，长到让他足以变成她眼里的陌路人。

最后出医院的时候，她一瘸一拐地跟在他后面，上了车，他第一句话就是："以后不用买早餐了。"

等等，他似乎有点儿后悔让她去买早餐的样子？

"哦。"她乖乖地应了一声，心里有一万个少年在摇头晃脑、喜气洋洋地敲着花鼓……于是她想，这家伙难道真像颜惜说的那样执着？他以前可不是这样子呢！

2>>

苏微微记得大学时第一次给他带早餐，是在酒吧那一晚之后。

那晚苏微微跑出酒吧，站在熙熙攘攘的大街上，心里很难受，眼睛涩涩的，可是那个时候的苏微微告诉自己，不能哭，不能哭。不就是爱情嘛，人家都说这事情讲究你情我愿，强扭的瓜不甜。她却明知山有虎偏向虎山行，扭了这么久，也算她活该。

然后，她听见身后响起平常只会是充满敌意和厌烦，此刻却小心翼翼的声音。郑佳辰就站在她身后，她听见他说："我送你回去吧。"

眼泪"唰"地流出来的刹那，苏微微脑海里只有一个想法，他为什么不冷酷到底？为什么要在她刚打定主意放弃的时候，要跳出来展示自己温柔的一面？

然后，苏微微伸手擦擦眼泪，回头咧嘴笑着说："好啊。"

嗬，那时候的她真是不知道从哪借来那么多莫名其妙的勇气。

那天晚上他送她到女生寝室楼下，两个人说了"再见"，他准备走的时候，她忽然问他："郑佳辰，你是不是非常……"她记得自己说到这里的时候沉默了一下，故意加重了语气，"非常非常讨厌我？"

郑佳辰就那么愣愣地看着她，久久的，一句话也没有说，之后忽然对她微笑了一下，转身走掉了。

苏微微在他身后大声喊："沉默就代表不是啦！反正我这么认为啦！哈哈！"

次日她起了个大早，带着爱心早餐就杀向了男生寝室楼下。整栋男生寝室楼响起一片起哄声，此刻的苏微微早已因为那天的一句"昨天晚上是你吗"红遍了整个N大。郑佳辰手足无措地出现在她面前，说："你怎么来了？"

"我来给你送早餐呀。"苏微微嬉笑着说。

郑佳辰皱皱眉，回头看了一眼起哄的男生们全趴在窗口看好戏，窘红了一张脸，压抑着声音说："我又没让你来！你做事能不能过一遍脑子？！"

"但你也没不让我来呀。"苏微微耍无赖，"而且，我是经过慎重考虑的。比如我想着既然你不讨厌我，那就是喜欢咯。"

郑佳辰叹了一口气，眉头紧锁，急急地说："反正你以后不准再这样了！"

"好嘞，谨遵相公教诲，小娘子遵命！"

"哈哈哈……"整栋男生寝室楼响起一片哄笑声。

郑佳辰又气又恼，但又不能当着这么多人的面发飙，再加上酒吧那一晚他明明可以阻止，却只是旁观着她喝到大醉，经过一个晚上的挣扎，想着虽然她没皮没脸的，但至少出发点是为他的，而且任由一个女孩子跟七个大男生拼酒，还是为了他，于情于理他都觉得自己有点儿过分。

郑佳辰面红耳赤地看着她，只想着快点儿结束尴尬，于是伸手拿过她手里的饭盒："你快走吧。"

然后苏微微就觉得"太阳当空照，花儿对我笑"，全世界没有人比此刻的她更加开心。

3>>

到公司已经是中午，苏微微这才发现自己一个早上就只干了一件事儿：给大明星买了一瓶豆浆。而且重点是，大明星没有喝，大明星还说那里面有塑化剂。

她一进公司就发现似乎有什么地方不对劲，每个人都看上去比她还要高兴，见到她纷纷点头微笑致意，甚至连从来都是板着一张脸的险些成为她的同行的前台小姐，也破天荒地在她刚踏进公司的时候就咧开嘴，摆出标准的服务笑容，但是目光却停在她的膝盖上，然后亲切地喊了声："苏助理早。"

苏微微正郁闷得想撞墙，却不料猛地撞进了这么个诡异的气氛里，她心里正犯嘀咕，心想今天大家都吃错药了吗？她来这里也一个月了，大家都不远不近地旁观着她，现在怎么忽然一个个都变得这么热情，恨不得给她捐香火钱？

她刚打开电脑，莉莉正好从外面吃完午饭回来，看见她，立刻喜上眉梢地凑过来，先是打量一眼她的膝盖，然后一副捉奸成功的表情小声说："老实交代。"

"交代什么？"苏微微不明所以。

莉莉的眼珠子滴溜溜转了一圈，一副"你也太不把我当朋友了吧"的态度，说："早传遍了，一大早就听见阿雅在那继续未完的八卦，当然，我是本着随时为亲爱的你提供情报的态度窃听的。"

"什么呀？"苏微微皱皱眉，回头继续打开QQ，点啊点，其实心不在焉，还在想着早上看到郑佳辰的那一幕。

莉莉挤眉弄眼，一副"小样你就跟我装吧"的表情说："你跟我们的大明星不仅认识，还是同学？不仅是同学，关系还不一般？"

苏微微惊诧："谁说的？阿雅？"苏微微脑海里随即浮现出颤巍巍的兰花指，胃里忍不住一阵翻腾。

"今天一大早大家都在公司的秘密群里说这事呢。说昨天晚上大明星的洗尘宴，你们被旧时大学的朋友认出来，各种拎不清啊。"莉莉幸灾乐祸地笑起来。

原来如此，怪不得今天大家的态度一百八十度大转弯。苏微微还在心里嘀咕不愧都是搞娱乐的，这八卦传得跟神七似的。

不过，什么秘密群？公司还有秘密群？

莉莉说："你也太纯洁了吧，来来来，第一次上班呢？"

老实说，苏微微还真是第一次上班，大二那年她就出国了，之前一直在念书。在国外这三年，苏微微也还是念书念书念书，最多不过是偶尔帮邻居老太太剪剪草坪，得个几美元的敬老钱。

"来，我给你截图啊，不过你要保密，来公司不到一年你是没资格进这个群的。而且你是八卦的主角儿，当然是严防死守不能让你看见。"

苏微微两眼水汪汪地看着莉莉，感激得就差给她行礼了。

她不看不知道，一看就想死。

讨论的内容直奔主题，各种八卦猜测，各种爆料内幕——

灯火暗处12:04:52

一早就觉得不对劲了啊！昨天晚上的饭局彻底暴露啊！

鬼妹12:06:43

是啊！工资高得离谱，待遇好，实习都不带有的啊，直接就买五险一金啊，亲。作为一个曾经实习超过三个月，工资才三千不到，三年来从没加过工资的老人来说，我当时就哭了啊！

不吐槽会死乌鸦嘴12:11:22

　　起初，我以为她是有靠山，没想到她直接是公司的摇钱树的大学同学呢，这样一说，也很好理解为什么贝蒂能忍受这种新人小白负责这么重要的工作啦。

　　那些年，我们一起吃过的臭豆腐12:11:25

　　据说不仅是同学，而且是谈过……捂脸，偶酱紫是不是太八婆了！

　　你若安好，便是晴天霹雳12:11:42

　　谈过？消息确切吗？

　　那些年，我们一起吃过的臭豆腐12:12:25

　　这是他们大学N大论坛原帖，不解释，自己看……

　　灯火暗处12:20:52

　　受不了了！果然是在一起过啊！

　　鬼妹12:22:43

　　果然是初恋啊！

　　不吐槽会死乌鸦嘴12:24:22

　　果然……呃……果然是新人抛弃了大明星？

　　那些年，我们一起吃过的臭豆腐12:26:25

　　乌鸦，我也看到那个帖子了，说是新人忽然抛弃了大明星，远走美帝……看起来好有料啊！不忍再看。大明星各种伤心，新人各种绝情呢。

　　你若安好，便是晴天霹雳12:26:42

　　啊？

　　鬼妹12:28:51

　　这……这是真的吗？谁过来捅我两刀！我的欧巴佳辰！原来喜欢这种货色呀！

　　灯火暗处12:30:23

　　其实我觉得吧，新人长得还不错啊，属于清纯类型的。

前台12:31:19

最新消息，最新消息！今天早上的娱乐新闻果然是真的啊，欧巴陪着新人去医院啊，新人膝盖受伤了啊，刚刚看到新人一瘸一拐走进公司了啊。随后大明星欧巴就酷酷地跟了进来啊，算时间刚好是去地下停车场停好车上来的啊！

不吐槽会死乌鸦嘴12:34:18

……

那些年，我们一起吃过的臭豆腐12:34:20

……

你若安好，便是晴天霹雳12:34:22

……

鬼妹12:34:51

这是要逼死偶吗……

关于莉莉周的一切12:36:13

好吧，这难道就是传说中的腹黑总裁与小员工的原型吗……

苏微微看到这里，龇牙咧嘴，在QQ里噼里啪啦打过去一行字，怒斥莉莉：你也参与！

莉莉马上发来一个可怜兮兮求饶的表情：我错了，我就是总结一下大家的发言……而已。

苏微微黑着脸继续往下看，无外乎变成了统一内容，各种表示要巴结新人，各种决定以后要跟新人眉来眼去，各种从此要跟新人打成一片的誓言，以及从此以后，就算宝宝离婚，复婚'再离婚'再复婚，也要相信爱情……

4>>

　　好吧，苏微微其实并不生气，只是觉得世界真神奇，才发生不久的事情，竟然就被狗仔爆料了。

　　她忍不住点开了N大的论坛，发现果然有一条是关于郑佳辰即将在母校N大举办个唱的帖子，点击量非常之高，校园论坛本来人流稀少，各种帖子零零星星才几十个点击量，但关于郑佳辰的那一条却有十多万的点击量。帖子里除了介绍郑佳辰的个唱，下面跟帖的人大多是在爆料郑佳辰大学时期的事情。

　　于是，苏微微的名字频繁地出现在帖子下面的各个楼层里……

　　苏微微撇撇嘴，不以为意地往下拉着网页，经过这三年世事的磨炼也好，分别也好，对于这些，她虽然做不到云淡风轻，但也不是很在意。国民偶像嘛，被人八卦八卦也挺好的，不被八卦才悲剧了呢！至于她，不过是做了垫背的而已，更何况还是垫在国民偶像郑佳辰脚下，而且当初还是她自己要往前冲，关人家郑佳辰什么事情？至于公司秘密群里的流言蜚语，她则更加释怀。生活多无聊，嘴反正长在别人身上，以前她没皮没脸追郑佳辰的时候，也挨了不少批评，诸如"苏微微你虽然名字看起来傻傻的，但是你是个女孩啊，你怎么可以去郑佳辰楼下喊他一起去澡堂子呢"；再比如颜惜那个时候就曾忧心忡忡地看着苏微微，说："微微，女孩子还是要矜持一点儿呀，你就不怕你死缠烂打，以后就算在一起了，郑佳辰也会觉得你来得容易，不那么在乎你？"

　　那时的苏微微才不在乎这些呢，苏微微想的是：我就喜欢他，我就喜欢他，我就是要跟他在一起，就算全世界为此嘲笑我，我也不怕，我又怎么会去考虑在一起以后的事情呢？

　　他那么不屑于她，能跟他在一起就是上天赐给她的福了，她会为此感激一辈子，她也会为他做到极致，只要是她能做到的事情，因为爱了就是爱了，她没有任何理由说服自己退后。

除非……除非他真的不要。

但说实话，苏微微看得出来他不是真的讨厌她，他只是在拒绝她，而这种拒绝只是出于害怕。

就像颜惜那时问苏微微的问题："微微，你怎么就这么肯定一定能追到郑佳辰？追他的人一火车呢，我可没见到有谁成功过。"

苏微微乐呵呵地说："当然能，我可是开着火箭去追他的。坐火车的她们哪儿懂得郑佳辰？颜惜，你别看郑佳辰表面一本正经的，其实他心里闷骚着呢。而且，他也不是真的讨厌我，他只是害怕我。"

"害怕你还不够糟糕呀？"颜惜笑起来，有时候她是真的挺佩服苏微微的勇气的。

"当然，"苏微微抿了抿嘴，正色道，"他不是害怕我这个人，他是害怕跟我在一起之后的事情，我看得出来的。但是他有什么好怕的呢？"当时的苏微微想不出来。

莉莉难以置信地问她："微微，这些不会都是真的吧？"

苏微微没有说话，真真假假，假假真真，到头来还不是这样一个结局？

莉莉见苏微微一脸的愁闷，推推她的胳膊，讨好地说："好啦好啦，我错了还不行吗？不说这个了，今儿个晚上姐姐请你吃顿好的。"

苏微微对她报以微笑。

有人从走廊那头走过来，经过苏微微的位置时敲了敲格子间的玻璃说："苏微微，总监让你去她办公室。"

苏微微心里"咯噔"一声，凉透了。不会是秋后算账吧？那天晚上郑佳辰那个醉醺醺的吻再次浮现在她眼前。

是醉了吧？但也应该分得清谁是谁吧？

贝蒂倒是跟平常一样，完全没有提那晚的事情，只是交代了一些工作上的事宜。郑佳辰要在母校N大开个唱，各种事情一大堆，贝蒂不断叮嘱苏微微该注意什么，该记着什么。苏微微则一直点头，唯命是从。

苏微微临出办公室的时候，贝蒂忽然拿起桌子上放着的，苏微微刚进来就看到写着"辞退书"三个大字的文件，问苏微微："你跟莉莉关系不错？"

苏微微茫然地点点头，心里却倏忽一下像是坐过山车一样变成失重状态。

"那好，帮我把这个交给她。如果有问题，让她直接来我办公室。"贝蒂说着将文件递给苏微微，目光重新落在办公桌上的电脑屏幕上。

苏微微呆滞地看着手里的辞退书，迈不开脚步。

贝蒂转脸看向她："还有什么问题吗？"

"没有。"苏微微低头又看了眼手里的文件，终于说，"是要辞退莉莉吗？"

"嗯。"

"我能问为什么吗？"苏微微小心翼翼地看着迅速在电脑上处理文件的贝蒂。

贝蒂随即从一摞文件中抽出一个文件夹，解释说："N大的个唱虽然不是公司的一个大项目，但也并没有无足轻重到连海报上都能有错别字！"

莉莉的职责是文案，据苏微微所知，这次N大个唱的海报文案就是莉莉负责的，而且，这款海报早已在半个月前就贴满了整个N大。

"幸好还没有推广到地铁和公交车站，否则这得闹多大的笑话！闹笑话就算了，对佳辰的影响谁能估量？"

苏微微还从来没有见过贝蒂情绪波动这么大过。

"没有挽回的余地了吗？"苏微微鼓起勇气说。

贝蒂深深地呼出一口气，仿佛心里的恶气全都积聚在那一个深呼吸里："出错可以，公司又不是不能理解，但也要看是什么错。"说着顿了顿，重新看向傻站着的苏微微，"这也是佳辰的决定。"

出了贝蒂的办公室，苏微微怀着复杂的心情，艰难地在走廊里走着，一步两步……走完这条十多米的走廊，其实用不了几步。苏微微在心里盘算着该怎么对莉莉开口。甚至有那么一刻，苏微微心想，要不就把这狗屁辞退书扔到走廊尽头的那个垃圾桶里，就当这事儿没有发生过。

正胡思乱想着，她一头撞在从走廊那边急急走过来的一个人的怀里。

辞退书掉在地上，她抬头看到一张精致的脸，顿时本能地往后退了一步。在他眸子里不耐烦的目光扫过她全身上下时，她急忙低头去捡掉在地上的文件。

那人不是郑佳辰还会是谁？

她以为他会继续走他的路，绝对没想到他竟然也蹲下身来，帮她捡起散落一地的文件。然后他一句话也没有说，绕过她，继续往走廊的另一边走去。

她听见自己的心里有一道声音在怒吼：靠你了！靠你了！勇敢一点儿吧！套马杆的姑娘！

终于，她还是喊出了口："佳辰。"

佳辰，佳辰……

三年来，一千多个日夜，这个名字不知在她的心底徘徊了多少次，喊出口，却只有这一次，也只在这个瞬间，仿佛一切都在迅速回溯，记忆在倒退，往事在重现，就好像时光在刹那间裹挟着他们回到了最初的起点。她喊他"郑佳辰"，他喊她"傻丫头"。

而一切对于他来说亦是这样，三年了，从她嘴里喊出他的名字，他等了三年。

那道英挺的背影僵立在走廊里，停滞不前，过了很久，他终于又抬脚往前走，却并没有回头。

"佳辰。"她又喊他。他再次停住，怔怔地看着前方，始终没有回头。

他说："什么事？"

她嗫嚅着说："能不能……能不能再给莉莉一次机会？"

他久久没有说话，只是沉默着，沉默到她几乎要再次开口喊他的名字。

他的背影微微颤抖着，因为一直没有回头，所以苏微微看不清他的表情，只是听见他的声音比平时小了一些。他叹了口气，说："你还是这样喜欢管闲事啊。"顿了顿，终于再次开口，"只这一次，下不为例。"

末了，他终于强迫自己迈开脚步，逃离这个几乎让他窒息的走廊，熄灭此刻他胸口燃烧的熊熊大火。那是怒火、爱火、恨火，是最炽热的火，也是最冷的火。

"谢谢你。"她说。

"嗯。"他也分不清楚自己这一声是冷漠还是无奈的笑，只是难以置信自己竟然就这样缴械投降了。她不过是喊了一声他的名字，他积攒了三年的气就这样被她泄了。

走廊里，苏微微呆呆地站在垃圾桶前，直直地注视着垃圾桶。为莉莉争取到机会，让一直冷漠待她的郑佳辰开了金口，她应该高兴，可心里一阵一阵的却全是难过。

她感觉自己像是掉进了黑暗里，伸手不见五指，也没有方向，她想自己再也走不出去了吧，心口某个地方一声叹息之后，她轻轻放开手，任由自己往黑暗的深处跌落。

5>>>

快下班的时候，莉莉像是嗷嗷待哺的小动物那样着急地看着时间唠叨："时间过得好慢，肚子好饿，好饿……"

苏微微在一边笑她。好不容易等到下班时候，莉莉手脚麻利收拾一番了电脑，催促苏微微赶紧走，不然等会儿指不定还有什么事儿呢。

苏微微正关电脑的时候，包里的手机响了起来。

想不到竟然是郑佳辰发来的信息，简单的四个字，但意思明了：等我，有事。

苏微微歉意地看着风卷残云般收拾好桌子的莉莉，不好意思地说："要不你先走吧？"

"干吗？"莉莉瞪大了眼睛，"说好了今天姐姐请客的呀。"

苏微微不好意思地笑笑说："刚才大明星发话了，有事儿。不信你瞧。"苏微微说着将手机在莉莉面前晃了晃。

莉莉一脸挫败地撇撇嘴："那好吧。那就改天吧。要不，"莉莉忽然又乐起来，"国庆节就快到了，到时候你跟我去我家玩儿吧。包吃包住包陪！嘿嘿！"

"好啊。"苏微微爽快地应了声。

莉莉说完拿起了小挎包，说了声"明儿见"便转身走了，完全没有意识到就在刚刚，她险些被炒鱿鱼。

苏微微等了将近一个小时，才见郑佳辰从后面的录音棚出来。他最近有新专辑要上市，每天录音到很晚，算起来今天还是早的。

苏微微一直呆呆地坐在电脑前，没事儿做，她就打开QQ斗地主，反正是下班时间。她拿了一手臭牌，最大的就一张2。苏微微做好准备要输牌了，身后忽然伸过来一双手，也不知道郑佳辰是什么时候出现在她身后的。苏微微窘红了一张脸，自嘲道："牌好烂，这局要输了。"

"是吗？"是讥讽的口吻，郑佳辰就趴在她的身后，臂膀将她环绕在他的怀里，一只手撑在她身边，一只手点着鼠标，几下腾挪移动，十几张牌眼看着快出完了，竟然有要赢的趋势。

苏微微撇撇嘴，也难怪，他本来牌技就非常好。大学那会儿，他身边的哥们儿传言：这家伙基本上不出手，一出手从不输。

苏微微就不一样了，升级打不赢，拖累对家，斗地主不赢，除非自己的牌特别好，自己的牌特别好还不行，还得对方的牌特别烂，对方的牌特别烂也不行，还得她是农民有个伙伴照应。大学一年多，苏微微在寝室里光输的钱就可以缴学费了。

郑佳辰说她是心眼儿多，却唯独在牌技上瞎了眼。苏微微也不生气，乐呵呵地说："没事儿，我输，你赢，这就叫持家有道。"

郑佳辰只是看着她笑。

但苏微微从未看过郑佳辰赌钱，苏微微说："你那么厉害，怎么不见你玩牌？"

苏微微说这话的时候，她没有注意到郑佳辰的眸子深处闪过稍纵即逝的无奈，最后，她听见他说："因为我怕输，而我输不起。"

那时苏微微不懂，他在稍稍的、难以察觉的沉默之后说的很多话，她的理解往往只是模棱两可，根本意识不到他话里有话。到后来她懂了，可是为时已晚。

最后还是输了，因为牌实在是太烂了，系统提示苏微微欢乐豆不够，强迫她退出了。

出公司的时候，她在电梯里没话找话说："今天谢谢你。"

"谢我什么？"他狐疑地看了眼站在身边的苏微微，语气却依然是冷冰冰的，听不出任何情绪在里面。

"莉莉的事。"苏微微皱皱眉，心想真是贵人多忘事啊，今天金口一开避免了一场灾难，他自己却一点儿都没有察觉。

"哦，那件事。"他说，"你跟她，关系不错？"

"嗯，公司里就她跟我说话。"苏微微老实地说。

他冷笑一声："真没有想到，当年左右逢源、人缘好得不像话的'小铅笔'也有今天。"

苏微微心里有一道声音在怒吼：要不是他强行让她做他的助理，还给出让全公司的小职员们都嫉妒的待遇，她也不至于有今天吧！退一步讲，如果她真的做了悲惨的前台助理，至少前台会跟她混熟了吧！不会每天干瘪瘪一句"苏助理好"，然后她前脚刚走，屁股在椅子上还没有坐热呢，前台就出现在公司的秘密群八卦她了吧！

苏微微心里虽然很激动，但表面还是装作很镇定，用平静的口吻为自己开脱说："学校和社会不一样呗。"

他没有说话，苏微微觉得没趣，又胡乱自言自语着："这就是中国教育的悲哀。"

他依旧保持着双手插兜，目视前方的酷酷的姿势，电梯门打开的时候，忽然蹦出一句："连大二都没有念完的人也有资格说中国教育。"

好吧，只要把话题扯到那年她的离开，她基本就没话可说了。

车子驶出地下停车场，她才问："去哪？"

"吃饭。"他说。

"不是有事吗？"她瞪大了眼睛问。

"吃饭难道不算事儿？"他反问她，说着抽出一根烟叼在嘴里。

苏微微皱皱眉，坐直了身子壮了壮胆，鼓起勇气说："录音师说这几天不让你抽烟的。"

他不屑地撇撇嘴，根本没有理会她的意思，嘴角挂了一抹的邪笑，"啪"的一声点燃了烟，那一声脆响像是在说：是吗？偏偏就跟你作对，偏偏就约你出来，偏偏就不让你痛快。

"我是你的助理，这是我的责任。助理手册里都有写的。"苏微微不管不顾地想要最后跟他摊牌。她拿了薪酬，就有这个义务。他不听的话，那就是他的事情了。她只是个助理，总不能扑上去将他摁在车座上，然后抽打三百大板，押到戒烟房吧？

他终于肯转过脸看她。他之前说话不是目视前方，就是用眼角充满不屑、不耐烦和嫌弃的余光扫她一眼。这次却大不相同，他直直地看着她，看得她心里发毛。此刻她倒宁愿他不看她，当她是不配他正眼瞧一眼的小助理，或者是不配跟他再重逢的苏微微。

苏微微却在那一刻莫名地不知道从哪借来的勇气，也挺胸抬头，索性豁出去了，直直地看着他。

"你不把烟熄灭，我就下车。"她鬼使神差地说。

他微微愣怔了片刻，终于将烟摁灭，脸上带着自嘲而又无奈的笑容："除了用离开威胁我，你还有什么新花样吗？"

6>>

世上哪有这么巧合的事情？

吃饭的地方选在一幢大楼的天台，竟然还有专用的观光电梯。乘坐的时候电梯里早已站着一对儿，貌似目的地跟他们一样。没想到电梯在到达一半的时候，站在苏微微身边的男生忽然惊喜地拍了下手，吓得苏微微打了个寒战，直想飞身跃起一记剪刀腿剪死他。

大活人大白天的，学什么不好，学人家诈尸！

只听见那男的对戴着太阳镜和帽子，伪装得连苏微微猛一看都觉得陌生的郑佳辰，说："郑佳辰？！"

郑佳辰略微转脸，看着他面前的大男生，仔细观察了两眼，又推开太阳镜，定睛一看，发出了比大男生更大的声音："兔子！"

然后苏微微跟站在大男生旁边的女生对视一眼，交流了一个表示对身边的男士不满的眼神。

被郑佳辰称为"兔子"的大男生立马调整角度，看向站在郑佳辰身边的苏微微，惊呼出口："苏微微！"

苏微微讪笑两声，面前的这个大男生她还真认识，只是电梯里狭隘，男生之前一直侧对着苏微微，苏微微也没有在意，现在再看向对方，已然认出了是谁。苏微微的目光投向大男生身边的女生时，对方已经投来警惕的目光。好吧，女人果然是善变而又领地意识超强的存在。

叫"兔子"的男生当然不是真的叫兔子，如果苏微微没有记错的话，他本名叫赵宣扬。至于他为什么会有"兔子"这样一个外号，她也略有耳闻。其实，这事儿不能细说。当然是他上大学时寝室里的人给起的，而且这名字意图很明显。但这些都是浮云，毕竟对于一个gay来说，住在男生寝室本身就是一场没有硝烟的战争。

但他身边站着的这个青春无极限的时髦美少女又是怎么回事？难不成他被掰直了？

郑佳辰跟赵宣扬聊得很高兴。苏微微回国这么多天，基本是第一次看见郑佳辰这么开心。他本来就跟赵宣扬关系极好，也难怪大学时被传他们其实是一对儿，而苏微微只是他们这一对儿的烟幕弹。

其实赵宣扬人很好，懂得非礼勿视。再加上寝室里的男生也大多不是很在意，就这样，大学几年也就这么过来了。只是寝室里的人虽然不在意，但若要跟他交心却没有那么水到渠成，而他发现，郑佳辰是一个不错的倾诉和聆听的对象。

没办法，那年的郑佳辰虽是风云人物，却很少抛头露面，总是沉默寡言，若不是傲人的成绩和不凡的外表，估计大学四年下来，班级里的人都不会发觉坐在角落里的郑佳辰。

吃饭的地方人很少，头顶是玻璃，餐厅摆着上好的沙发和古朴的木桌子，菜谱都是用丝绸做的，苏微微知道这地方一准儿贵得让她这种阶级吃完就想打开天台的玻璃门纵身一跃。她也不敢点什么吃的，肚子饿得呱呱叫，却只点了一小杯最便宜的清酒。

郑佳辰似乎是看出她的担心，问："你不饿？"

苏微微尴尬地说："不饿。"

郑佳辰看了眼菜单，又看看她点的清酒，似乎明白过来，略微沉吟一下说："这顿我请的。"言外之意很明显。

苏微微想，你是故意的！这哪是吃饭，纯粹添堵！

谁知道这句话激起了赵宣扬的本能。赵宣扬有钱，富二代，爹是搞矿石的，这一番介绍出来，基本就没有人敢跟他抢单了。

"哪能让你付账！这顿你就是打死我，我也要付！"赵宣扬振振有词地说，挥舞了下手臂。

郑佳辰不跟他争。

赵宣扬除了有钱，还有一个特长是思维跳跃得跟他的内心性别有得一拼，这不，他话锋一转立刻问了苏微微一句："傻丫头不是出国了吗？什么时候回来的？"

苏微微听他们胡扯，猛然发现话题直指自己，险些呛到："刚……刚回来不久。"

一直在旁边没有说话装木头的时髦姑娘忽然也开口了，看着苏微微，像是在打量一件文物一样仔细："您就是微丫头？"

苏微微满头黑线，今天是怎么了，怎么净遇上奇人奇事奇问题？

不过看来，赵宣扬没少跟身边的姑娘八卦她和郑佳辰的事情，毕竟，拥有一个大明星朋友，出去泡妞的时候顺便聊一聊大明星的往事，能增分不少。只是，他需要姑娘吗？！

苏微微不禁在心里将这个先前就想到的问题再次在大脑里打上一个大大的问号，外加一个惊叹号……

时髦姑娘一反先前木讷不满的表情，整张脸都生动起来，像是看见了LV的包包控，又惊又喜地说："就是那个一言不发甩了大明星郑佳辰，然后一去三年都没有音信的苏微微？"

苏微微真是有心杀贼，无力回天，她回头狠狠瞪了赵宣扬一眼，赵宣扬立刻作势要往郑佳辰身后躲。郑佳辰脸色一阵红一阵紫的，看来也被时髦美女的话给呛到了。

苏微微撇撇嘴皱皱眉，对时髦美女讪笑了两声，低头继续品她的清酒。不过老实说，这酒倒不错。果然是一分价钱一分货，这清酒虽喝起来寡淡如水，却又似蕴含了妙不可言的香甜味。苏微微不禁多喝了几口，眼见着一小壶酒见了底。她本来只能喝啤酒，六七瓶不是问题，但唯独白酒，是沾了就犯晕，可现下一壶清酒见底，却丝毫没有醉意。

郑佳辰很快调整好脸色，活像是个局外人一样，从头到尾都在得体地微笑着，既能跟旧时好友谈笑风生，也能彬彬有礼地回答时髦姑娘提出的千奇百怪的关于娱乐圈的八卦问题，甚至还帮苏微微又叫了一壶清酒。

但气氛终归是被破坏了，赵宣扬只能尽量挽回说："大伙儿都别太悲观，凡事都往前看，还是一片艳阳天。来，咱喝酒。"说着和苏微微干了一杯。

谁知道时髦姑娘有身材有脸蛋儿就是没脑子，二愣子似的又说了句话，彻底将气氛破坏。尽管苏微微愿意相信她是出于好意，甚至也是为了挽回先前脱口而出的问题引起的尴尬。

她说："兔子说得对，凡事得往前看，恭喜你们又在一起了。"

一桌子人除了她之外全部石化。

然后，苏微微听见郑佳辰几乎是笑着说："我们没有在一起，不过是老朋友偶遇罢了。"他也懒得解释她现在的身份，不知道为什么他忽然觉得累了，觉得似乎有很多事情在刹那间就改变了。

比如当他不小心回头与她的目光相撞，他在她眼里看到的除了慌乱和无助之外，几乎全是深深的歉意。

这难道就是他日思夜想想要看到的眼神吗？

让她觉得抱歉，让她狠狠地自责，然后他在一边若无其事地欣赏？

从来就没有若无其事的感情，从来都只是自欺欺人，借口罢了。

　　那一刻，他张了张嘴，忽然抑制不住地想要对她说一句"好久不见，傻丫头，你知道我想你了，所以你回来看我来了，是吗"，但他也知道，这不过是他自己内心里想想罢了。

　　一顿饭吃得四个人各自心怀鬼胎，表面却全都是"我最坚强，我最无所谓"。最后散伙的时候大家几乎是匆忙的。其实毕业这一年多，大家基本连节日祝福都省了，一个是忙，再一个也是因为寡淡，生活节奏太快了，除了身边的人可以即时互动，那些曾经的人儿和旧时光，能偶尔缅怀就已是大幸。

　　当然，如果苏薇薇走得慢一些，也许能听见身后传来的时髦姑娘和赵宣扬的对话。

　　"他怎么可能会等她三年？她既没有多漂亮，又没有显赫的背景，要胸没有，要屁股也没有，干瘪瘪的像一根铅笔。"

　　赵宣扬笑而不语，"唰"的一声掏出一张卡在她面前晃了晃。姑娘立刻雀跃起来抢了过去，笑嘻嘻地说："下次忽悠你妈妈，说你是直男，记得还找我哦，给你折扣！"说着，在赵宣扬脸上亲了一口。

　　赵宣扬说："瞧，这就是原因。"说完，彬彬有礼地做了个请便的手势，他自己转身坐进了他那辆mini。那一刻他在想：在这个世界上，总会有一些本身平常的事情，会因为这样或那样的世俗，变得似乎不正常起来。那些看似正常的人，最大的悲哀莫过于不能理解那些看似不正常的人做出的不正常举动，因为只这一件事，就足以让他们一生荒芜，因为这件事，是关于爱。

　　但谁又不是这样呢？

　　　7>>

　　苏微微后来才知道清酒后劲不小，而且她喝得又急。走了几步，她只觉得头晕目眩，扶额站住脚步。郑佳辰扶住她，眉宇间迅速闪过一抹担忧，但随即又恢复了冷若冰霜的面庞，只说："我送你回去。"

如此不容置疑的口吻，苏微微却再也不觉得不适，眼前的景物开始模糊，天旋地转起来。她想，自己是不是飞起来了？如果不紧紧抓住身边这个人的胳膊，她是不是就会掉进天空里，再也回不来？所以，她只能使劲抓着他的胳膊，抓着他的手。

她的心田里，涌出一股温暖的泉水。

苏微微想，她也许应该说点儿什么。

于是，苏微微说："对不起。"

郑佳辰搀扶着她的手紧了紧，却没有看她，而是沉默地扶着她，继续往停车场的方向走。

"对不起，"苏微微愣愣地重复了一遍，"我不知道，佳辰，我不知道会再见到你……对不起，佳辰……"

他的眉头紧紧皱在一起，却不看她，只顾走路。

苏微微说完，呆呆地注视着他。这就是她的郑佳辰，她当年不顾一切想要的郑佳辰，也是她狠心丢下他一个人的郑佳辰。她曾以为再也不能见到他，至少是这辈子。她不是没有幻想过重逢，只是从未料到会是这样的境况。

她从没有像现在这样恨自己。

她忽然挣开他，摇摇晃晃地坐在马路边的长椅上，身边是北京九月最后的一抹槐花香，风中似乎都带了蜜似的甜。她蹬掉脚上的高跟鞋，她累了，她觉得很累。

郑佳辰就站在她的面前，看着她蹬掉鞋，看着她望着他傻笑。他想，她是喝醉了，她一直是只能喝啤酒的，他怎么忘记了？

他蹲下身子，帮她捡起散落在一边的高跟鞋，放在她身边。她低头看着他笑了笑，说："谢谢，谢谢你。"像是从来都没有认识过他那样说着。

他握住了她的手，抬头认真地看着她："我送你回家吧。"就像是很多年前的那个酒吧外的夜色里，他站在她的背后说的那句话一样。

"回家？可是我在等人呢。"她是真的醉了。

他呆呆地看着她，静默了一会儿，眼底酸酸的，眼泪险些没控制住流出来。然后他听见她说："他说他会去远方，他说他可能还要去火星，他还说，如果再走得远一点儿，他就会在地球的另一边了。他说他走了的话，让我什么也不做，就等他就好了，就在原地等他就好了。他说这样的话，他一回来，就能找到我。"

郑佳辰只觉得一股热血从胸口直冲脑门，喉腔里酸涩得像是要渗出水来，没有办法挥发掉，只好借眼睛的瞳孔用一用。

她说得没错，只是她搞错了这话并不是他说的，而是她。

刚上大二那年的八月十五，他没有回家。其实每年的这些节日，除了春节，他都不会回家，因为要花钱。她就陪在他身边，任由他怎么劝说，她也不回家跟家人过节，他明白她是怕他一个人孤单。

人们都说十五的月亮十六圆，可郑佳辰觉得这二十几年来，那年学校天台上，八月十五晚上的月亮，是他看见的最美、最圆的。他长这么大，还是第一次那么认真地好好看了看悬在头顶那轮代表团圆却看起来极为孤独的月亮。

那时他们想到了未来。他觉得心潮澎湃，竟也在心里第一次有了打算跟身边这个傻丫头一直走下去的念头，尽管他知道沿途一定满是荆棘。

他莫名地问了句："傻丫头，你的梦想是什么？"

苏微微咧嘴笑起来，贱兮兮地说："我的梦想就是你啊！"

郑佳辰觉得好笑，梦想怎么能是一个人呢？何况还是别人。于是他说："那如果我有一天不在你身边了呢？"

"你不在我身边你去干吗呀？"苏微微立刻警惕而又无辜地看着他。

郑佳辰笑起来："假如，我是说假如，假如我走了呢？"

然后，苏微微就陷入了沉思里。郑佳辰想，这个问题也要想这么久吗？

再然后，他看见了一种从未出现在身边这个女孩子身上的气息，那种气息是深情，是决绝，也是奋不顾身的飞蛾扑向火苗前最后一秒的腾空，它们在瞬间汇聚在她眸子里倒映的月色里，变成一个茧，将他包裹。

她说："我没有想过会没有你。我刚刚想了下，我想，佳辰，如果你去远方，我就等着你回来；假如你是欺骗我们人类感情的火星人，我就去火星把你找回来，就算烧成烤地瓜也要把你找回来；如果你去地球的另一边，我会跑到天涯海角找你回来。但如果你只是走了，你不是离开我了，你只是暂时走了，那我就什么也不做，我就在这里等你，就等你好了，这样子你一回来，就能找到我。"

郑佳辰怔怔地听着，直到他感觉到她的发梢撩拨到了他的下巴，他才下意识地抱紧了靠过来的她。

苏微微依偎在他怀里问他："你怎么不说话了？"

郑佳辰张了张嘴，似有千言万语，说出口的却是无厘头的一句："火星没有火，而且你是不是想吃地瓜了？我给你去买吧。"

她嘿嘿地笑起来，点了点头。

月色里，他更加用力地抱了抱她，像是就要离开她一样抱紧她。

想到这里，郑佳辰叹了口气。

最后他背她去停车场，送她到楼下，她在他的脊背上一个劲儿地发酒疯，一遍又一遍地重复"对不起"三个字。他送她到家门口，柴筱朵愣了愣，放他进来。他将她抱进卧室，俯身的瞬间，怔怔地看着她躺在被窝里美滋滋地睡觉的模样，忽然笑起来，伸手帮她擦掉眼睑下不知何时流出来的眼泪，轻轻地说："没关系的，其实，你回来就好。"

8>>

后半夜苏微微醒转过来，胃里一阵翻腾，头昏脑涨地冲到卫生间大吐特吐。

苏微微吐完了才看见表姐柴筱朵刚过完丰富的夜生活回来，正躺在沙发上无精打采地摁着遥控器。看见苏微微揉着脑袋表情凄惨地从洗手间像鬼魂一样飘出来，柴筱朵转身趴在沙发的靠背上，好奇地问："老实跟姐姐交代，你是不是跟你那位初恋重归于好了？"

"什么重归于好？"苏微微此刻正在努力回想自己是怎么回来的。

"你不是说人家恨你恨得处处跟你添堵，恨不得跟你同归于尽吗？我怎么瞧着不像呀？"

苏微微继续痴傻地看着柴筱朵，不明所以。

柴筱朵说："不然人家会好心背你回来？"

背我回来？他不会这么好心吧。

苏微微不禁纳闷起来，她怎么一点儿印象都没有呢？

难道，自己喝醉了？

对，自己是喝醉了，貌似还说了一大堆什么话，反正记不得了，但自己为什么会喝醉呢？苏微微继续揉着太阳穴努力回想着……喝醉之前遇见了赵宣扬，还有时髦姑娘，然后是他请她吃饭，她一个劲儿在喝酒……

原来是这么一回事。苏微微如释重负，也坐在沙发上，不搭理八卦劲儿正浓的柴筱朵，目光呆滞地看着电视里重播的一条晚间的车祸新闻。

柴筱朵还在叽叽喳喳地说郑佳辰如何帅，如何将她抱进卧室，如何亲昵地在她额头印下一个吻，之后他莫名其妙地说了一句"没关系"就走了。

没关系？

苏微微脑袋昏昏沉沉的，什么没关系啊，这都哪儿跟哪儿呢。她摇摇头，索性不去想，电视上嘈杂的人群和被撞得凹进去的车辆不断撞进她的视线。

那辆车好像是英菲尼迪？苏微微不禁皱皱眉努力辨认了一眼。果然是那个牌子，好像郑佳辰也有一辆这样的车呢，好像出去吃饭的时候他开的就是这一辆呢，好像车牌号码也挺熟悉的呢，那么……

苏微微瞬间惊出一身冷汗！

电视上还在报道发生在两个小时前的那场车祸，受伤人员已经被送往急救中心东区分院。然后画面切换到一个现场目击者的描述，说是车祸发生之后有两个人受伤，流了很多血，被送到医院去了。

苏微微的手心全是汗，额头上也不断冒出冷汗，整个脑袋都是空白的。

画面再次切入演播室的主持人，在主持人平静地播报这起车祸中的车牌是某艺人去年登记时，苏微微整个人都软了下来。然后，下一秒，她强迫自己深呼吸几次，抓起柴筱朵刚刚脱下来放在沙发上的外套，披在睡衣外面，冲出了门。

她从来就没有想过彼此之间会有死别，她以为生离已经是她所能承受的极限。从前她甚至觉得既然能生离，那么以后的路就算再怎么难走，就算没有了爸爸妈妈，没有了郑佳辰，失去了所有可亲可爱的人，只剩下她一个人在这个世界上踽踽独行，她也可以努力走下去。

可直到这一切就这么发生了，她才发现自己根本就不知道该怎么办，根本就不可能走下去。

她在电光石火之间甚至想到了死，就这样让这一切都结束，让自己也解脱。

她的整个脑海里都是空白的，她不知所措地流着泪，一道声音响彻在她的心底：就算是决定了去死，在这之前，我也一定要见到他，立刻、马上，然后告诉他，对不起；然后再告诉他，这么多年来，我有多么后悔三年前的决定；最后无论如何都要让他知道，让他知道这一千多个日夜以来，我从来没有忘记过他，一刻也没有，一秒钟都没有。

第三章
Chapter 3

你可知这世上有一个小镇叫远方

1>>>

苏微微好不容易问清楚了凌晨那起车祸的手术室位置，坐在走廊的椅子上不安地等待着，不时看几眼亮着灯的手术室。

九月底的夜晚多少有些凉意，她从接待的医生那里得知情况不乐观，说是延误了最佳的手术时间，在送来的路上失血过多，到医院时已是油尽灯枯，接下来只能全看运气了。

苏微微听得心里起了一阵寒意，怔怔地只觉得不真实。

后来走过来一个护士模样的姑娘递给她一张单子，让她去一楼交钱。

苏微微捏了捏单子，木然地朝电梯走去。

　　苏微微没有想到竟然能遇见颜惜，准确地来说是听见一楼转角处传来颜惜的声音。她以为颜惜是知道了消息，来看郑佳辰的。但随着越来越靠近，颜惜的声音也越来越清晰，苏微微忽然站住了脚步。

　　因为她分明听见颜惜带着哭腔的声音在走廊里回荡："你就算不为自己考虑，也要为我考虑一下吧？"

　　随着话音刚落，一个男子出现在转角处，停住脚步，回头看见站在转角另一边的苏微微，微微皱了皱眉，大概是在想这个穿着睡衣、外面披着一件诡异的黑色皮夹克的、蓬头垢面的疯丫头是从病房逃出来的精神病人吧？

　　苏微微正为难地想着自己是该低头不管不顾走过去交钱，还是打道回府继续苦守手术室门口，犹豫间，又听见颜惜的声音从看不见的那一边传了过来，语气凄惨而哀怨："弈鸣！"

　　原来这家伙叫弈鸣，苏微微的脑海里迅速跳出来这个念头，倒是个好名字，一鸣惊人嘛！不过看来现在惊起来是自己的好朋友颜惜。智商正常的人只要一听女人这种口吻跟男人说话，那肯定会猜测是这男人负了这女人吧？

　　男子的嘴角忽然挂了一抹冷笑，立体感十足，宛如时尚杂志中走出来的英伦模特般的脸颊瞬间在大厅的灯光下变得邪魅起来，似乎对于身后的哀求除了冷漠对待之外，更多的则是诡计得逞后的幸灾乐祸。又是一个跟郑佳辰类似的来祸害人间的主儿，苏微微瞄了眼面前男人的脸颊。

　　苏微微快速地将那天和颜惜见面时交谈的内容在脑海里过滤了一遍，颜惜是说了自己有一个男朋友，似乎还说了名字，叫程什么……对，程弈鸣。听颜惜的描述是个高富帅，今日一见果然不错。

　　但是现在这一幕……是在闹分手吗？颜惜是多么骄傲的人啊，能让她这样挽留的男人估计找遍全世界也不会超过三个。

　　苏微微正左右为难，猛地发现面前正不顾身后哭哭啼啼的声音，只顾着盯着她邪魅地笑的男子忽然拉起她的手就大步往医院外走。

　　苏微微简直要哭了，这到底是闹哪样啊？她心里惦记着还在手术室不知死活的郑佳辰，一着急，眼泪扑簌簌就往下掉。她使劲挣扎着要甩开紧紧握着她手的叫程弈鸣的男子，却被对方更加用力地握紧。

　　苏微微情急之下，另一只手甩了过来，直指高富帅精致得如同妖精一样的小脸蛋。

　　"啪"的一声脆响之后，高富帅停下脚步，伸手摸了下脸颊，然后将她逼到医院大厅门口的角落里，先是恶狠狠地盯着她，忽然又冷笑一声，松开她的肩膀，一根手指扫过她的下巴，睨了她一眼说："敢打我，果然是郑佳辰喜欢过的女人。"

　　电光石火之间，苏微微伸手打开他的手指，警惕地盯着他的脸颊，忽然觉得眼熟，似乎在哪里见过，但又想不起来。不料他似乎能看透她心思似的又说道："我知道你是谁，可惜你不知道我是谁，要是知道你就不会打我了。"男子邪笑着说道。

　　苏微微想，你就是天王老子，姐姐我也照抽不误，要不你再试着动动姐姐我的小手看看！还有，啰唆完了吗？啰唆完了赶紧放我走，我还要去守着郑佳辰。

　　颜惜远远地跑过来，苏微微扭了扭身子想要挣脱开他臂膀的环绕，他回头看了不远处正跑过来的颜惜一眼，伸手将手机放进了苏微微的口袋里，说了句"别想跑，明天我找你，报仇"，便转身走掉了。

　　苏微微在对于这个叫程弈鸣的男人奇怪的举动里不知所措时，颜惜已经追了出去，经过苏微微身边的时候，颜惜看向她的眼里全是尴尬和眼泪。

　　苏微微想，该不会真的是这个男人甩了颜惜吧？但这深更半夜的到医院来干吗？他们显然不是来看郑佳辰的。

　　苏微微在交钱的过程中，皱眉想着那个怪人，最后得出一个比较靠谱的结论：像这种高富帅最讨厌的就是负责任，刚刚他们又一起出现在一楼的妇科外，那么，是不是颜惜怀孕了，然后要跟高富帅执子之手，而高富帅表示不同意？

挨千刀万剐的家伙啊！就该自己生孩子的臭男人啊！

苏微微掏出程弈鸣逃走前放在她口袋里的手机，呆滞地看了两眼。一个护士模样的人走过来对她说手术做完了，还比较顺利，她现在可以去病房外看一眼了，还特别叮嘱暂时不能进去。

苏微微捏着手机，"嗖"地冲向电梯，眼泪"哗"地一下就冲出了眼眶，心里一个劲儿地谢天谢地谢菩萨谢上帝。

然后，当她透过病房的玻璃窗看到躺在病床上的中年大叔模样的病人时，准备好的撕心裂肺和满眼的泪花顿时全呛住了，她整个人瞬间石化成一尊喜羊羊。

坑爹啊！躺在病床上的人分明是郑佳辰的司机老王啊！

苏微微来不及多想，但还是觉得自己傻出了一个境界……

她立马掏出手机摁出郑佳辰的号码拨了过去，想要确定他真的没事，然后她听见他在电话那边恭敬的声音响起来："喂，程董。"

"你在哪儿！"苏微微在电话这边吼。

"苏微微？"电话那端的郑佳辰显然迷茫了，大概是想不通天乐传媒少董事的电话打过来，怎么会是苏微微这个二货的声音……

"我问你在哪儿！"

"我？我在机场，怎么了？"郑佳辰没头没脑地说道。

"没什么，就问一下你在哪儿。"苏微微说。

郑佳辰觉得奇怪，这家伙之前不是喝醉了吗？他忽然听见她电话那边传来让某个医生到某某病房的广播声，随即问："你怎么跑去医院了？"

苏微微"啊"了一声，撇撇嘴，当然不想让他知道她现在是多么傻。她扭捏了半天才心虚地说："我……醒来，饿了……就来医院，看看有什么吃的没……"说完顿时满头黑线，这都哪儿跟哪儿，她向来是不会撒谎的人。

郑佳辰在电话那端笑了笑，决定不跟她纠结，只是难以置信地问了句："你怎么用的是程董的电话？"

苏微微皱皱眉，什么程董，乱七八糟的。她怕再说下去又被他察觉了她二货的人生是有多欢乐，急急忙忙找了个理由挂了电话，出了医院打车回家。

路上，苏微微好几次咧嘴笑出声。再听见他的声音，知道他真的没事，她心里感觉到前所未有的舒心。

然后一低头，她看见手里的手机，笑容顿时僵在了脸上。

2>>

隔天苏微微人刚进公司，立刻感受到了气氛比以往更加诡异。

苏微微只想着赶紧让周莉莉帮她把公司的秘密群里的聊天内容透露给她，急忙往自己的格子间走去。不去不知道，一去吓一跳，苏微微竟然找不到她的位置了！她想要撕碎胸口的bra，然后朝苍天大吼一声：到底是谁把这一堆能把她给活埋了的玫瑰放在这里的！

周莉莉看见苏微微，立刻凑过来，那眼神就跟老鸨见了手下最吃香的小妞儿一样："微微，你老实交代，你到底想要怎样啊？！"

苏微微一脸迷茫，看着面前的一堆玫瑰，狐疑地问周莉莉："这是怎么回事？"

周莉莉一副"你就给我装吧"的表情，拿起放在玫瑰花下面的精致小纸牌，咂了咂嘴，说："瞧瞧，真能装，啧啧，真是真人不露相，露相就变态啊！哎！我说微微，拜托你不要再一副不知情的样子了好吗？！我们是好姐妹，你用得着这样吗？！不要告诉我你都不知道程弈鸣是谁！我不信！不信！你打死我我也不信！"

知道！何止是知道！简直是太知道了！苏微微握紧了拳头，脑海里都是昨天那家伙嘚瑟的表情。是不是长得好的人都这么自信爆棚啊，觉得怎么欺负姑娘们都不会被姑娘鄙视啊？

"天乐传媒少董事，年少有为啊，竟然瞎了眼，给你送花啊！

微微，你快点儿告诉我，你家里到底供了什么神位？你是不是苗族的啊？你是不是会下情蛊啊？！"周莉莉一抛刚才捶胸顿足的模样，一脸羡慕地看着苏微微。

苏微微看着面前摆满了座位的玫瑰花，心里那个忐忑啊。这一下，得全公司都知道了吧？

果不其然，周莉莉帮着苏微微在玫瑰花的旋涡里杀出了一块地方。苏微微打开电脑，周莉莉立刻狗腿子一般献上了秘密群里的聊天记录。

灯火暗处10:04:52

看见没，看见没，新人座位上的那一片直接戳瞎我狗眼的玫瑰花海洋。

鬼妹10:06:43

我不要活了啦！我要去死好吗？！郑佳辰欧巴糊涂就算了，我们少董事他到底是怎么了？！他是脑袋被猪给拱了吧！

不吐槽会死乌鸦嘴10:11:22

你们就不想想为什么新人会认识少董事？

那些年，我们一起吃过的臭豆腐10:11:25

我以为认识我们的大明星就是底线了，可是……苍天啊，恨友不是少董事啊！为什么我只有你们这一帮吃货、二货做朋友！

你若安好，便是晴天霹雳10:11:42

这个是真打听不出来，刚问了一些老员工，也表示毫不知情。

那些年，我们一起吃过的臭豆腐10:12:25

你们给我争气吧！不要在这里八卦了！我们太猥琐了啊，活该都是这样的命！都好好工作吧！好好赚钱吧！就算自己不是富二代，不是高富帅，死活也要让自己的孩子做高富帅、白富美啊！亲们！

灯火暗处10:20:52

我早已死心，如果世界上一天存在新人这种人，我一天就不相信命运！

鬼妹10:22:43

命运去死！

不吐槽会死乌鸦嘴10:24:22

去死！

那些年，我们一起吃过的臭豆腐10:26:25

新人是什么反应？

你若安好，便是晴天霹雳10:26:42

非常淡定。

鬼妹10:28:51

逼死老娘算了。

灯火暗处10:30:23

唉，这就是差距啊，同志们！一定要淡定啊！八卦也要八得淡定一些啊！

前台10:31:19

程总来了……

不吐槽会死乌鸦嘴10:34:18

……

那些年，我们一起吃过的臭豆腐10:34:20

……

你若安好，便是晴天霹雳10:34:22

……

鬼妹10:34:51

他老人家来……莫非是为了新人？啊啊啊！我去死算了，早上都送花了还猜个屁咧！

前台10:36:13

貌似是往新人那边去了……

　　苏微微还在苦笑着看聊天记录，顺便给周莉莉递过去一个早餐茶叶蛋，奖励她的无私叛变精神。但下一刻，她忽然感觉周围的气场似乎有些压迫，于是抬头看向那道挡住了窗外美好阳光的身影……

　　"程总好。"周莉莉顺顺地说，像极了被灰太狼绑回家的懒羊羊。

　　"呵呵，你好。"程弈鸣笑容灿烂。周莉莉一张略微有些小麦色的脸颊瞬间充满血色，她腼腆地笑了笑，恋恋不舍地将目光从程弈鸣那张可以秒杀一线明星的脸颊上艰难地移开，就像是从晒得发烫的大理石地面上扯掉一摊柔软的口香糖。

　　到了这一步，苏微微也不好继续装木头，抬头非常明显地讪笑两声。程弈鸣则是一副"早看透你不待见我"的贱笑。

　　"有时间吗？"程弈鸣忽然笑着温柔地看着她问，顺手摸了摸放在她桌子角落里的那盆仙人掌。那盆小可怜就像现在的苏微微，又尴尬又急，淹没在玫瑰花的海洋里，自卑得恨不得用浑身的刺自己扎死自己。

　　"在工作。"苏微微撇撇嘴说。

　　"那我等你。"

　　"……"

　　"你几点有时间？"

　　"下班吧。"苏微微说，急忙又补充，"下午。"也是为了让他知难而退。

　　"好。下午下班我过来接你。"说完，那家伙又对苏微微故意卖萌地一笑。苏微微一颗小心脏差点儿就被俘虏了，不过好在她意志坚定，再说了，那些年一直盯着郑佳辰那张丝毫不亚于程弈鸣的脸颊看也不是白看的。只不过他们不是一个风格，所以苏微微难免心动，别跟她说要意志坚定！搁你面前放一"貌美如花"的男人，你心不痒痒才叫不正常呢。不过他们到底有些不同，郑佳辰明显是那种温柔型的，而程弈鸣身上则似乎带了一股与生俱来的邪气，一颦一笑都像是心里打着什么坏主意，只要你稍微不注意，就栽了。当然，绝对也是善意的小邪恶。

程弈鸣说完就走了，留下苏微微一个人在原地发呆。这会儿电话响起来，是昨天程弈鸣留在她口袋里的手机，她看了看那个陌生号码，接了。

"喂。"她死气沉沉地说。

"我，弈鸣。"

他倒不客气，这就亲近起来了。苏微微不太想说话，于是沉默着。

那边程弈鸣又说："下午我来接你，你有什么想要做的？"

"没有。"

"那就吃饭吧。"

"下午我减肥。"

"那就逛街。"

"我脚疼。"

"那你就坐车里，你想上哪我就开哪，不用走路。"

"屁股坐一天下午会很酸，不想坐。"

"没事，我下午开房车过来，你可以躺着。"

苏微微真想弄死自己，她还从来没有见过贴冷屁股都贴得这么殷切的，到底是为什么呀？她又不是言情小说中的女主角，没道理帅哥多金的都围着她转啊。郑佳辰她可以理解，谁让他年少不懂事栽在她的坑里了呢。可是程弈鸣呢，她实在想不到自己哪里值得他这么追求。

要说女人吧，程弈鸣的名声早在外了，郑佳辰是出了名的守身如玉，程弈鸣则是以拈花惹草为生，而且身边也不缺女人。他怎么可能缺女人，有钱又帅还能说会道，事业有成又不是沾祖上的光芒，据说天乐集团就是他二十岁回国那年创建的，短短三年，他就成了引领大半个中国的娱乐大亨。

所以，综上所述，程弈鸣若不是自己吃错了药，就是想换一换口味，白富美他见得太多了，不稀罕，偏偏稀罕她这种从小在北京城疯长，长大后又从遥远的国外乡村小镇镀金回来的小二货！

苏微微当然不会天真到被自己傻乎乎的想法说服，她想，这里面一定有什么猫腻吧？说不定，跟郑佳辰有关？毕竟这是她所能想到的唯一跟程弈鸣有关系的人了。对了，还有颜惜，难道是颜惜和郑佳辰的关系？

真乱啊。苏微微不知不觉间挂了电话，当她意识到就这样不礼貌地挂了天乐集团少董事的电话时，还是有点儿心悸的。不过下一秒，电话又响起来。这次是她自己的电话，郑佳辰发来的信息——我现在在上海赶一个简短通告，昨天你喝醉了，我半夜的飞机，于是我就跟另外一个助理去了。过几天回去，可能是国庆那天。到时候你收拾一下，跟我一起回我家一趟。

苏微微皱眉，脑海里瞬间浮现出一副北方小镇的景象，她知道，那是郑佳辰的家乡。

然后她听见周莉莉凑过来小声跟她咬耳朵说：“我觉得还是程弈鸣好一些，别考虑了啊，就他了。”

“什么呀？”

周莉莉瞪了她一眼说：“你怎么这么笨蛋？郑佳辰虽然现在火，但总有一天会过气的，又不是人人都可以有刘德华那么好运气。但程弈鸣就不一样了，铁打的营盘流水的兵，明星换了一拨又一拨，你看见哪家娱乐公司老板换过人？”

苏微微吐吐舌头：“好像真的没有换过……”

“所以听姐姐的没错。只是以后苟富贵，无相忘，别忘了姐姐我对你的恋爱指导啊！”周莉莉一副可怜巴巴的样子。

苏微微觉得好笑，怎么就扯上恋爱指导了？但她也只是撇撇嘴说：“好了好了，别乱说了，我这脑袋都快大得要爆炸了。”

3>>

　　苏微微现在最需要考虑的是跟郑佳辰去他家的事情。记忆中，那个小镇一直在她的心底，从未忘记过。

　　于是苏微微深吸一口气，记忆中的那个小镇就这样来了，再次横亘在她的脑海里。真是好笑，想起来，她现在担心犹豫的事情，比如去他家这件事，却是那些年里她迫切想要去做的事情。

　　大二那年的寒假，她跟郑佳辰第一次一起回到了他的家乡。那是一个北方的小镇，坐落在华北平原的边缘地带，再北上一点儿就是愚公移山的时候不小心放在那里的太行山，往南一点儿就是黄河。苏微微第一次跟着郑佳辰坐长途汽车回家的时候，路过黄河大桥，她好奇地趴在窗口看着下面平静的黄河，实在是不愿意承认这就是所谓的母亲河。它缓慢、泛黄，像一个迟暮的老人。可是郑佳辰却笑笑刮刮她的小鼻尖说："这是黄河，微微，这就是养我的那条河，所以家也不会远了。"

　　家不会远了。

　　苏微微被这句话感动了，她抿抿嘴唇笑了笑，靠在郑佳辰的肩头，心里有一个声音在不断重复着那句话，家不会远了，家不会远了，以后他和她也会有一个这样的家的，也许在更久远的未来，他们的孩子也会在路过这里的时候这样想呢。

　　苏微微想着想着就笑出声来，郑佳辰像是看透了她的心事，调侃着问她又在心里打什么鬼主意。苏微微只是一个劲儿地看着他笑，手却紧紧抓住他暖暖的手。

　　他的家乡就在山河之间，安详得像是一个酣睡的少女，因为环山和环水的缘故，倒不像大多数的北方小镇那样尘土飞扬，小工厂林立。这里的人们看上去似乎都很开心，每天大家从小镇的镇头走到镇尾，你认识我，我也认识你，拉几句家常，说几句闲话，一天的恬静时光就这样开始了。

大街小巷都栽种着巨大的梧桐树，苏微微想，夏天的时候会非常漂亮吧，俗话说梧桐树上栖凤凰，是很美好的树种。不过现在是冬天，小镇在他们来之前的那一天下了点儿雪，刚好覆盖住镇子郊区地带的田野。镇子虽小，却五脏俱全，城市就在田野边，田野偶尔还夹在楼房之间，倒是很少见的北方镇子。

苏微微说："郑佳辰，你的家乡好美。"

"是吗？我倒是没有什么感觉，可能是从小在这里长大的原因吧，没有你的新鲜劲儿。"

"我才不是新鲜劲儿呢，四九城跟你家比都差远了。"苏微微开心地说，四九城就是老北京的称呼。她很少说北京，她觉得那样说感觉好陌生，还是四九城熟悉一些，小时候爷爷奶奶都这样说。

郑佳辰苦笑了一下，看着蹦蹦跳跳的苏微微，终究没有说话。他知道有些话他就算说了，这个从小在蜜罐里长大的女孩子也不会懂，甚至有些话，他根本就说不出口。他怎么说呢？难道哭丧着脸告诉她，她的话千万不要让他的家乡的朋友们听见，不然他们可能会觉得她是在炫耀，一种客气到极点的炫耀。她大概不会想到，郑佳辰从小听得最多的一句话就是："郑佳辰，你如果不好好学习，你就一点儿出路都没有，长大了也就只能跟着我去工厂上班。郑佳辰，你记得你爸爸临终前说的那些话吧？要有出息，要考大学到北京去，去看看那里，看看你爸爸从前生活的地方。"

如果说这话的是别人，郑佳辰可能只会觉得难堪，可是这话是从含辛茹苦养育了他十五年的妈妈嘴里说出来的。那个时候，郑佳辰甚至看见了妈妈鬓角的白发，于是他低着头说："妈，我知道，我一定会去的。"

生活在北京的孩子，比如像苏微微这样的，她们可能很难想象考入北京的大学，对于他们意味着什么。也许在大多数大城市的人看来不会有什么，顶多是有一个比较好看的简历，在社会上该碰的壁还是免不了。可是对于小镇的孩子们来说，那是一生的梦想，实现了就是出息，实现不了就只能在昏暗的工厂里待一辈子，日复一日，年复一年，重复着枯燥的动作。那简直太可怕了。

但当时的郑佳辰并不觉得可怕，他知道那是没有出路后的唯一选择。毕竟他见了太多身边的人从学校走入那一间间工厂。他们的脸颊失去光芒，变得漆黑，他们除了眼睛和牙齿保持着年少的朝气，其余的地方跟那些三四十岁的大人没有任何区别，黝黑、粗糙，因为常年劳累而造成的驼背，以及不间断的生活的乏累造成的焦虑眼神。

郑佳辰并不是怕这个结果，相反在他生活的小镇上，这被视为不能跳龙门之后的勤劳的表现。郑佳辰怕的是，他不得不逼迫自己只能埋头一件事，然后拒绝掉一切跟学习没有关联的事情，因为他始终记得父亲临终的眼神，那种不甘，那种失落，那种巨大的遗憾，每天晚上，只要他一闭上眼，就全都会涌出来。

说起来，父亲倒是个地地道道的北京人，当年作为下乡知青，来到这座离北京千里之外的小镇，因为有高中学历，于是做了小镇中学的老师。再后来，镇外岁月翻天覆地。他回去了一趟，可最终还是回到了小镇。因为那个时候，郑佳辰出生了。妈妈是本镇人，外公是旧时的乡绅，躲过许多劫难，却依旧顽固，坚决不让女儿离开自己半步。外公本能地相信着家乡之外的世界都是危险的。

父亲看看远方，又看看妈妈怀里的小郑佳辰，叹了口气，笑着接过了她手里的孩子，说："我们回家吧。"

然后一晃十年就过去了。郑佳辰十岁那年，外面下着瓢泼大雨，父亲说出去接妈妈回来，郑佳辰执意要跟着去，想必是不想一个人待在家里，而且下雨时家里阴暗，他也有些害怕。父亲执意不带他去，最后争执了半天，父亲撇下他走进雨里，只是没有想到这一别竟然就是永远。

妈妈回来的时候，父亲还没有回来。后来郑佳辰在小镇的医院看见父亲时，父亲已是奄奄一息，他不慎滑倒摔向马路下面的桥洞，摔断了脊椎骨。之后父亲没有坚持几个小时就走了，走的时候看着还只有一点儿点儿大的郑佳辰，勉强说了句"要回去"，就断气了。

人世间的磨难来得这样迅疾，人们来不及悲伤，生活就迎面而来了。

郑佳辰记得妈妈在那一年迅速老了，他有时候甚至怀疑妈妈在这之前和之后都偷偷躲过了时光的追杀。就好像她跟岁月谈好了似的，以后和以前都不许老，全放在那一天，就在那一天迅速老去。

妈妈白天去工厂上班、择菜，做泡面里面的调味包的蔬菜包。郑佳辰这么多年很少吃泡面，偶尔吃泡面，必然是给妈妈打过电话之后。晚上，妈妈回来之后就会坐在客厅里，踩着缝纫机"嗒嗒嗒"半个晚上。她捎带着给人做一些针线活，赚点儿小闲钱。只是那都是很久之前的事情了，后来外面的世界终究是走进了小镇，五颜六色的衣服冲击得裁缝铺几乎灭绝。妈妈也只好一心上班，只是谁都说她是工厂第一快手，她半天就能做两个人一天的工。靠着这点儿工资，还有那淹没在岁月里的父亲的最后一个眼神，她终于把郑佳辰送出了小镇。

郑佳辰离开的那天，她冷静得不像是一个母亲。倒是郑佳辰默默地在流泪，他知道妈妈的苦，也知道他此去是关乎父亲。他觉得无比心酸，觉得自己十分可耻，用父亲和母亲的青春换取他的未来。

母亲从头到尾都很冷静，不断给他擦泪，笑话他大小伙子了还不如她一个女人。她又让他路上小心行李，叮嘱何时该喝水，何时该吃饭，不要跟人争端，在学校好好做人。他一一答应着点头，后来火车离去，远远看见母亲站在站台挥手，他的眼泪潮水般涌出来。坐他对面的女生看他哭得厉害，递给他纸巾。后来两人一路熟了起来，她笑话他看上去挺好看的一个人，哭起来就好难看哦。

后来他从电话里听见家里的五叔对他说，他走后，母亲三天未去工厂，每日去父亲坟头一坐就是一天，说着没头没尾的话。五叔害怕她是不是精神错乱，郑佳辰安慰他说没事。他知道那不过是母亲这些年来积蓄如此多的痛苦之后的释放。

4>≫

郑妈妈对苏微微很客气，她早知道儿子会领一个北京的女朋友回来。郑佳辰是给妈妈打过招呼的，尽管他在给妈妈打电话之前足足考虑了半个月之久。无奈苏微微实在是太黏人了，眼看着寒假将近，身边的朋友们一个个不是跟着男朋友回家去玩儿，就是跟着去女朋友家玩儿，苏微微眼红不已，天天追着郑佳辰问他什么时候回家。

郑佳辰刚开始还试图掩饰，想着自己到时候偷偷跑回去，再回来估摸着她也不会怪他，就算是怪也只是几天的事情。老实说，那个时候的郑佳辰一点儿也没有高估自己，他真的是吃定了苏微微。毕竟在这场猫和老鼠的游戏里，苏微微是那只不自量力前来挑战的小老鼠。

但他终于还是没有拗过苏微微，最后只好承认自己会回家，不过是一个人。苏微微也不生气，她知道生气对郑佳辰一点儿用处也没有。她晓之以理，动之以情，知书达理得跟一个大家闺秀似的，竟然没有了平常的小家子气。不过也难怪，在郑佳辰这里，她经常只能选择做个好脾气的人。

苏微微又是求又是缠的，其间还时不时透露就算他不领自己去，她一个人也要去，反正她去哪他又管不着。这也是说理不管用之后她的下策，无奈的郑佳辰只好妥协。其实他倒不是很反对苏微微跟着自己回家，他只是觉得这样不妥，觉得这样似乎不太符合他一贯的做法，他害怕这样的改变会让一些不可预测的事情发生。

于是他跟妈妈打了招呼，郑妈妈只是淡淡地说了声"好"。于是苏微微和郑佳辰就开心地拉着小手从北京回到了这座叫作远方的小镇。

远方，多好的名字。

一路上苏微微都在说这个地名，说自己竟然一直都不知道他的家乡的名字，还责怪他怎么不告诉自己。

苏微微看见郑妈妈后，拘谨地鞠躬，喊了声"阿姨好"。郑妈妈是典型的小镇上的女人，也不知道该怎么形容，反正既有一点儿城市人的得体，又有不少乡下人的乡气。但总的来说，郑妈妈很面善，看上去就像是一个好人。

苏微微松了口气，她就怕郑佳辰的妈妈是一个看上去凶神恶煞的人。不过想想也是，郑佳辰长得这么标致，他妈妈又怎么会差呢？

郑妈妈笑着点点头，接过了郑佳辰手里的行李，却没有接苏微微手里的。郑佳辰急忙帮苏微微拿着行李。苏微微心里觉得不自在，想着郑佳辰妈妈不喜欢自己吗？她纠结了一会儿，急忙打消这个念头，想着是自己想太多了，太敏感了，毕竟媳妇和婆婆总是这样拎不清，也正常。

想到"媳妇"两个字，苏微微立刻红了脸。

晚饭的时候，郑妈妈一直给郑佳辰夹菜，却始终晾着一边的苏微微。郑佳辰努力咳嗽了好几次，郑妈妈只当没听见，该怎么样还是怎么样。

吃完饭郑妈妈一直坐着不动，郑佳辰急忙说收拾碗筷。苏微微一看这架势，哪能让郑佳辰收拾，她出来的时候就听爸爸妈妈叮嘱说，在他们家一定要手脚勤快，别让人落了光吃不做的把柄，女孩子第一次去人家家里也别空着手。临走前，妈妈还给了她一张卡，让她到时候给他妈妈买点儿东西。

苏微微没敢跟家里提郑佳辰的家境，只说他家在外省，在北方，不远。爸爸妈妈也不是势利的人，所以就没有问，由着她去了。而且现在相亲压力多大啊，大学谈恋爱也没有什么不好。而且他们两口子也见过郑佳辰，一表人才，不比那些电视上的大明星差，人也不错，性格还挺沉稳的。当然也没好意思打听他的家境，毕竟他们两口子教了那么多年的重点高中，这点儿修养还是有的。

苏微微一个人在厨房里洗碗，厨房很阴暗，只有一个巴掌大的小窗口，还被硕大的抽风机占据了。她低着头搓着油腻腻的碗筷，心里堵得跟白天看见的黄河似的，缓慢得简直要死去。

　　她下意识地搓着手里的碗筷，回想着自己到底哪里让郑妈妈不待见了。这也太明显了嘛，明显就是不喜欢她。她撇着嘴纠结了半天，最后也无果。后来郑佳辰偷偷溜进来让她躲在门后休息，他来洗。苏微微赶紧把他刚刚关上的门打开一条缝隙，说："还是我来吧。等会儿你妈看见了我就惨了……"

　　郑佳辰看着她可怜巴巴地嘟着嘴的模样，心里觉得过意不去，走过去缓缓从她身后抱住了她。她急忙弹开，压抑着声音说："别让你妈看见了。"

　　晚上睡觉前，苏微微也不知道该怎么办，郑妈妈坐在客厅里看一部那些年很流行的台湾家庭伦理电视剧。郑佳辰推了推苏微微，苏微微才鼓起勇气拿起手边早已准备好的一条围巾，那是她在西单商场里花了大价钱买来的，只想着一定要让他妈妈满意。

　　郑妈妈看了一眼，伸手接过了，笑着说了声"谢谢"，客套得跟面对一陌生人似的，说又看她的电视剧去了。苏微微回头瞪了一眼郑佳辰。郑佳辰急忙说："妈，您也累了吧？"

　　"我不累。"

　　郑佳辰被堵得说不出话来，许久后，郑妈妈才转过头看着他们，说："郑佳辰，你先去休息吧。今天晚上苏姑娘就睡我房里，和我一起睡吧。"

　　他妈妈一直叫他郑佳辰，从小到大都是这样。郑佳辰后来因为苏微微也老是"郑佳辰""郑佳辰"地喊，竟莫名地对她产生了依赖，有时候甚至会鬼使神差地想到妈妈，在她喊他的某个瞬间，他只觉得安稳和温暖。

　　"哦。"郑佳辰乖乖地应了声，对苏微微使了个无可奈何的眼神，意思是让她将就一下。苏微微心里叫苦连天，想着她本来就挺恋床的一个人，本以为出来跟郑佳辰在一起可以好一些，忽略不计那些矫情习惯，可是这要跟他妈妈一起睡……好吧，她瞬间脑补的是，她宁愿跟老虎睡在一个笼子里紧张死，也不想跟郑妈妈睡在一起煎熬死。

呸呸呸，怎么可以拿老虎和郑佳辰的妈妈做比较？苏微微赶紧打消了这个不恰当的念头。

5>>>

没想到苏微微和郑佳辰的妈妈睡在一起，竟然一夜无语。

苏微微绷紧了身体，躺在郑妈妈身边睡不着，天蒙蒙亮的时候听见郑妈妈轻微的鼾声，苏微微才迷迷糊糊睡了过去。

郑佳辰次日带她去镇子上到处走走，一是为了让她不至于感到寂寞，再者就是这样待在家里也实在不是事儿。

苏微微一路心事重重，从到他家这一天一夜，郑妈妈竟然一句话也没有跟她说。好几次她开口尝试着跟郑妈妈说话，都被漠视给活活撞回原地。

苏微微还记得那是小镇下雪的早上，两个人走在咯吱咯吱响的雪地里，身后是两串长长的脚印，镇子上冬天更显得寂寥。

郑佳辰握住她的手，她委屈地抬头看了他一眼。

"我妈她其实是有点儿不习惯你来。"郑佳辰安慰她说，"过几天就好了。"

"哦。"苏微微木然地应了一声，她现在是真的有点儿后悔跟着郑佳辰回家了。她什么罪受不够似的，这不是没事儿给自己添堵吗？

后来他看见她不开心的样子，就带她到处游玩，走街串巷的，有长长的一眼望不到头的胡同，胡同里偶尔会有几个老头子老太太说着陌生的方言。苏微微看着那长得看不见尽头的胡同，第一次想到了未来，对，是他们的未来。

郑佳辰还带她去了他的小学，那是一所小初高一体的学校，镇子上的孩子基本上都在这里念书，学校很大，好像比镇子还要大似的。冬天的校园寂寥得很，郑佳辰紧紧握着身边的女孩子的手，静静地跟她走在校园里。那是他走过了童年和青春期的地方，他给她说他的教室，给她说他常常在那棵树下早读的场景，还告诉她记忆里每一个发生在青春的细节。苏微微认真地听着，时不时深深地看郑佳辰一眼。

北方小镇的天空在冬天总是显得阴霾，苏微微抬头仰望着头顶的天空，身边的郑佳辰忽然说："微微，对不起啊。"

苏微微抿抿嘴，笑起来："没事，反正我们过几天就回去了。"

郑佳辰愣了愣，随即笑了笑。

不知道什么时候，有一个看上去五六十岁的老人负手走了过来，看见郑佳辰，犹豫了半天，才惊呼出口："是……是郑佳辰同学吧？"

郑佳辰受宠若惊，大步拉着苏微微走过去："王老师！"忽然他感觉到不妥，急忙偷偷松开了苏微微的手。苏微微也笑眯眯地看着那个老者，喊了声"王老师"。

"这位是？"王老师笑眯眯地看着苏微微，"唉，原谅我这记性吧，人一老，什么都不行了。"

"这是我的大学同学。"郑佳辰介绍道，"苏微微，这是王老师，我以前的班主任。"

苏微微不知所措地看着面前的王老师，王老师随即明白过来，笑呵呵地说："郑佳辰同学，难得啊。"

一句话说得郑佳辰面红耳赤。王老师没有说错，对于高中一心只读圣贤书，两耳不闻窗外事的郑佳辰，竟然谈了一个女朋友，还真是难得的事情呢。不行，他一定得把这件事给学校别的老师讲讲，让他们也开开眼。王老师在心里盘算着。

"放假了吧？"王老师问。

"嗯，寒假，年后过了十五开学。"郑佳辰老实地答道，俨然是一个学生面对老师时的拘谨，但又不全是这样，更多则是一种微妙的介于师友之间的情绪。

"好好好，要是我没记错的话，你是在北京念大学吧？呵呵，郑老师总算可以安心了。郑老师一念叨就是让你去北京的事情。呵呵，这么多年了，有时候做梦，梦见他，他也在喋喋不休地跟我说这事。"王老师笑着说。很多年前，他还和郑佳辰的爸爸是同事的时候，他就不止一次听郑老师曾信誓旦旦地表示，如果郑佳辰不能考到北京去，那么就算是别的城市的一线大学，他也不会让郑佳辰去。

说起来郑老师倒是个极端的人，不过没有人会怀疑他的动机，如果一个人也像他一样从那个特殊年代走过来，大概也就可以理解为什么他会有这种想法。

郑佳辰笑笑，王老师摆摆手说："没事我就先走了，今天来学校察看教室门锁，竟然碰见你们，真没想到，呵呵。"

"老师再见。"

"呵呵，再见。记得替我跟你妈问声好。"

"嗯，我会的。"

王老师走出老远，身影渐渐消失在雪地里，徒留苏微微呆呆地回味着刚刚王老师说出的那一番话。她当然不可能无师自通，想明白王老师说的那句"郑老师也可以安心了"是什么意思。她起初以为只是一种安慰，却莫名地感觉到事情不会这么简单。

不过那年的苏微微终归没有明白郑佳辰身上所承受的悲恸。

日子过得很快，苏微微至坐火车离开小镇，也没能跟郑妈妈说上什么话。只是临行前的那一晚，郑妈妈忽然说让苏微微出去买一瓶酱油。苏微微也不傻，知道是郑妈妈有话跟儿子说，故意支开她。

苏微微于是就在大街上晃荡了一个多小时才回家。

她不知道那一个多小时郑妈妈到底对郑佳辰说了些什么，总之，郑佳辰对她的态度，就是在那一个多小时之后发生了变化。回北京的

　　路上，苏微微几次试图靠近他，都被他拘谨地推开。

　　苏微微也很生气，连日来的委屈加上郑佳辰莫名其妙对她的冷漠，一路上，她都苦着一张脸，不论郑佳辰怎么劝说，她愣是一口东西没吃，一口水没喝，坚持到了北京城。下了火车，她撇下在一边垂头丧气的郑佳辰，直奔家里，顾不上回答父母殷切的提问，冲进卧室，紧紧关上门。人还没钻到被窝里，眼泪就簌簌地落了一袖子。

第四章
Chapter 4

莫名其妙程弈鸣

1>>>

　　下班的时候，苏微微拿了包就偷偷往外溜。她也不确定那个家伙到底会在哪里出现，所以只能挤在电梯的人群里尽量低着头隐蔽自己。刚一出天乐集团的大楼，她就发现大家的目光纷纷投向停在大楼旁边的超炫跑车上。其实大家可能并不是被跑车吸引，毕竟不像小时候那样连上海大众都是稀奇货，现如今遍地都有这样的跑车。

　　大家的注意力主要集中在那个靠在车上的男人身上。那个如妖精一般精致邪魅的程弈鸣，这栋大楼里的人因为全部隶属于天乐集团，所以几乎没有人不认识他。

　　苏微微也冒冒失失地随着大家的目光看了过去，这一看，她发现

是敌方目标，立刻别过头继续往人群里钻。但为时已晚，因为她已经
听见程弈鸣扯着嗓子在那里喊："苏微微，苏微微！"

众人纷纷看向身边的人，最后目光集中在男子走过来的方向。
苏微微此刻正像被当场抓获的贼一样人赃俱获，但自己却死活不肯承
认，摇头晃脑假装等车，直到程弈鸣站在她身后。

"喂，看什么呢？这么出神。"程弈鸣奇怪地朝她的方向看了一眼。

苏微微继续装跟这人没关系。

"喂，跟你说话呢。"他已经有些生气了。

苏微微继续卖力地仰头看远方过来的出租车里面到底有没有人。
她这可以穿千里的视力现在也真是个麻烦，其实早看清楚了车里有乘
客，但还必须装着没有看清楚，挤眉弄眼的真是为难她啊。

程弈鸣于是绕到她面前，压下胸口的怒火，继续装作轻松地说：
"说话，调皮！"

苏微微继续无视他，只当面前还是空气。因为她发现了一个糟糕
的事实，她越是这样，周围的群众就越是用奇怪的目光盯着她。他们
大概会觉得这女的要不是盲人要不就是神经病吧？当然也有一部分是
暧昧的，他们大概在猜测，瞧瞧，这种男人还是少招惹为妙，看这情
形肯定是做了什么对不起这姑娘的事情，至于做了什么事情，那就任
由群众尽情发挥想象了。

苏微微煎熬得简直要崩溃了。

程弈鸣彻底怒了，扯着她就往车子的方向走。

苏微微被他拖着向前。

周莉莉不知道什么时候出来了，看见苏微微和程弈鸣，自然知
道怎么一回事，本着花痴的心态过来掺和了一脚："哎呀，微微，好
巧。"话刚说完，又回头对程弈鸣说，"哎呀，好巧，程董。"

众人更加意犹未尽。苏微微顾不上跟周莉莉打招呼，只是叹了口
气，看向程弈鸣："你到底想怎样啊？！"

程弈鸣沉下脸来，不理会她，也不顾她极力挣脱，直接拖到跑车

里，关上门。苏微微还想跳出来，被他摁住了，用安全带紧紧拴着。苏微微想解开安全带，不过她很快发现，她根本不知道怎么解开这种高级货的安全带……

程弈鸣黑着一张脸，看都没有看她一眼，沉默地发动车子，沉默地加速，沉默地随着众人的目光开过大街。

周莉莉在原地目瞪口呆，心想这有钱人谈恋爱的手段就是让人匪夷所思啊……

"去哪？"程弈鸣冷冷地问，脸上没有丝毫可以让人探测他情绪的表情。

苏微微觉得这人一定是个精神分裂症病人，不然怎么能变脸变得这么快？她瞬间脑补了一些在国外看的变态杀人恐怖片，不禁打了个寒战，先前的固执早被他的冷若冰霜给镇住了，只扭扭捏捏地说："我回家。"

"住哪？"

"住我表姐家。"她说。

程弈鸣皱皱眉，睨了她一眼，她急忙说："住××路。"

结果车子却拐上了相反方向的高架桥，她急忙纠正："错了错了，是往那边开。"

程弈鸣不理会她，继续开车。苏微微撇撇嘴，自嘲地说："反正是由着性子来，还问别人去哪干吗？"

程弈鸣冷哼一声："别以为我对你有什么企图，人必须要有自知之明。"

"谁不自知了？"苏微微也怒了，"没见过自知的人强行接人下班的，也没见过自知的人送人一堆玫瑰也不管别人到底想不想要的。"

"那不过是打招呼。"程弈鸣完全不为她的嘲讽所动。

"哎哟喂，真新鲜哪，打招呼就送海量玫瑰？打招呼就直接开着跑车来接人哪？"苏微微开始嘲讽，顿时就忘记了自己是那个主角儿。

程弈鸣冷笑："想知道为什么吗？"

"不想知道。"

程弈鸣根本就不理会她的意见，继续说："最好是不要知道，反正一切不会持续太长时间。"

苏微微觉得这家伙就是个神经病，丝毫没有感觉到他话里有话。

当然，她绝对想不到的是接下来发生的事情。

车子停在一排别墅面前，苏微微咂嘴，心想有钱人还真是没创意啊，住就住别墅，开就开跑车，有意思吗？难道就不能玩点儿创意？比如开个捷达、住个筒子楼什么的，一看就脱俗出众不是吗？

苏微微正嘀咕着万恶的资本家，耳畔程弈鸣那千年不变的邪魅中透着一股不正经的冷冰冰的声音响起："以后你就住这了。"说着，不知道从车上哪里摸出来一把钥匙，扔在她的小粗腿上。

苏微微那个羞愤啊！这是为了羞辱她的小粗腿而想出的破烂招式吗？有钱人！

晚上回家苏微微把今天的诡异经历跟柴筱朵唠叨了一遍，柴筱朵差点儿当下就给她跪了，抱着她的小粗腿声嘶力竭地吼："我要住别墅！我要住！要住！微微！我要住！你欠我钱，你不能拒绝我！所以，你也不能拒绝那个大傻瓜！"

苏微微木然地看着疯狂的表姐，早知道就不该跟她说这事儿。苏微微摸出钥匙，扔在沙发上，对柴筱朵说："要住你住，反正别拉着我，打死我也不去。不，打死我也不一定去。您要真往死里打我，我就勉强去。"苏微微说着便为自己的幽默感笑了起来。

柴筱朵的注意力根本不在这里，早抱着门钥匙研究去了。

苏微微睡前看了眼手机，发现一条未看短信，发信人是郑佳辰，短信依旧很简短、很直接——程弈鸣去找你了？

苏微微硬着头皮回了个"是"。

郑佳辰：我知道了。离他远一点儿。

苏微微：我倒想离远一点儿，这不是人在屋檐下，不得不低头嘛。

发完短信后，苏微微发现这话几天前还是她用在郑佳辰身上的，什么时候他们站在一条站线了？

郑佳辰：这几天你就别去上班了。

苏微微：哦，知道了。

2≫

居然……居然找到家里来了！

柴筱朵一大早上就"砰砰砰"地敲门，敲得苏微微恨不得一脚踹死正站在门外大吼大叫的柴筱朵。苏微微打开门，就看见柴筱朵一脸兴奋地朝客厅的沙发上努了努嘴。苏微微目光落在那道背影上，此刻那背影正好也回头，看见蓬头垢面的苏微微，邪魅地笑了笑。

于是苏微微一巴掌拍在额头上，"啪"地关上了门，低头打量了一眼自己的小三角和小文胸，顿时想要打开窗户跳出去。十几分钟后，苏微微穿着T恤与牛仔短裤，径直往洗手间走去，从头到尾都没有理会正坐在沙发上的程弈鸣。

当然，人家也不会理会她。毕竟，柴筱朵那个叛徒此刻正在和他热烈地讨论着股市未来的走向……

苏微微洗漱完毕，木头似的站在门口，打开门，程弈鸣乖乖地走了出去。出去之前柴筱朵还狗腿子似的巧笑倩兮，哆哆地说："记得常来玩哟，弈鸣！"

苏微微强忍着才没有吐出来。

等电梯的时候两个人都保持沉默，这家伙似乎还真是像他说的那样，他之所以这样对她，是有着某种原因的，不过这些都是暂时的，要不然为什么他能跟柴筱朵和和气气，一面对她，就成了这一副半死不活，跟烤得半熟的北京烤鸭似的。

再一想到他这大清早就来扰人清梦，苏微微想着等下开口跟他说第一句话，是说"你是不是神经病"，还是"你绝对是神经病吧"呢？

电梯里只有他们两个人，气氛有点儿诡异。程弈鸣忽然说："你今天怎么没去上班？"

"我上司让我在家休息。"

"郑佳辰吗？"程弈鸣感兴趣地问。

"是啊，程董。"苏微微爱理不理。

程弈鸣见她这态度，也冷了一张脸，不再跟她说话。苏微微出了大楼，乖乖坐上他的车，主要是实在不想跟他啰唆。反正这个主儿，她又拗不过他，他还是她的大老板，既然郑佳辰有让她休假的权力，那么他自然有让她去上班的权力。谁让她是天乐集团的员工呢？

这次她连去哪儿都不用问了。车子开了一个小时后，出现了一片诡异的空旷地面，青山绿草的，还有一些热带植物。苏微微正疑惑着北京城竟然还有这地儿，一个管家模样的人忽然跟碰瓷似的出现在程弈鸣车旁，不过这个时候程弈鸣的车速也不快，比走路快不了多少。他将手里的一个东西交给管家，管家便打开了前面的大铁门。苏微微注意到，那个管家模样的大叔还对她笑了笑。于是她也干笑一声，回过头问程弈鸣："你不是要押我去上班吗？这是什么地方？"

"我家。"

"啊？"

"家父家母想要见见你。"程弈鸣冷冷地说，"不然你以为我找你干吗？"

"你爸你妈见我干吗？你怎么不早说？！"苏微微急忙对着后视镜观察了下仪容。

"你不是没问吗？"

"我不问你就不说啊！"

"我以为你不怎么喜欢我问问题呢。"

"以后再有这种突发情况，就算我不问，你也要说。"苏微微不知道从哪借来的勇气，发号施令完毕才发现自己过分了，但又苦于没法补救，倒是程弈鸣一副根本不在乎的样子，末了还点点头，艰难地说了声"好"，俨然一个不甘心的小奴才。苏微微不禁又狐疑起来，自己到底做了什么呀，怎么这两天净发生这些诡异的事情？

对于程弈鸣的爸爸妈妈，苏微微一眼就认出来了。没办法，这两天因为云南那边的干旱，公司组织了一个慈善晚会，组织者就是这一对雍容华贵的老夫妇。他们是北京城乃至整个娱乐圈出了名的好心人。在现在这种到处用做慈善做幌子，实则为了曝光率的浮躁时代，甚至是诈捐成风的娱乐圈里，这一对掌握着整个大陆娱乐圈命脉的老华侨，是为数不多被公认为在认真做慈善的名流。

苏微微有点儿紧张，程妈妈看上去挺年轻的，目测年龄三十多岁，但其实她已经过了知天命之年。程妈妈看见苏微微，过来拉住她的手，说："前几天听弈鸣说你回来了，我本该亲自拜访的。"

苏微微丈二和尚摸不着头脑，自己一介小小助理，何德何能让天乐集团幕后财团掌控人程氏夫妇亲自拜访？

如果她没有猜错，那个吹胡子瞪眼，一直坐在沙发上，直到现在都没有起身的老爷子应该就是程爸爸了。程妈妈回头瞪了他一眼，他才不情不愿地站起身，过来握了下苏微微的手，不过什么也没有说。

苏微微不禁在心里想，瞧这老爷子的眉眼，以及那爱理不理的表情，简直跟程弈鸣那个诡异的家伙如出一辙。

程夫人立刻让菲佣安排午宴。

好吧，午宴。苏微微生平第一次中午吃不叫午饭的饭。

程弈鸣带她进来后就不知道跑哪去了，直到开饭的时候才出现，神出鬼没得跟飞贼一样。程妈妈在一边小心翼翼地跟苏微微聊着天，看见程弈鸣，责怪他不懂礼数。程弈鸣笑笑没有说话，苏微微看见从他身后冒出来一个漂亮的女子。

不是颜惜还是谁？

这下她真的是彻底晕菜了。

这到底是怎么回事啊？！苏微微内心化身女金刚朝天一声吼，表面还装得跟个小家碧玉似的，看见颜惜，强忍住跟她打招呼的冲动，只是淡淡笑了笑。颜惜也朝她笑了笑。一家人坐定，但老爷子不知道跑哪去了，跟程弈鸣果真是父子关系啊。

管家在一旁尴尬地跟程妈妈说："夫人，老爷身体不舒服，说让你们自己吃。"

程妈妈皱皱眉，看了眼楼上，嘀咕了句："别管他了。"然后笑眯眯地对苏微微说，"苏小姐请。"

苏微微还真饿了，立刻操起筷子，夹了一筷子菜，然后发现气氛有些不对劲。抬头看见四面八方都是注视自己的目光，苏微微尴尬得不知道该怎么办，这不是说请吗，难道请不是指的吃饭吗？

管家小声说："等夫人先……"

"没事。"程妈妈打断管家，和蔼地笑着，给苏微微夹了一筷子菜，"随意点儿，哪有那么多规矩。"

颜惜急忙解围，一边夹菜，一边说："好饿，我先吃啦。"

程弈鸣在一边冷冷地睨了一眼正在闷头吃菜的苏微微，皱皱眉，将拿起的筷子又放下了。

一顿饭吃得苏微微心惊胆战，也没有顾得上跟颜惜说说话，问问她到底是怎么回事。后来还是程弈鸣送苏微微回家，一路上他都冷着一张脸，问她是去别墅还是回她表姐家，她嘀咕了句"回表姐家"。

程弈鸣送她回家，什么也没有说，将她扔在表姐家楼下后，车子飞快掉头，消失在小区转角。

苏微微呆呆地站在原地愣怔了半天，歪着脑袋胡思乱想了一会儿，终究是没有头绪，转身上了楼。上楼的时候，她忽然想起离开程家时，程妈妈最后对她说的那句话："回来就好，以后这里就是你的家了。"

苏微微一边开门一边想，这程夫人果然是好人啊，不过这也太莫名其妙了吧？把那个家伙的家当她的家，还是算了，她只想着老老实实上班，可不想和这些诡异的豪门人士掺和。

3 >>

　　自此之后，程弈鸣天天来公司楼下等她下班，惹得公司一干人天天说闲话。就连周莉莉都有些吃不消了，问苏微微是不是一只脚踏两条船。苏微微那个冤枉啊，可她也懒得解释，只是心里郁结。

　　不过程弈鸣还真沉得住气，只是接她，然后问她要吃什么，她一贯表示想直接回家，于是他就送她回家。她把别墅的钥匙也还给了他，那次是因为他要给她一张可以刷七位数的信用卡，她当即拒绝，表示无功不受禄，顺便就把别墅钥匙还。为这事，柴筱朵郁闷了好几天，说好歹过去体验几天吧。

　　程弈鸣照单全收，他只提出要求，苏微微拒绝他也就不再坚持。有时候苏微微会觉得他似乎在强迫他自己为她服务似的。好几次苏微微说："既然你这么不待见我，那你就甭来了呗。你眼不见心不烦的，我也舒坦。何必这样呢？"

　　程弈鸣说："不会太长时间的，你放心吧。"

　　苏微微疑惑地问："那还有多长时间呢？你说说，我好歹心里有个底。"

　　程弈鸣不说话，苏微微难得地调侃了句："不然到时候程大少爷你走了，我这要失落了怎么办？"

　　程弈鸣不为所动，仍然面无表情地说："你不是还有我们的大明星吗？"

　　一句话堵得苏微微说不出话来。

　　国庆节前一天，北京下了点儿小雨。前几天为了迎接国庆，已经布置了人工驱雨的措施，没想到天不遂人愿，还是下了雨。公司里到处是风言风语，周莉莉都对苏微微有点儿看不透的表情，还有一连消失了几天都没有音信的郑佳辰，让苏微微的心情有点儿小失落。不过没关系，下班吃一顿好的就行了。苏微微一不开心就吃东西，一吃东西心情准好。

程弈鸣雷打不动照例来接她，她听着身边的窃窃私语，心情顿时从小失落变成了烦躁。看见程弈鸣胸有成竹地打开车门等她走过去，她心里一阵烦恼，又给她脸色看，还天天凑过来，他是神经病吗？反正她不玩了，不好玩！她生气了！

苏微微径直从他面前走过去。程弈鸣奇迹般地没有跟过来，而是开着他的超炫跑车跟在苏微微身后。因为下着淅淅沥沥的小雨，苏微微打算找个可以躲雨的地方等车。发现他跟在身后，她越发生气，打定了主意不搭理他。

苏微微走了一程，愣是没找到一个遮挡的地方，有遮挡的地方就打不了车。雨又下大了，她就将包顶在头上跑起来。程弈鸣加速跟在后面，她甚至能听见跑车发动机的轰鸣声。谁知道意外就这么来了。苏微微跑得太快，看见一辆出租车飞驰过来，急忙停下伸手拦。程弈鸣的车子就这样在雨水中迅速滑过她的脚边，飞溅起的大马路上的黑色雨水将她的白色裙子给染成了一幅泼墨山水画。

重点是出租车也没有停下来，司机还吼了她一句："找死呢！"

苏微微气结，朝着出租车司机跺脚，来了句国骂，然后觉得脚踝和小腿一阵冰凉，低头一看，一片污渍。程弈鸣则将车子停在前面，看着后视镜里的苏微微，那不屑的表情，就跟撞上了一坨巨大的牛屎一样。

苏微微想，我忍！

走了几步，苏微微发觉那家伙依旧在跟着她。于是她停下脚步，回头狠狠地指着他："别再跟了！"说完继续走。结果他还在跟。苏微微回头叉腰瞪着他。程弈鸣嘴角挂了一抹嘲讽的笑容，他第一次觉得这个傻乎乎的家伙还挺好玩的……

苏微微走过来，将手里的包摔在他的车头上，一脚踏在他的车盖上，恶狠狠地对他晃了晃拳头。程弈鸣打开车灯，摁着喇叭不放，苏微微被照得眼前一花，耳畔喇叭声震耳欲聋，她一下子没站住，直接摔在地上，四脚朝天，雨水从天空直贯而下，浇在她湿漉漉的脸蛋上。

于是苏微微眼睛一酸，委屈得哭成了个泪人儿，心里想着，撞死我吧，撞死算了。

程弈鸣走下车，将她拖起来，扔进车里。他将一个信封放在她手里，一边启动车子，一边说："既然如此，那么你收下这些吧。"

苏微微正想说你傻帽啊，不知道老娘软硬不吃吗？你又不是没有送过东西给老娘。

程弈鸣像是看穿了她的心事，自言自语似的说："你收下，我就消失。反正，你选吧，要不收下，要不就这样耗着。"

苏微微打开一看，是一张没有写数字的支票。

程弈鸣说："你可以随便填。"

"就一个问题，"苏微微抹了把脸上的雨水和泪水的混合物，一看见钱，她还是难免小心肝颤抖，"为什么给我？"

"你以后会知道的，我现在不想说。"程弈鸣说这句话的时候，双手握紧了方向盘，青筋凸起。他的脸色忽然间变得非常苍白，一只手紧紧摁着胸口，表情痛苦。

苏微微觉得无奈，从头到尾她都不知道这到底是怎么一回事，现在搞得自己这么狼狈，她却连狼狈的理由都不知道。她轻轻笑了下："不好意思，我从来就没有懂你说的话，也不知道你为什么执意要让大家都难堪。不过这些东西，无论如何不要再拿出来了。虽然我对钱非常感兴趣，但是不好意思，君子爱财，取之有道，你这道，我不想上。程董，你要知道，并不是什么时候钱都能顶用的，而且，对于你的莫名其妙，我表示很不理解。我起初以为这是你们有钱人玩的变态游戏，但我知道自己想错了。可我也不想知道原因了，因为我不想玩了，真的，太没劲了。所以，不管你出于什么理由，我都拜托你，别再烦我了。你不是也挺烦的吗？那就拜拜吧。我以前要是哪里得罪你了，你现在赶紧趁着我还没走给我俩大耳刮子，过了这村就真没这店了，我也委屈你这么久了。于情于理，就算是作为你的小职员，也算是仁至义尽了。所以，姐姐走了，你别再跟上来了。"苏微微说完打开车门，径直走进了雨里。

下车的瞬间，苏微微的心情忽然开朗起来，她想可能是因为她刚刚终于说出的那番话吧？而这次他没有跟上来。她回头看了眼呆呆地坐在车里的程弈鸣，他的额头抵在方向盘上，脸颊因为某种痛苦而扭曲在一起。

苏微微皱了皱眉头，心里琢磨着这人心理承受能力也太差了吧？不就说了他几句吗？至于如丧考妣一样痛苦吗？！她还委屈且痛苦着呢！

4>>

苏微微没想到自己晚上就感冒了。柴筱朵因为要赶国庆的档期，要加班一个通宵。家里就苏微微一个人，躺在床上，脑袋像是被人狠狠踩了一脚似的，又疼又晕。她迷迷糊糊中艰难地爬起来给自己倒了杯水，又艰难地翻了下抽屉，没有找到感冒药。

苏微微看了眼手机，已经半夜一点多了。她翻开手机通信录，最近的联系人显示的是程弈鸣，她皱皱眉往下翻，看到郑佳辰的名字，犹豫了下，叹了口气又继续往下翻，最后给柴筱朵打了个电话。

电话很快接通了。

柴筱朵在那边吼："老娘正在开开心心地做设计！你打电话干吗？！你怎么还不睡觉？"

苏微微有气无力地说："我好难过。"

"难过什么啊，姐姐我加班还难过呢。"

"我好像生病了……"苏微微摸了下滚烫的额头，这哪儿是好像！

"你怎么啦？感冒？"

"嗯，好难受。"苏微微感觉自己的声音又小了一些。

柴筱朵连忙在那边说："抽屉里有药，赶紧吃。我明天回家带你去看医生。"

"没药了，我找了半天没找到。"

柴筱朵在那边沉默了下，忽然说："坚持住！我马上叫人过来照顾你。等等啊，先挂了，我给你叫人去。"

柴筱朵挂了电话就给程弈鸣打了过去，她本以为他这个点已经睡了，没想到电话很快接通。柴筱朵会给他打电话当然是有原因的，那天他过来找苏微微，她和他在沙发上聊天，他和她交换了电话号码，说是有事情就通知他。柴筱朵不傻，知道他说的有事当然是关于苏微微的。

虽然她不怎么理解苏微微怎么这么好运气，不过没关系，能多一个肯送苏微微别墅的朋友，总归是有好处的。

程弈鸣在那边问什么事情，口气听不出任何情绪。

柴筱朵如实相告，程弈鸣"嗯"了一声就挂了电话。柴筱朵喂了好几声才发现对方早已挂了，她撇撇嘴，又低头去做设计了。

门铃响起的时候，苏微微艰难地移动到门边，想着应该是柴筱朵指派的人来给她送药了吧？她打开门的瞬间愣怔在原地，门口站着的竟是颜惜。

"你怎么样了？"颜惜关心地问，伸出手摸摸她的额头，"好烫！赶紧穿好衣服，我带你去看医生。"颜惜紧张兮兮地看着她。

苏微微后知后觉地问："你怎么知道的？"

颜惜尴尬地笑了笑："是弈鸣告诉我的。他说……"她犹豫着，想着自己到底该不该把原话复述一遍，"他说你不想见他，就让我来看看你。"

那个诡异的家伙竟然还能替她着想，真是比诡异更诡异啊。

不管怎么样，苏微微感激地对颜惜说："麻烦你了。"

"说什么呢。以前在大学，我生病也没少麻烦你。"颜惜轻轻拍拍她的头，像是在抚摸一只心爱的小宠物，她觉得好温暖、好安心。

从医院回来已经很晚了，苏微微打了一针，觉得好多了。颜惜又送她回来，时间已经深夜三点多，她便留颜惜过夜。颜惜也没有拒绝。两个人躺在床上，两双眼睛盯着天花板，愣了一会儿神。

颜惜忽然说："微微，你还记得吗？大学的时候，我们也这样躺在一张床上睡觉。"

"不过那时候的床好挤，嘿嘿。"苏微微笑嘻嘻地说。

颜惜转过脸看着她，眉飞色舞地说："是啊，小薇和芳芳她们还老笑话我们是拉拉。"

"她们还去告诉郑佳辰这事儿，好窘。"苏微微回忆着当时的场景。

颜惜笑了笑，提到郑佳辰，让她不禁又想起了去年发生的那件事情。颜惜转过身，拉住苏微微的手，认真地看着苏微微。那一刻她深深地自责着，她曾经已经对不起苏微微一次，可是为什么还要有第二次呢？那天在医院，她就该死命阻止执意要去面对苏微微的程弈鸣。

"微微，我没想到真的还能再见到你。"

苏微微笑着说："这话你已经说过一次啦。"

颜惜也笑笑："是真的，微微，如果知道你会回来，我一定不会……"颜惜说到这里，急忙止住了，她知道自己不能再往下说了。

可是苏微微问："一定不会什么？"

颜惜沉默了一下，继而轻轻笑了笑，伸手摸摸苏微微的脸蛋："一定不会让程弈鸣再靠近你，尽管他是出于好意。"

"程弈鸣？他怎么了？"苏微微想起那晚在医院撞见他们的情景，心想着程弈鸣不会真的是颜惜的男朋友吧？可是看着不像啊，那么颜惜怎么会住在程弈鸣的家里呢？按照苏微微的一贯思维和判断，她想，他们那种豪门应该会很在乎这种未婚同居的事情吧？

颜惜说："你真的不知道他为什么接近你吗？"

"知道什么？"苏微微更加疑惑，转念一想到颜惜和程弈鸣，她又试探着问了句，"你跟程弈鸣不会是那种关系吧？"

颜惜看着她夸张的表情，猜到她的意思，急忙澄清："当然不是，程弈鸣是我表哥。"

"啊？"苏微微一直知道颜惜家境不错，看来何止是不错？不过颜惜在大学时一向低调，倒也不是苏微微不关心朋友。

"真的，我骗你干吗？"颜惜笑着说。

"哦，这样啊，我还以为是呢，吓死我了。你不知道程弈鸣那个家伙有多诡异！"苏微微夸张地眨眨眼。

颜惜被她逗笑了，刚刚还哽在喉咙里的话，就这样被逼了回去。她本以为苏微微知道程弈鸣苏微微竟然真的不知道他是谁。那么，她也没有必要再在苏微微的伤口上撒盐了。

于是颜惜问："微微，对于程弈鸣，你是怎么想的？"

"什么怎么想啊？"苏微微觉得颜惜的问题很奇怪，简直跟那个家伙有得一比了。

"哦，没什么，我随便问问。"

"反正，"苏微微回忆着这几天跟程弈鸣相处的情景，"那家伙不正常，又给我钱又给我房子的，还任劳任怨听我使唤，你说这人要不就是想做好人想疯了，要不就是神经病。可是我想不通的是，他似乎又跟我有仇似的，好像有什么人逼着他那么做一样。我觉得吧，这人估计是脑袋有问题。"

苏微微自我分析着，逗得颜惜笑起来。

苏微微皱皱眉，打了一下颜惜的胳膊，说："你别笑啊，我说的都是真的，他是你表哥，你比我清楚啊。对了，你老实跟我说说，他是不是脑袋有问题啊，或者受了什么刺激？怎么净跟我过不去呢？还打着要对我好的旗号。"

颜惜止住了笑，是真的笑不出来了，她躺好，看着天花板，过了许久才说："只有一点你说对了，他想对你好。不过不是有什么人逼着他这么做，是他自己逼着自己做的。"

"这还不是神经病？"苏微微撇嘴说。

颜惜叹了口气："他有苦衷的。其实，也不能说是他自己逼迫自己的，是他过不去那道坎儿，他不是恨你，他是觉得，"颜惜想着到底该怎么说才能把事情说清楚，又不触及苏微微的底线，"他是想把自己的命还给你。"

"把命还给我……"苏微微满头黑线，"姐姐，这是在拍偶像剧吗？而且，据我所知，我们之前根本不认识吧，他也没有欠我什么呀！"

颜惜这次没有笑，只是伸手摸摸她的额头，然后轻轻拍拍她的肩膀："你就当他有病吧。"

"他真有病啊？"苏微微问。

颜惜点点头。

苏微微觉得搞笑，忙问："精神病吧？我估摸着是治不好了。"

"是啊，治不好了。"颜惜轻轻地说，别过脸去，眼睛酸酸的，可是没有泪。她知道，她的眼泪根本不值钱，相对于躺在她身边的苏微微那些年流过的眼泪，她的这点儿泪又算得了什么？

5>>

第二天国庆节，早上颜惜走了之后，苏微微一个人在家里等待郑佳辰来接她，郑佳辰凌晨就回来了，早上给苏微微打了电话，有些着急地说马上来接她，让她准备好户口本。

苏微微想着不是陪他回家一趟吗，准备户口本干吗呢？

虽然已经将行李收拾好了，只等郑佳辰来接她。可是一想到要马上再见到郑佳辰的妈妈，她还是无法避免一阵阵心悸。毕竟那些年里发生的一切，并不都是时间可以抹平的，而且，时间也太短了，才三年而已。

郑佳辰似乎总能猜透她的心事，便在电话里提前说："不要想太多，如果你不想去，那我就一个人回去。"

他的良苦用心，她不是不知道。他大概是想要她从容面对，只是这毕竟有些难。

其实苏微微也不是不想去，她发现郑佳辰似乎回来之后对她的态度就好了很多，打电话的时候口气也是温和的，不像从前那样咄咄逼人，她想可能是跟那晚她喝醉之后发生的事情有关吧。不过到底发生了些什么，她是真的记不得了。

苏微微当然不能不顺着台阶就下来，毕竟她好歹是郑佳辰的贴身助理，这种事情本来就在工作范畴之内。于情于理，她都不能因为个人原因而拒绝他。再说了，她若是拒绝，不是更显得她心虚吗？她有什么好虚的，事情都过去了，他们也自然而然分开了三年。

她只是过不了爸爸妈妈那一关。

说到爸爸妈妈，她回来之后倒是有看过他们一次，上个月的某一个风和日丽的下午，她一个人去了四九城郊的墓地。三年了，墓碑上的照片已经有些泛黄，到底是抵不过岁月的侵蚀，就算已经与岁月无关，还是逃不过此间的人世冷暖。

她刚回来的时候表姐说想要陪她一起去看看他们，她委婉地拒绝了。她觉得这种时候最好她身边是没有人的，这样她可以想哭就哭，想说什么就说什么。表姐说这几年苏微微不在国内，自己每年清明和祭日都有去的，而且每年这个时候自己的父母不论多忙，也会跟着一起去。

苏微微听了，除了感激还是感激。

可能连她自己也想不到，阔别三年，再面对父母的遗像，她说的第一句话竟然是："爸，妈，我没有跟郑佳辰在一起，你们不会怪我吧？"

她还记得，那次从郑佳辰家回来之后，郑佳辰对她态度的转变。在学校里，他开始有意地躲着她。起初她以为他是忙学业，毕竟他所担负的始终比她要多得多，她也是可以理解的。可是后来，她发现就算是偶尔再在一起，郑佳辰也不再像是从前那样。从前郑佳辰虽然一直对她挺拘谨的，但偶尔不经意间还是会流露出对她的爱意，她感觉得到。可是后来，她感觉不到了，也不是感觉不到了，她觉得郑佳辰在努力克制。

她不懂，不懂他为什么要这么做。在她如此热烈地想要将彼此的生命融合在一起的时候，他却总是时不时泼一盆凉水，或者干脆直接不见她。

后来寝室里跟她关系不错的芳芳有一天忽然偷偷告诉她说，在学校外面好几次看见郑佳辰和颜惜在一起。

苏微微愣了半天。她知道颜惜一直对郑佳辰有意，只是碍于她的存在，颜惜才刻意跟郑佳辰保持了一个适当的距离。她再想想最近郑佳辰的反常举动，便立刻在心里确认了这个没有经过求证的猜测。

也不知道是巧合还是老天故意逗她玩儿，她竟然在寝室楼下撞见了他们，金童玉女，看起来倒比她和他在一起还要合适。她生气了，非常生气，一连一个星期没有去学校。

郑佳辰打过来无数电话，都被她一一拒接，之后她干脆关机，也就自然而然没有了郑佳辰的音信。一个星期之后，她心里越发空落落的，甚至有些害怕，还有些恨，恨自己太小孩脾气了，她应该跟他好好谈谈的，而不是出了事就一下子跑开。现在她冷静下来了，她想回去，可是连回去的台阶都找不到。

她开始在自己身上找问题，努力回想自己到底哪里让他不满意。在她焦头烂额，试图在自身找出问题的时候，爸爸妈妈发现了她的异常。他们一直是比较开明的父母，对她也施行放养政策。在二老发现女儿似乎有些不对劲的时候，家里接到了一个来自异地的陌生。

苏妈妈接了之后，对方自报家门，说是郑佳辰的妈妈。

苏微微后来想，就是那通电话改变了他们所有人的命运。

时至如今，再想起昨日种种，她还是无法原谅当日的莽撞。若她不是这样因为爱情的不确定而远远跑开，也许一切就不会变成这样。三年了，在国外的三年，头一年她没有睡过一个安稳觉。她闭上眼，睁开眼，都是爸爸妈妈的音容笑貌，还有他，郑佳辰。那一段时间她以为自己要死掉了。

她低估了时间的力量，她那时还不懂时间就是为了配合这个世界的残酷而存在的一种强大的足以抹杀一切的善意力量。她一步一步走过来，走过一千多个日夜。她渐渐接受了人世的变故，也接受了寡淡的生活，知道命运和人生都是无法回到从前的。

所以，她回来了。

所以，当郑佳辰说"跟我回家一趟吧"的时候，她在心里如针扎般痛了一下之后，便强迫自己微笑着点点头。

因为她知道，如果不能面对血淋淋的过去，那么也就没有资格迎接可能并不是那么好的未来，可那毕竟是未来。她早已在逃避和面对之间做过一次错的选择，她不想错第二次。

第五章
Chapter 5

最怕是旧人常在而时光无情

1>>

其实那个时候颜惜跟郑佳辰真的没有什么，只是苏微微再也没有了
知道的机会。那个时候颜惜是有点儿喜欢郑佳辰不假，颜惜也曾私下里
看着趴在床上啃苹果的苏微微，不止一遍在心里想：怎么会是她？

在苏微微不顾一切追郑佳辰的时候，颜惜也曾羡慕她的勇气，因为
那是自己最缺少的东西。不过她当然不会相信，郑佳辰会真的被只有一
腔热血的苏微微打动。她太了解郑佳辰这种人了，他从那个遥远的小镇
好不容易来到北京城，身上所背负的可能比她能想象的还要多，还要
重。他这种人就算有感情，也会极力克制，他的心门是千斤重的巨石，
钥匙只有一把，被扔进了茫茫大海中，唯一找到它的办法就是一头扎进

浩瀚的海洋，但是谁也不知道会在什么时候找到它。而且在大学这个对于他无比重要的时候，就算是有人不知好歹找到了，他也会冷笑一声说："对不起，不是这一把。"即便真的是这一把钥匙。

颜惜打定了主意，现如今的都是过眼浮云，她要在最关键的时刻出击。

可生活总让人瞠目结舌。当她看见苏微微兴高采烈地对她说郑佳辰默认了他们之间的关系时，她首先是觉得这个疯丫头一定是在自作多情。可当她确实看见郑佳辰轻轻握着苏微微的手时，她知道，她终于败给了这个傻乎乎的丫头，连带着一起败给这个丫头的，还有那个像是木头人一样看上去永远没有感情的郑佳辰。

愿赌服输，她说服自己远远旁观。像她这样从小在豪门长大的人，对待感情有一种更加执着的洁癖。不是她的她不要，她当然也绝对不会去抢。

而在那段郑佳辰疏远苏微微的日子里，她也是安分守己，并没有做什么出格的事情。只是郑佳辰那个时候打定了主意要拿她做挡箭牌，让苏微微知难而退。

颜惜很不理解，也曾问他："你们不是好好的吗？"

可郑佳辰只是苦笑一声说："我不想拖累她，她应该有更好的未来。"他做不到绝对冷漠，那么只好借助外力，尽管有些残忍，不过这都是暂时的，他想。

颜惜想要骂他，想要拍桌子说："是不是你们男人离开之前，都要找一个看上去无比高尚的理由来为自己开脱？"可她终究没有问出口，而是沉默地叹了口气。

颜惜觉得自己对郑佳辰这种人足够知根知底，可她也知道，在他的身上，总有一些地方是她永远不会了解的。

比如他会因为他的妈妈而放弃一个他深爱的女人，他会因为养育之恩甚至放弃他自己想要的一切。

那天晚上，在他的妈妈跟他说那一番话的时候，他脑海里想象的全都是苏微微一个人站在异乡的小镇街上的模样。他的眼泪无声地落下来，他低着头，看着眼泪一颗一颗往下落。他徒劳地想要伸手接住它们，他觉得那就是他的苏微微，他想要接住她，他不敢想象当他跟她摊牌，她会怎么样。

他只能听见妈妈在他的耳边轻轻地说："郑佳辰，你跟别人不一样。他们可以这样，可以那样，但是你呢？你可以吗？你忘了你爸爸临终前对你说的话了吗？生活没有那么简单，感情也是。你想要跟你爸一样犯这种错误是吧？我跟你说，你爸爸做错了，他就应该回到北京，再也不回来，他该走的，该一走了之，留在这个地方有什么用？教一辈子书，又能怎么样？说走就走了，连招呼都没打一声。"她始终是冷静的，就像多年前他去念书时一样，她的冷静让他感觉无比沉重。就算他有很多地方不同意她所说的话，但她的冷静也让他有一种她所说的无可违背的无力感，以及一阵接着一阵的羞愧。

"就算现在在一块儿，你想过以后吗？你不为我想，你也要为你自己想想。人家是北京人，人家爸妈是知识分子，看得上一无所有的你吗？郑佳辰，你怎么不知廉耻，怎么这么糊涂？你以为生活就这么简单吗？你去看看你那些在工厂里的同学，你还认得出来他们吗？你想要回来跟他们一样是不是？你不要想着你可以感情和学业都不耽误，郑佳辰，世界上就没有这么好的事情。你要知道，你去了那里，你是不能回来的人了。郑佳辰，我要你现在就牢牢记住，我也只说一遍，你是不能回来的人了。你什么也没有，你现在除了埋头努力，你还能做什么？"

他的拳头紧紧握着，恨不得在自己的头上狠狠地砸两拳。他怎么这么糊涂，怎么能这样自私？他的面前，就是母亲那一双皲裂的手，那是常年泡在蔬菜水里留下的永不消逝的皱痕。他现在之所以还能在周围人羡慕的目光里走在小镇上，是因为这一双手；他现在可以在明亮的教室里看着导师眉飞色舞地讲解，是因为这一双手；甚至，他现在还可以握着苏微微的手一起回家，也是因为这一双早衰的手。

他再也不忍心让妈妈说下去，战栗着肩膀说："妈，我知道该怎么做了。"

母亲看着他抹抹眼泪，长长地叹了口气后，欣慰地笑了笑，对他说："把苏姑娘叫回来吧，回去了好好跟人家说。"

"我知道了。"他从沙发上站起来，双腿几乎不听使唤地软了软。他扶着扶手下了楼，晚风吹过，他才发现自己在数九寒天里，在刚才竟憋出了一身的汗。

他在小镇的街上看见了远远站在路灯下面的苏微微，她的手上提着一瓶酱油，仰头望着头顶昏黄的路灯。郑佳辰轻轻地唤她的名字，她看见是他，一脸欣喜地奔了过来。而他在她的笑容里，强忍着克制住了不断袭向胸口的一阵又一阵的悲怆。

他在心底问自己：郑佳辰，你到底有没有爱过这个女孩子？

他想要说服自己说没有，可是答案是明摆着的。是的，他早已爱上了她，连他也不知道是从什么时候开始的。

2>>

苏微微找了半天没有找到户口本，柴筱朵加班回来正在补觉，苏微微怎么叫她都没反应。在苏薇薇出国的时候有用到户口本，后来就让舅妈保管了，也不知道放在哪了。她打舅舅和舅妈的电话却一直占线，也难怪，他们一直是走南闯北的大忙人。

郑佳辰来的时候第一句话就问她："找到了吗？"

苏微微小声说"没有"。郑佳辰脸色顿时沉下来："那还怎么结婚？！"说着，转身就走，走了几步他看见苏微微还呆愣在原地，不耐烦地叫了她一声，她才从他那句没来由的话里反应过来，跟了上去。

一路上她都在想郑佳辰刚刚说的那句话，结婚？她什么时候说要和他结婚了？难道是喝醉的那次吗？不会吧！

苏微微胡思乱想着，瞄了眼认真开车的郑佳辰。司机大老王出事之后，他就自己上任了。

苏微微斟酌了一会儿，才小心翼翼地问他："你刚刚是说结婚吗？"

郑佳辰目视前方，没有理会她。

苏微微有些窘迫，撇撇嘴，也目视前方装木头人。

"是结婚，怎么了？"郑佳辰忽然说，吓了苏微微一跳。

"没什么。"

"没什么就好。"

她哪儿敢有什么呀？

郑佳辰没好气地又说："户口本这种东西你也能弄丢？"

苏微微觉得委屈，他又不是第一天跟她认识。别说户口本了，苏微微曾经弄丢过不下十个QQ号、无数张信用卡以及三张绿卡，这种事情她会跟他说吗……

"爸爸妈妈出事之后，我就很少再碰户口本了。"苏微微老老实实地说，在说话的瞬间眸子低垂了下来，楚楚可怜地望着车窗外不断倒退的风景。

郑佳辰看了她一眼，想想找不到就找不到吧，又何必让她想起伤心事？于是他问她："喂，饿不饿，要不要停车先吃点东西？"

"不饿。"她头也没回地说。

郑佳辰皱皱眉，知道已经挽回不了，心里有些悔意，又不知道该怎么安慰她，只好沉默。

中午的飞机，晚点了两个小时。郑佳辰戴着遮阳镜，全副武装，跟大多数明星人物出现在公众眼中的形象基本是一个模子刻出来的。苏微微一路忧伤，偶尔看一眼坐在身边看杂志的郑佳辰，觉得他更像是一个恐怖分子。

到达小镇周边的Y市后，他们在机场搭了车去小镇。一个半小时后，郑佳辰和苏微微出现在了小镇唯一的那所镇医院门口。苏微微心里一阵心悸，郑佳辰已经取掉了眼镜，露出好看的眉眼，看见她一副担心的样子，伸出手轻轻握住她的手，拉她往医院里面走去。

在走廊里他才对她说："你出国之后没多久，她就病倒了，是肺癌，常年在蔬菜脱水的地方工作，医生说身体扛不住的大概就是这么个结局。"

苏微微愣愣地看着他，他却显得很平静。

她问他："怎么不接到北京去呢？治疗环境会好一些吧。"

郑佳辰无奈地笑笑，没有说话。

医院已经有些年代了，走廊里的墙壁上到处都起了皮，像是干涸的河床。偶尔会有一两个病人徐徐走过，医院幽静得像是被抛在岸边的窒息的鱼。

郑佳辰推开一间病房的门，苏微微紧紧跟了进去。

"妈，我把她带回来了。"郑佳辰俯身，轻轻地握住他妈妈的手说。

苏微微这才从郑佳辰笔挺的身影里走出来，呆呆地看着病床上躺着的郑佳辰的妈妈，一点儿都不愿意相信，这个老得像是一个可怜的老奶奶的女人就是他的妈妈。病痛在短短的三年里将郑妈妈折磨成了岁月的遗物。

郑妈妈虚弱地笑笑，轻轻拉着郑佳辰的手。她看见苏微微，努力笑了笑，眼里却闪现过一丝愧疚，眼泪像是泉水般，从她干枯的眼皮底下冒了出来。

"苏姑娘。"她轻轻地喊呆滞地站在病床尾的苏微微，伸出了另一只手。苏微微急忙走过去握住，郑妈妈的手非常凉，上面密密麻麻全是触目惊心的针眼。她脸色几乎是蜡黄的，靠在洁白的枕头上，脸蛋像是一个巨大的蛋黄。

"阿姨。"苏微微小声喊道。

郑佳辰拿出床头的纸巾，替妈妈擦拭着眼泪。郑妈妈轻轻移开郑佳辰的手，转脸看着苏微微，试图挣扎着坐起来。苏微微慌忙去扶她，她好不容易才坐直了身子，随后一阵咳嗽，嘴角带了一丝血迹，呼吸也急促起来。郑佳辰急忙跑出去叫护士，护士过来不耐烦地看了一眼，说没什么大碍，转身离去的时候，多看了两眼面前的郑佳辰。

郑妈妈安慰他们说："别担心，我的身体我知道的。哪天该走，哪天该留，我清楚。"

"妈！"郑佳辰打断她，"跟我去北京吧，我都打听好了，那边的医生说希望很大的。"

郑妈妈拿纸巾擦了擦嘴角，艰难地摆摆手，让郑佳辰不要再说了。然后她看着苏微微，使劲握了握苏微微的手，看着苏微微嗫嚅了半天，终究没有说出话来，眼泪倒是又流了一轮。苏微微心里一酸，也跟着哭了起来。

她也不知道自己为什么哭，可是她忍不住。

郑妈妈笑了笑，抹了把脸上的眼泪，说："你挺恨我的吧？"说完，将郑佳辰的手拉过来放在苏微微的手背上，"那时心气太高了，不想让自己的儿子出丝毫差错，所以才不让你们在一块。其实你们走之后，我再想想，也觉得自己很没道理，一把年纪的人了，还跟小孩子们一般计较。"

苏微微沉默着摇摇头。郑佳辰叹了口气说："妈，你别想那么多了，我们都要结婚。"郑妈妈惊讶地看向苏微微。苏微微点点头，强迫自己笑起来，说："可是我的户口本找不到了，他很生气。"

郑妈妈顿时像换了一个人似的，蜡黄的脸色似乎也恢复了点儿血色："真的吗？郑佳辰，你别骗我。"

苏微微急忙接话："他敢骗您，我也不能骗您呀。"

郑佳辰趁机说："所以妈，你跟我们回北京吧。"

郑妈妈笑笑："我不去，我就在这儿，挺好的。"

"可是我们都担心您。"郑佳辰说。

"你们不用担心我，担心你们自己就行了。我在这里，活着或者不在这个世界了，都不能麻烦你们。你们年轻人，有自己的生活和世界。"她说到这里，咳嗽了两声，缓了好久才又开口接着说道，"老实说，这几天我老梦见你爸呢，说不定是他在等我了，等得不耐烦了，就托梦来了。"

"妈，你说什么呢。"郑佳辰皱眉。

"梦见你爸都不成吗？他还那么年轻，说着一口顺溜儿的北京话，看见我还问我，郑佳辰怎么做大明星了？不是说好了让他去做大学老师的吗？"郑妈妈说着又笑起来。

苏微微呆呆地看着迅速老去的她，恍惚中觉得有些不真实，好像她现在生活的世界是另外一个空间，而那些苦难则发生在另外一个维度。而苏微微自己本以为的恨，原来根本就是一场虚妄。

3>>

苏微微不知道郑妈妈在电话里说了些什么，只是苏妈妈放下电话就义愤填膺地要去找郑佳辰论理论，什么叫让他们家苏微微知道廉耻，不要再缠着郑佳辰？

本来苏微微躲在家里一个星期，爸爸妈妈还以为她是不想去学校，在家里混日子。不过他们一向对她管得松，也不在意。挂了电话，苏妈妈走进苏微微的房间，也忘了敲门，就这么撞见一个以泪洗面的苏微微。这下苏妈妈完全怒了，再一回想电话里对方针对她女儿的难听的话，她当即搭车往他们大学去了。

苏微微呆呆地看着爸爸也追了出去，临走之前爸爸让她先不要去学校，一边叮嘱，一边嘀咕着"对方到底说了什么，让你妈妈这么怒气冲冲的"。

其实郑妈妈也没有说什么，不过是郑佳辰终于受不了对苏微微的疏远了，他在这场游戏里终究是落败了。苏微微本以为只有自己躲在一边舔舐伤口，殊不知郑佳辰比她好不了多少。最后他终于鼓起勇气，在电话里试图跟妈妈摊牌，却不曾想到在电话里什么也没有说的妈妈，竟然直接给苏家打了电话，还在电话里故意跟苏妈妈交恶，说了些羞辱苏微微的话。其实郑妈妈倒是个聪明人，知道自己远在千里之外，而且已经对郑佳辰说过那样重的话，可他还是反悔了，她知道她自己再说什么都于事无补，于是想出了激怒苏家人的办法，让苏微微离开他。毕竟对于苏微微的家庭来说，他们郑家的家境实在是没有叫板的理由和条件，那么结果可想而知……

只是谁也没有想到，一切就在那一天发生了。

那是2009年的春天，在晚上的新闻播报里，苏微微目睹了一场车祸，一辆跑车和一辆出租车相撞。起初她并没有在意，只是在主持人没有任何情绪地报道事故人数为五人，其中三人当场身亡，只有出租车司机和跑车司机只受了点儿擦伤时，她不经意间瞄了一眼血肉模糊的担架。那个时候她还在想着爸爸妈妈会和郑佳辰说些什么，她还在烦恼着关于郑佳辰的一切。

她不知道自己到底要用多长时间才能不这么抑郁，她同时也不可能知道，从她看向担架的那一秒开始，她就再也不用烦恼这些了。

她不知道自己是怎么出现在医院的太平间的，也不记得那天的事了。她唯一记得的是，当她面对那两具冰冷的尸体时，表姐柴筱朵在一边轻轻地对她说："微微，你要是难过，就哭出来吧，好吗？"

她记得的是，她竟然笑了，在柴筱朵说出那句话时，她对表姐笑了笑，然后她觉得天旋地转，一切就这么消失在眼前。

她昏迷的那三天时间里，舅舅舅妈正好要去国外待半年之久。柴筱朵也不算个大人，于是舅舅舅妈不放心把苏微微留在国内，便帮她办好了出国留学的一切手续，带着她出国了。

苏微微就这么走了，什么也没有想，谁也没有见。她甚至怀疑那场灾难是不是在那一段时间将她的记忆也带走了，因为当她再想起国内的一切，想起郑妈妈，想起郑佳辰，想起朋友们和亲人们的时候，距离她出国已经一个月之久。

后来半年之后，舅舅舅妈回国，她却选择了留下来。

再后来，时间一天天地过，日子也不难打发。她在异乡独自一人，有时候想起国内的一切，也会觉得伤感，只是伤痛也会减少，随着时间的流逝，她知道没有什么苦难会永远矗立在长河中央，不被流水侵蚀。

她觉得自己越来越好了，她觉得她越来越能接受生活赋予她的一切，不论是好的还是坏的。于是某一天表姐柴筱朵说："你回来吧，我好想你。而且现在国内人傻钱多啊，小妹你要速来啊！"

于是苏微微就屁颠屁颠地回来了，只是她没有想到，会再次遇见郑佳辰，会再次将从前她因为匆匆离开而没有来得及面对和感知的一切，再一一感受。

相对于离开，至少郑佳辰还有可以恨的人。可苏微微连恨的人都没有，因为那天苏爸爸和苏妈妈并不是去找郑佳辰。

苏微微也是在后来才明白了爸爸妈妈出事的地点为什么在去往她的大学的相反方向，答案很简单，爸爸妈妈要去的是他们教书的高中。那一通电话不过是这场命运大戏的开场白。

所以说到底，她连一个可以恨的借口都没有。相反，在时间的长河里，在她渐渐地习惯了失去双亲的生活之后，她发现自己没有对不起谁，她唯一对不起的人是郑佳辰。

从小镇回北京的路上，苏微微的眼前浮现的都是郑妈妈的面容。她不知道那充满歉意的眼神是对多年前那个电话的歉意，还是那时对他们的不祝福的歉意。苏微微想，除了她和去世的爸爸妈妈，估计再也没有人知道那通电话了吧？

她曾经日日夜夜地想要把一切都归咎于那通电话，可到最后总有一个声音提醒她：这就是命吧。恨得再多，又有何用？如果一定要恨，那也只能恨自己，恨自己于世界亿万人中制造了那么多的巧合，最终断送了一切。

回程的飞机上，空姐过来询问需要什么饮料，苏微微愣愣地看着那个大美女，却说不出话来。空姐觉得奇怪，又询问了一遍。还是郑佳辰替她解围，帮她要了一杯水。

郑佳辰静默了一会儿，终于说："这些年妈妈一直深陷于悔恨里，从来不肯给自己一个喘气的机会。"

苏微微不知道该说些什么，原来他也知道悲惨事件里的这些点点滴滴。

苏微微只是低着头喝水，不知道该说些什么。听见他叹了口气，她才小心翼翼地抬头看向他，两个人的目光就这样撞在一起。他很快躲开了，似乎有些愧疚，沉默半晌才开口说："医生说她撑不过年底了。"

苏微微脑袋里"轰"的一声，像是引爆了一颗核弹，整个大脑一片空白。

"可以再跟阿姨好好说说，让她来北京治疗吧。"苏微微小声说。

"没用的。"郑佳辰艰难地吐出三个字，放松身体，背靠在座椅上。苏微微回头看见他英挺的鼻子在窗口的云海中留下一道浅浅的轮廓，清澈的眸子像是嵌在云层中的两颗剔透的雨滴。

过了许久，苏微微杯子里的水也喝完了，她显得更加不知所措，于是撇撇嘴，嗫嚅道："其实我没有怪过阿姨。如果那天没有那一通电话，爸爸妈妈还是要去学校上课的。"

郑佳辰回过头认真地看着她，艰难地在嘴角扯出一抹笑容，说出来的话却跟她说的没有任何关联。他轻笑一声，说："我以为你不会回来了。"

"我现在不是回来了吗？"她也笑着看向他。

"有很多东西回不来了。"他淡淡地说。

苏微微心里犯嘀咕，他是什么意思呢？她真的猜不到啊。她曾经觉得他恨她，恨她的不告而别，一走三年。可是在很多的恨里，她又轻易察觉出他的关怀。有时候他离她好远，有时候又离得好近。每次跟他在一起的时候，她的神经便迅速绷紧，像是处在冰与火的交界处。

"苏微微，我就问你一句话，你为什么要回来？"

苏微微呆头呆脑地看着自己的手心，她为什么要回来？她当然不会说是因为这么多年从未忘记他，所以就回来了。这样的话她说不出口，她早已不是大学时的那个苏微微了。爱情让她变得如此谨慎，似过街的毛毛虫，生怕被经过的车轮碾得粉碎。

苏微微沉默到底，郑佳辰叹了一口气，没有再说什么，一切归于平静。

苏微微下了飞机，打开手机便收到表姐柴筱朵发来的短信：户口本不就在电视下面的抽屉里吗？你个二货！

苏微微抬起头看向郑佳辰，鬼使神差地问了句："还要结婚吗？"

郑佳辰皱眉："找到了？"

"嗯。"

"那就结。"

"嗯。"苏微微愣愣地应了声。

从来没有想到一辈子的事情就这么轻易决定了，苏微微偷偷看了几眼又全副武装起来的郑佳辰，还有些恍惚。一晃三年之后，没想到他们再次结合，竟然是这样的水到渠成。她的心里泛起一丝丝的暖意，只觉得世间苍凉，还好有他。

郑佳辰一直很冷漠，甚至是去民政局领证那天也很少说话。接待他们的那个阿姨将他们准备好的所有资料输入电脑，半晌后，忽然抬头打量了郑佳辰一眼，狐疑地问了句："你才离婚的？"

"嗯。"郑佳辰冷冷地答道。

苏微微两只眼顿时瞪得跟牛眼一样大："你离过婚？！"

"是啊，有问题吗？"郑佳辰理直气壮地看向她。

苏微微苦恼地撇撇嘴，心想这事儿也不算什么光荣的事情吧，用得着这么理直气壮吗？倒好像她没有结过婚理亏了似的，她嘀咕着说："好歹要跟我说一声吧。"

"是不是我要把这三年的事情都跟你说一遍才行呢？"郑佳辰咄咄逼人地睨着她。苏微微不说话，接待阿姨烦躁起来，说："你们到底商量好没有？！"

"当然，我没问题。"郑佳辰随即说，将责任推卸给旁边还未从他已经离过婚的事实里回过神来的苏微微。

"你呢？"阿姨问，"婚姻不是儿戏，想好了吗？"

"嗯。他没问题，我也没问题。"苏微微只想赶紧结束这种困惑，此刻在她的心里有一百个问号在"嗖嗖"地如标枪一样射向身边的郑佳辰，不过他从头到尾都假装没有看见罢了。

结婚证一人一张，苏微微小心翼翼地放在包里，郑佳辰则直接塞进车厢抽屉里。苏微微看得一愣一愣的，不禁说："要不我给你保存吧？"

"不用。"

苏微微揉揉太阳穴，想着自己就这么跟一个没心没肺，还老故意装冷漠装酷的大明星结婚了，世界还真是凌乱啊。

"等下去庆祝下。"他说。

苏微微天然呆地点点头，心里嘀咕着庆祝这种事情他都能用一副冷冰冰的口吻说，真是难为他了。

苏微微绝对没有想到他说的庆祝一下就是一人一份臭豆腐。她呆呆地看着面前碗里的两块臭豆腐，郑佳辰递给她一双筷子，难得地用温和的口吻说："国外没这个吧。"

苏微微笑起来："有，只是没有吃过。"

"你不是爱吃吗？"

"不知道为什么，反正就是没有吃，在唐人街看到过几次。"

"对于一个吃货来说还真难得。"郑佳辰轻蔑地睨了她一眼，递给小贩两块钱。

苏微微皱皱眉说："那时候就我一个人，一个人吃又没有什么意思。"

郑佳辰直接漠视她，转身往停在路边的车子走去，苏微微啃着臭豆腐跟在他身后。他的背影一如多年前那般清瘦，只是少了一份朴实。大学的时候苏微微是出了名的喜欢吃臭豆腐，每天蹲守校门口，眼巴巴地等着卖臭豆腐的老奶奶。

郑佳辰却是极不喜欢臭豆腐的，他说那种味道总让他觉得像是人老之后的腐朽味道。这话直接让当时正大快朵颐的苏微微两眼一抹黑，险些呛死。

每次苏微微吃臭豆腐的时候，郑佳辰都是唯恐避之不及。苏微微又黏人，每次都跟在身后，一边吃一边跑，还含混不清地喊："等等我啊！小心肝！小心肝……"

就像这一刻。

4>>>

苏微微刚到家，柴筱朵就一脸八卦地问她刚刚拿户口本出去，到底做了什么伤天害理的事情。

苏微微苦笑一声，从小包里拿出结婚证。柴筱朵一把抢过去，看了一眼："天哪！这人谁啊？郑佳辰吗？"

"嗯。"

"怎么照片还没有本人帅啊？！"

"某人证件照拍得像犯人，还说别人呢。"苏微微酸溜溜地说，怎么说现在郑佳辰也是她夫君了嘛。

"喂喂，好歹你也要跟你舅舅舅妈说一声吧。"柴筱朵岔开话题，身份证一直是她心中永远不能抹平的痛，每次出门住酒店都死活不肯拿出来，非得对方告知她要么交证件，要么滚蛋，她才扭扭捏捏拿出来晃一下又赶紧收起来，"结婚不是小事情，苏微微，你真是胆大包天！"她找到了扳回一局的理由，立刻双手叉腰。

苏微微撇撇嘴，轻松地从她手里拿过结婚证："说了，舅舅舅妈还说等忙完国外的生意就回来给我们办酒席。"

柴筱朵揉揉太阳穴，苦恼地说："微微，你太狠了，你姐姐我都没个着落，你要负责！要介绍个明星给我！要像郑佳辰这样的！"

"程弈鸣怎么样啊?"苏微微脱口而出。

柴筱朵愣了愣,像是在回忆程弈鸣这三个字里所包含的内容,之后忽然一巴掌拍在苏微微的头顶,险些将她的脑袋给拍肚子里去:"我看行!"

苏微微本来就是没经过脑子地随口一说,现在看着眼前开心的柴筱朵,心里想的却全是那天程弈鸣离开时的最后一个画面,他一脸痛苦地趴在方向盘上,双手捂着肋骨,像是那里被人狠狠踢了一脚似的。苏微微想,再难过也应该是心痛嘛,这表演太水了,亏他还是混娱乐圈的。

"到底行不行啊?"柴筱朵推推苏微微,"我怎么觉得人家似乎对你有意思呢?"

看这架势表姐倒有点儿当真了,苏微微骑虎难下,只好搪塞着说:"再乱说,我就不管你的事情了。"

"好妹妹,好妹妹,不说了,不说了。"柴筱朵拉着她的胳膊甩来甩去。苏微微在散架之前赶紧说:"看你表现不错,等我再见到他一定隆重地把你介绍给他。而且你们不是见过面了吗?我觉着你们聊得挺好的呀。"

"甭提了,我当时净瞎打听八卦了,都没来得及问血型、星座、结婚与否。"

苏微微笑了起来。

柴筱朵忽然想起什么,有点儿不好意思,又有点儿吃醋地看着苏微微,问:"这几天好像都没有看见他了,以前他不是天天接送你上下班吗?"

"前几天吵了一架。"

"怎么啦?"

"一个人天天莫名其妙对你好的同时又对你充满敌意,而且他的父母也对你客气得简直可以做亲戚了,你不瘆得慌?我还想多活几年呢。"苏微微想起程弈鸣那一副欠揍而又似乎强迫着自己对她好的模样，心里就一阵不舒服。她算是真见识到什么叫受虐狂了。

柴筱朵在一边听得脸都绿了，强忍着内心深处的腾腾杀气，木然地说："好吧，我是不是应该说，你好倒霉哟，都有高富帅倒贴哟，而且你还有各种烦恼哟？"

苏微微摆摆手，"一副不跟你计较了"的态度："洗澡水热了吗？"

"热个鬼！都结婚的人了，明天不准回来了！赶紧跟你的郑佳辰过日子去，省得我看了你这又傲又娇的模样心里添堵。"

苏微微更郁闷，她回来的时候脑海里就飘着这么一个问题：他们这到底是在干什么？婚都结了，他还是这么疏远她，领完证还特别绅士地送她回来。

苏微微一边想，一边往身上涂香皂，涂着涂着手里一滑，香皂掉在了脚边。她回过神来急忙去捡，结果一脚踩在上面……在保持四脚朝天这个不雅动作的过程里，苏微微想到了一件事儿，那就是：郑佳辰跟她结婚，是不是只是为了消解他母亲心中的愧疚？

国庆那几天郑佳辰没有任何消息，苏微微百无聊赖，竟然开始盼望假期赶紧结束。去上班那天看见周莉莉的时候，苏微微正准备打招呼，周莉莉却阴沉着一张脸绕开她。她刚刚进门的时候前台就没搭理她，她心里犯嘀咕，想着不会又是那个程弈鸣搞出什么动静来了吧？

她路过贝蒂办公室的时候，贝蒂冷冷地喊了一声："苏微微，你进来一下。"

苏微微顿时浑身冒冷汗。她进了办公室，拘谨地站在贝蒂面前，只偷偷瞄了眼一脸愠色的贝蒂。自从那日在厕所里被贝蒂撞见之后，她这还是头一次正儿八经地面对贝蒂。

"啪！"贝蒂将一份报纸甩在桌子上，苏微微吓了一跳，低头一看，发现报纸头版头条的图片正是她那天和郑佳辰从民政局出来的情景。

怎么可能？

"助理手册我没给过你吗？"贝蒂说着说着，因为激动，猛地站了起来。

　　苏微微不说话。她当然看过，要随时报道和监督艺人的感情生活，并且第一时间向公司负责人报告。

　　"家贼难防啊！"贝蒂义愤填膺地抄起那份报纸扔进垃圾篓，"知不知道这事有多严重？！单不说对公司造成的损失，就艺人本人，就郑佳辰，你毁了他你知道不知道？！知道不知道艺人私自结婚要赔多少违约金？"

　　苏微微紧紧抿着嘴，老实说她还真不知道，十万？一百万？

　　"两千万！"

　　苏微微险些被这个数字震得腿一软倒在地上。贝蒂气呼呼地缓了口气，摆摆手让她坐下。她没有动。

　　"真不知道该说你们这些人什么好，长的脑子到底是用来干吗的？做事情之前能不能稍微掂量掂量？结婚干吗呀？在一块儿就非要结婚吗？！"贝蒂已经被他们气得语无伦次了。

　　苏微微从贝蒂办公室出来的时候，整个人都是晕乎乎的，却偏偏在办公室门口又看见郑佳辰。他刚刚到公司，看见苏微微，拉着她到走廊尽头，说："你先回去。我来处理。"她还想说什么，他早已将一把钥匙放在她手心，"这是我在城郊那边的房子，你在那等我。"

　　待郑佳辰转身离去，她才后知后觉地点点头。

5>>

　　城郊的房子是一栋复式小别墅，远远便能看见大大的落地窗，还有院落和半人高的篱笆。建在人工造的小山丘的半山腰，郁郁葱葱的枝叶间，露出半边屋顶。苏微微觉得眼熟，半天后才发现这是从前她和他说过的。

大学时苏微微没事儿就爱幻想，什么有钱了买两份臭豆腐，一份用来闻，一份用来吃；什么有钱了，就自己去盖一栋房子，住单元楼多没劲啊。其实她家也算是中等偏上的家庭，只是郑佳辰拖累了她。苏微微说这些的时候，郑佳辰也不说话，只是默默地看看她，又看看远方。

没想到，他真的为她盖了这栋房子。

有人过来接待她，看来是房子里的用人。

二楼有一个人影在晃动，苏微微抬头看了一眼，用人解释说："那是程姑娘在收拾东西。"

"谁？"苏微微疑惑地看着用人。

颜惜这个时候也听见了下面的说话声，站在二楼阳台跟苏微微打招呼："微微！"

原来是颜惜。如果不是用人提醒，苏微微险些都忘记了颜惜其实本名叫程颜惜。

"佳辰让你来的吧？"颜惜微笑着问，神色转瞬间带着些微的尴尬。

苏微微点点头，看了一眼放在客厅的大包小包。

颜惜解释说："我过来收拾下以前的东西，马上就走。"

"没关系的。"苏微微小声说，心里却无限忧愁起来。

一个淡淡的声音不断在她的心底回响：原来是颜惜啊。

郑佳辰离过婚，那说明他结过婚，那天她不想破坏气氛就压抑住了内心的疑惑，没有问他实情，其实她早该想到是颜惜。几次碰面，郑佳辰看颜惜的目光都透露出一些显而易见的尴尬。只是苏微微一直沉浸在过去中无法自拔，自然注意不到这些。

两个人沉默了一会儿，颜惜起身说："我也收拾得差不多了，那我走了啊。"

苏微微犹豫了下，急忙拉住她的胳膊："别走。"

颜惜笑着握住她的手："那我再陪你一会儿。"

用人这个时候进来问她们要不要吃中饭。颜惜点点头，让用人去张罗。待用人走后，过了许久颜惜又说："微微，你会不会恨我？"

苏微微在心里苦笑，为什么人人都想知道她有没有恨他们呢？她真的很想用一种一劳永逸的方式对所有人说，她真的不恨他们，一个人都不恨。

"那个时候……"颜惜见她没有说话，便开始回忆着继续说，"你刚刚出国的那几个月里，看到他的日子过得很苦，我怕他撑不过去，就……"

"我知道。我不怪你。"苏微微忙说。

颜惜对她莞尔一笑："其实他一直爱着你。"

苏微微低下了头，是吗？他一直爱着她吗？她还以为他恨她更多一些呢。

"你知道我为什么这么确定吗？"颜惜问她。

苏微微乖乖地摇摇头。

"因为……"颜惜轻轻叹了口气，"因为他从来没有爱过我。所以我想，他一定是因为爱你太多，而人的心又太小，小得不足以容纳另外一个人，除了原来的那个人，别人都是多余的。"

"你们结婚了吗？"苏微微明知故问，她太想知道这个答案了，虽然她心里也很清楚答案一定是肯定的，但不知道为什么，她就是想要听他们中的一个人说出来，只有这样，她才能真的相信这件事。

"嗯，大学毕业那年结的，不到半年就又离了。"

"为什么？"

"我说了啊，他不爱我，而我不能将就。"颜惜说。

苏微微觉得颜惜也挺可怜的，忍不住又看了她一眼，她说："微微，我跟佳辰真的没有什么，虽然结婚了，却还是各自该怎么样就怎么样。我觉得他那个时候之所以跟我结婚，是因为你吧。真的，微微，我不知道你会不会相信，我们在一起的那半年，连手都没有牵过。"

苏微微眼睛瞪得比牛眼还大。

颜惜继续说："刚开始半年他的精力也放在了事业上，虽然勤奋，却一直没有起色。说来也奇怪，我们不在一块之后，他就红了，红得不可思议，连哥哥都觉得意外。"

"哥哥是谁？"苏微微脑海里瞬间想起了张国荣。

"哦，是程弈鸣。他是我表哥。那天在程家我就知道你心里很疑惑，没来得及跟你说。"颜惜急忙解释。

"哦，是他。"苏微微撇撇嘴，"不过郑佳辰竟然能去做明星，也真多亏了你。"苏微微说的是实话，她可以想象郑佳辰变成任何一种人，但艺人嘛，打死她也想不到。

"是哥哥说服他的。哥哥说他的条件非常好，不做艺人可惜了。可佳辰死活没有答应，后来也不知道哥哥说了什么话，做了什么事情，总之佳辰后来忽然就同意了。我也觉得意外呢。"颜惜看着窗外说，眼神悠远得像是在一边回忆往事，一边说给她听。颜惜的表情是愉悦的，于是苏微微猜，那一段时光对于颜惜来说，也许多少是有些开心存在的吧。

"程弈鸣看来是个好人嘛。"苏微微故作轻松地说，想要转移话题，不再讨论关于郑佳辰的事情。其实就算是现在，当她听见郑佳辰的生活和别的女人有关联，她还是克服不了内心深处隐隐的醋意。

"他呀，就是脾气有些臭。"

"是，好臭。"苏微微笑起来，在心里感叹自己竟然这样不动声色地就将话题转移了，嘴上说的程弈鸣，心里却想的是郑佳辰。

颜惜笑着说："其实他也不算是好人，最多算是不坏，懂得什么是该做的，什么是不该做的。"

"反正现在挺好的，他不来莫名其妙地烦我了，我也不烦他。大家该干吗干吗。他走他的阳关道，我打我的出租车。"苏微微坦然道。

颜惜摇摇头笑起来："我就怕他这样鲁莽，会给你带来困扰。所以那天才在医院里阻止他去见你。那天他得知郑佳辰出了车祸,电话又打不通,第一个赶去医院,却没想到见到了你……"

"好啦好啦,我不需要知道这么详细啦。总之,我们现在都正常一些,别再那么诡异就行了。"苏微微又恢复了没心没肺的模样。

颜惜还想说什么,用人在这个时候走进来告知她们可以下去吃饭了。于是颜惜犹豫了很久,打算说出口的话就这样硬生生又咽了回去。

吃过饭,颜惜打电话叫用人把行李拿到程家去。苏微微送颜惜出门的时候,颜惜说:"你跟郑佳辰打算怎么办?"

苏微微哪知道怎么办。

颜惜叹了口气说:"这次公司可能会做出一个比较严厉的处罚。你肯定是不能再去了。佳辰也已经把别处的房产都做了抵押,违约金应该不是问题。但可能艺人合同就不是那么好办的了。出了这个事情,按照合同办事的话,艺人不仅要支付违约金,还要无偿为公司做两年半。"

苏微微只听贝蒂说了违约金数目就已经够让她煎熬的了,现下听到颜惜这一番话,立刻整个人都蒙了,忙问:"那怎么办啊?"

"放心吧,反正佳辰肯定是知道这么个结果的。他今天已经把违约金给公司了,我看他是早就做好准备了。"颜惜淡淡地说着。

苏微微越听脑袋越大,敢情他一早就安排好了。不过也不用为了和一个离开三年的人结婚而费这么大的周章吧?

"不管从前怎么样,微微,他是爱你的。"颜惜最后离开的时候说。

6>>

周莉莉下午一通电话打过来,直接就问候到了天乐集团高层们在清朝的众亲戚。

"凭什么呀？明星就不是人啊，助理就不能动感情啊，至于吗？！"周莉莉在那边义愤填膺地吼，苏微微这边捂着耳朵，龇牙咧嘴地听。

"那你打算怎么办？"周莉莉忽然把问题丢给了烦恼无比的苏微微。

"能怎么办，随便他们怎么样吧。"苏微微叹了口气说。

"那你现在在哪儿？我过去找你，好歹给你送个行什么的。"周莉莉又恢复了她小市民的模样。

苏微微左右看了下自己现在所处的这间房子，说："我在城郊水天洞府。"

"喂，你怎么去那种地方了？！"

"怎么了？"

周莉莉在电话这边咂嘴，心想，这就叫差距啊！别人都跟明星结婚了，自己这还单着，每天去面试一群城乡接合部的男人，城乡接合部就算了，这群人的唯一特点还是爱装高富帅。这也算了，自己辛辛苦苦，每个月挤地铁踩着点上班，苦得跟一秋天的茄子似的，唯一的梦想就是搬离现在的十平方米小屋，能拥有一间洗澡的时候不至于被室友逼迫着开门的小公寓，可人家这又是被辞退又是被罚天价违约金的，还住着全京城两千万人都羡慕嫉妒恨的水天洞府豪华别墅。

人比人何止是要死，简直是生不如死啊！

周莉莉一路上感叹着，下车的时候又跟出租车司机抠了一个零头，顿觉自己省了，心情又舒畅起来。敲门的时候她想自己不能这么欢快，好歹人家刚遭受跟明星结婚被辞退所以住在别墅区的打击，她也得稍稍同情一下，于是开始想难过的事情，脑海里顿时浮现出来的就是前男友对她的各种不好。

这直接导致苏微微开门看见周莉莉时，周莉莉整个人跟死了亲爹亲妈一样，一下子就扑在苏微微怀里。苏微微那个困惑啊，想着：这是怎么一回事呢？她还没想通，就听见周莉莉说："为了给你送行，我们强忍着肉痛，打车来的！"

苏微微越过周莉莉的肩膀，看见三四个大好青年站在那对她笑，还笑得特别有深意。于是苏微微小声对周莉莉嘀咕："这是……"

话还没说完，外面一个人便问："能开饭了吗？饿死了。"

苏微微忙让用人准备饭菜，一行人甩胳膊甩腿就进来了。苏微微拉着正到处东张西望、喜不胜收的周莉莉，咬耳朵问："这都谁啊？你朋友？"

"哪能呢？这都是公司的同事啦，听说了你的事情，特别过来表示安慰的。"

苏微微扫视了一圈沙发上正在打游戏和吃水果的四个人，没发现很眼熟的。

周莉莉解释说："那个，那个，那个，就是公司群里的那谁谁，那谁谁谁……"

苏微微两眼一抹黑，这是来安慰的呢，还是来拆台的啊？

吃过饭，不知道谁提议说出去唱K庆祝，一行人浩浩荡荡杀向KTV。苏微微没有心情唱歌，不时看两眼一直安静的手机，心里担心郑佳辰，耳边却是吵闹的音乐声，便借口去外面透透风走了出去。周莉莉跟了出来，看出她心事重重，正好注意到她空荡荡的手指，不禁问道："钻戒呢？怎么不拿出来让姐姐见见世面？"

苏微微苦笑一声说："没有。"

周莉莉嘴巴张得跟个大汤圆似的："不是吧？"

苏微微没有说话，只身往走廊尽头走去。周莉莉问她干吗去，她说去结账，然后就回去。周莉莉说："我跟你一起走。"

周莉莉见她不开心的样子，便极力想要维持一个轻松的氛围，一直故作轻松地表示结婚怎么能没有戒指呢？她一边说，一边硬拉着苏微微往附近的珠宝店走去。苏微微拗不过她，只好妥协。两个人在珠光宝气的大厅里胡乱转悠，周莉莉大惊小怪地指着一对一对的戒指，双手捂嘴，两眼冒桃心，一会儿让苏微微叫郑佳辰给她买这个，一会儿又改变主意说还是那一对好，惹得一干服务员不断看向她们这边。苏微微几次拉她走，她都不干，非要让苏微微自己决定挑好一款，并且改日就让郑佳辰来买才算完事。

苏微微无奈之下只好随便选择了一对，并且保证绝对在这件事上便宜不了郑佳辰，周莉莉才心满意足地笑起来。

出门的时候也不知道是苏微微的直觉，还是她真的只是随意一瞥，总之，她看见他了。距离她们不远处的柜台，郑佳辰正挽着一个高挑的美女，美女笑吟吟地指着柜台，轻声说："帮我拿这个，谢谢。"

服务员拿出来，美女戴在如葱般修长白皙的手指上，对着郑佳辰莞尔一笑，问："好看吗？"

"好看。"郑佳辰笑起来，竟然是她从回来到现在都没有看到过的温柔。

苏微微觉得那个美女眼熟，脑海里立刻浮现出前段时间刚上映的一部古装大片的女主角，原来是她——那个被八卦娱乐传说是因为煤老板而上位的大美女。她怎么在这里？而且竟然和郑佳辰这个刚刚新婚宴尔的新郎在挑钻戒！

亏她还担心了一天，亏她还忍受了多年来的再也回不到过去的绝望，逼迫着自己再次不知天高地厚地选择了他。

苏微微心里一阵酸楚，急忙移开目光，低头就往外面走。

周莉莉看出不对劲，也朝那边瞄了一眼，认出来是郑佳辰，便转头捏了下苏微微的胳膊，白了苏微微一眼，那意思很明白：躲什么躲，怕什么怕，你才是名正言顺的。

苏微微不管不顾地往外走，只想着千万不要让他看见她，否则她真的不知道该怎么收拾这样的局面。再凌乱的局面她也不是没有面对过，只是经过了这么多年的人世变故，她只信冷暖自知，撕破脸皮是未经世事的小姑娘才干的事情，她不是小姑娘了，她知道怎么做才是保全。

　　她之前离开了他那么久，那么他在这一刻的离开，又算得了什么呢？她想这就是她欠他的，她没事的，欠债还债，天经地义。

第六章
Chapter 6

谁伴你闯荡

1>>

表姐柴筱朵来苏微微和郑佳辰的新住处看她，商量几天后舅舅舅妈回来之后的聚餐。

柴筱朵没个正经，站在门口扮花痴状问："好紧张哟！"

苏微微苦笑着领她坐在沙发上，她一看冷冷清清的家里，只有一个用人在百无聊赖地擦拭着朱褐色的楼梯扶手，不禁问："你老公不在家呀？"

苏微微点点头，刚刚进门的时候柴筱朵还紧张兮兮的，她看在眼里，苦在心里。柴筱朵完全没有必要紧张，因为苏微微自己也好几天没有见着郑佳辰了。准确地说，是自从那天珠宝店她瞥了他一眼之后，他就没有回过这个家。苏微微给他找了不少理由，大概都是一些忙啊，出了这种事情要交那么多违约金，他应该很煎熬吧，最坏的猜测莫过于他在别处留宿而已。毕竟，她又不是傻子，颜惜的话她也听进去了，郑佳辰把产业基本都变卖了，除了这里他也没别的去处了。她现在也不是他的助理了，对他的生活更加一无所知。

好几个晚上睡觉前，用人来道晚安，那眼神，就算苏微微是盲人，也能感觉到其中的尴尬。

的确，作为新婚的小年轻，新婚宴尔，春宵一刻值千金，小主人干脆都不回家，这哪是浪费，简直是暴殄天物。年长的用人在偶尔看见孤零零的苏微微坐在沙发上发呆的时候，的确会觉得有些匪夷所思。

"爸爸妈妈明天回来，大概聚餐定在后天吧。地点我们来定，到时候你跟你老公人到就成了。"柴筱朵眉飞色舞地计划着后天的具体行程。

苏微微说："还是我和他来定地方吧。这个事情让舅舅舅妈出头，不太礼貌。"

"礼貌什么呀，都一家人了。"柴筱朵大大咧咧地说。

苏微微犹豫着，柴筱朵又说："就这么决定了。"

"那……行吧。"苏微微答应了下来，接下来立刻想到她要怎么通知郑佳辰这个事情，是打电话还是像这些天一样，什么都不做，只等他回来？反正，他总会回来的。他等了她三年，她等他三天也不算过分。

晚上苏微微正准备刷牙睡觉，听见客厅里用人的说话声，探头往外看了一眼，原来是郑佳辰回来了。

真新鲜，苏微微在心里偷偷地想。

看见苏微微一嘴白色泡沫的模样，郑佳辰瞥了一眼，转身上了二楼，径直进了卧室。苏微微洗漱完毕，用人兴高采烈地帮她递上新的拖鞋。看用人喜滋滋的模样儿，苏微微心里觉得别扭，转身上楼的时候让用人今天早点儿歇息。用人得令，喜气洋洋地笑着走开了。

卧室里只开着一盏床头灯，暖黄色的灯光里，郑佳辰轻轻靠坐在床上，在手机上轻轻写着什么。看见苏微微进来，他收起了手机。

两个人沉默无语，苏微微脸红脖子粗，整个人都是滚烫的。郑佳辰看见她呆呆地站在门口，也没有要过来的意思，就挪了挪身子，那意思是"你可以来这里"。

苏微微乖乖地上了床，躺在他身边，一双手拉被子的时候不小心碰到了被窝里他的身体。

他竟然什么都没有穿！

苏微微整个人都绷紧了，躺也不是，坐着也不是。郑佳辰皱眉看着她一脸紧张兮兮的模样，心里觉得好笑，帮她拿枕头垫在背后。苏微微顺势也跟他一样，背靠在床上。

"这几天你都在家干吗？"他忽然问。

"没干吗，就坐着发呆。"

"你倒悠闲。"郑佳辰没好气地说。

苏微微想起结婚这件事对他的影响，也顾不上他话里的嘲讽味儿，急忙问："你这几天辛苦了。"

"别假惺惺的了，我又不是不知道这些结果。"郑佳辰不领情。

苏微微那叫一个窘迫，要搁平时，她早发飙了，可面前的这个人是郑佳辰啊，是为了她而不计后果的大笨蛋郑佳辰啊。不管他的理由是为了她，还是为了郑妈妈心中的遗憾，承担结婚所带来的这一切结果都是一个艰难的决定。

苏微微被噎了个正着，心里的小情绪堵得就跟北京的交通似的。不过没关系，她忍！

郑佳辰不时看两眼手机，不断有微信的提示声响起。苏微微极力装作不经意的模样，偷偷瞄了好几眼，惹得郑佳辰终于忍耐不住，沉着声音问她："看什么？你想知道什么？"

苏微微想知道什么？她想知道那天他跟那个妖冶小明星一起挑钻戒到底是怎么一回事？

可是她说出口的却是："我舅舅舅妈后天回来，说要跟我们聚个餐，算是给我们的婚礼进行一个简短的仪式。"

郑佳辰没有说话，苏微微也不知道他是听见了不想理睬她，还是注意力压根儿就不在她这里，而在他的破手机上。

等了半天他还是没有反应，苏微微沉不住气了，终于又鼓起勇气问："你觉得怎么样？"

"到时候再说吧。"

"可是我已经答应他们了，我家里也没有什么人了，他们算是我唯一的亲人了。"苏微微一听他这么说，立刻激动起来。

郑佳辰这才转过脸迅速瞄了她一眼："我又没说不去，你急什么？"

"我……"苏微微被呛住了。

"到时候你们安排了地方，打我电话就行。"郑佳辰最后说完，将手机放在床头柜上，躺了下去。苏微微还呆呆地坐着，低头看见他精致的脸颊在暖黄的灯光里显得更加魅惑，心里忍不住泛起一阵痒。

"前几天我去给我们看了一款钻戒，我觉得……"

郑佳辰忽然从床上起身，赤脚走到衣架前，从口袋里摸了几下，掏出来一个小盒子，走到床边，扔在她面前，然后又独自躺下了，冷着脸，整个过程中都是沉默的。

苏微微撇撇嘴，捡起盒子打开，是一对闪着璀璨光芒的精致小钻戒。

他什么时候挑好的？不会就是那天吧？难道是她误会他了？想想也对，一个大男人怎么会挑这个东西，必然要带着一个好朋友去帮他挑，而他又比较相信那个小妖精的品位。原来是这么一回事。苏微微心情顿时舒畅起来，看了一眼他消瘦的脊背，顿时好感陡升，嘴角挂了一抹若隐若现的微笑，伸手将床头灯摁灭了。

苏微微躺在他的身边，甚至能感觉到他跳动的心脏。她拘谨地靠着他的脊背睡下了，他忽然朝床边移了移。苏微微觉得窘迫，想着他是不想和她有任何接触吧。于是她也识相地往另一边挪了挪，谁知道却在下一秒感觉到一双有力的臂弯迅速将她圈在胸前。

苏微微吓了一跳，惊叫出声。她抬头，看见郑佳辰的一双丹凤眼正在黑暗中盯着她。她脸一红，浑身滚烫，迅疾地避开了他的目光，一张小脸紧紧地贴在他的胸口。他的心跳声"咚咚咚"有力地在她的耳畔响着，像是跳进了她的心里去。连带着她的心脏，也跟他的跳成了一个节拍。

北京的十月份已经不那么热了，再加上开足了冷气，整栋别墅都是中央空调。两个人就这么躺着，竟然在十月份秋老虎正猛的时候诡异地有了冬天相拥才会有的温暖的感觉。

苏微微的手轻轻攀上他的脊背，慢慢抱住了他的身体。他什么也没有说，下巴抵在她光洁的额头上，渐渐地有了鼾声。苏微微偷偷睁开眼，看了一眼漆黑的被窝，看见他柔美的身体与她靠得这么近，觉得一切都恍惚得像是一场梦。

2>>

那年去他家的时候，他们也这样睡在一起一个晚上，只不过第二天就被他妈妈的眼神给吓得不敢再造次了。

那个晚上，他笨拙地抱着她。他们在之前也有过拥抱，不过都是止于站立，像这样躺在一张床上，还是首次。两个人都紧张得不像话，手也不知道该怎么放，都紧紧闭着眼睛，也不敢看对方哪怕一眼，甚至连呼吸都是小心翼翼的。

他慢慢胆大起来，先是搂住了她柔软的腰肢，将他的身子紧紧地贴着她。她觉得呼吸困难，却不想分开，仰脸看向他的时候，他的吻就在这个时候落了下来。两个人吻了很长很长时间，先是轻柔的，然后越来越激烈，到最后甚至变得杀气腾腾。苏微微觉得自己可能要死了，她呼吸不过来了，她的心跳快得像是在进行最后的回光返照。她的眼神迷离，他的喘气声不断地提醒她面前的人是郑佳辰。

苏微微忽然感觉到下身有点儿咯人，伸手去摸，郑佳辰惊呼出口，她顿时明白自己摸到了什么，急忙推开他。他趁机抱紧了她，她没有逃脱。但接下来两个人都有些尴尬，火热的氛围也慢慢在尴尬和难堪之中冷了下去。到最后，他抱着她，她静静地躺在他怀里。

她有些累了，可她还不想睡，她想要把这种美好延长一些。她问他："郑佳辰，你爱我吗？"

他答："嗯。"

"我要你说出来。"

"我爱。"

"你爱谁？"她不依不饶。

"你。"他故意逗她。

"说全啊。"她噘着嘴，不满起来。

于是他说："我爱你，傻丫头。"

苏微微满意地躺在他的臂弯里，不知道什么时候睡着了。她不再想着美好的延续，她相信他们的未来会很长很长。

时至今日，身边躺着的人依然是他，苏微微却再也睡不着了。她明白在时光里丢失的何止是过去，还有未来。三年前她相信未来美好，而他们必须有未来，这毋庸置疑。三年后，他们终于还是死活在一起了，纵使代价不菲，哪怕身心不一，两个人也不复那时的甜蜜，唯剩熊熊爱火在岁月的离别里燃烧殆尽后留下的一捧灰烬。她为何会接受他的求婚，想必除了忘不掉之外，大多还是不甘心。而在爱里面，忘不掉是从前的后遗症，不甘心是未来的悲剧倒计时。

这又是何苦呢？

她看着面前男人早已成熟的脸颊，不禁在心里一遍又一遍地问自己。

后半夜的时候，苏微微在迷迷糊糊中睡了过去，又听见卧室门的开门声，睁开眼看见郑佳辰在喝水。看见她醒来，他将水递了过来，她接过，迷糊地笑笑，喝了一口，沁入喉口的冰凉，让她顿时清醒过来。

他坐在床边，点燃一根烟抽了起来。

苏微微将杯子放在床头柜上，看着他默默抽烟的模样，心里感觉说不出来的陌生。他从前可是打死也不抽烟的，连他寝室里的"江南七怪"都感叹："在这么一个烟民横行的寝室里，你的操守到底是怎么保住的？！"

"睡吧。"她对他说。

"睡不着，醒了就睡不着。"他头也没抬地说。

"明天又会累的。"她说。

"你别管我了，你想睡就睡，不想睡就出去，我想安静一会儿。"他直接说，毫不顾忌她的颜面和关心。

她愣了愣，撇撇嘴，歪过身子躺下了，给了他一个背影。

他是在她离开的那一天学会抽烟的，那天他一个人在北京的大街上走，脑海里还是她舅舅舅妈的话："你死了这条心吧。微微因为你，因为你们家，都成这样子了，你还好意思来问我们她在哪儿。你怎么不去问问你那个妈，她以为道歉就可以不负责任了吗？她以为跪下了人就可以起死回生吗？你有这时间在这里跟我们较劲，怎么不回去问问你那个好妈？问问她，你有什么资格跟我们微微在一起！问问她，你们家配吗！"

他想，他终于因为自己的懦弱失去她了，永远地失去了。

他想，他还是没有来得及勇敢，他甚至已经开始反驳自己的妈妈了，甚至还在电话里威胁妈妈如果不同意他们在一起，他就回家，也不念这个书了。他真不懂事，他说那些话的时候在心里狠狠地诅咒自己如果被撞死就好了。

他能想象到妈妈在电话那边的心情，甚至是她的每一个微妙的表情。她总是那么要强，可他和她都知道，她其实脆弱得不堪一击。他很怀疑自己这样子做，会不会彻底击垮她。他在那些一边等待回家的苏微微再回到学校，一边做妈妈思想工作的日子里，不断怀疑自己的做法到底是错还是对。

他没有答案，他知道自己永远不会有答案，原谅这世上没有两全其美。对待妈妈，他唯一的把柄是他自己；对待苏微微，他唯一的把柄还是他自己。

他简直可以说是一无所有，可他却想要两全其美，他真傻。后来的他这样想。

他绝对想不到妈妈会给苏微微家打电话，也想不到在这之前，灾难会降临在苏微微爸爸妈妈的身上，尽管后来公安介入，也证明了他妈妈并无责任。但他知道，这只是表面的。他始终有愧，而他的妈妈也因为这件事情一病不起。

简而言之，他的爱情毁灭了她和他的所有。他恨死了自己的爱情，却一点儿也不恨她。他只想着是否还可以见她最后一面，问问她是否还想和他继续走下去，既然事已至此，那么在一起相互扶持，未尝不是最好的结果。

可他找不到她了。他找到了她的舅舅舅妈，那一对在前一段时间亲自配合公安杀到他的家乡所在的小镇上的夫妇，那一对在对他的妈妈进行了百般凌辱之后，逼得他妈妈不惜下跪请求原谅的夫妇。

他懂，他懂失去亲人的痛苦，他很小的时候就懂。所以他不怪他们，他只有一个目的，单纯而简单，见到苏微微，告诉她，所有的一切她不需要一个人承担，他也可以的，他可以陪着她，一辈子陪着她，一生一世抚慰她。

3>>

可是她走了，带着她的痛苦和她的无奈，彻底地走了。这一走，就是三年。三年来，他学会了很多事情，也改变了很多，至于抽烟，不过是沧海一粟。比如他在毕业的那一年，跟颜惜结婚。那像是一场闹剧。毕业对于他来说不过一场告别和开始，也不知道为何，他总觉得毕业那天苏微微一定会回来。可是毕业了，她没有回来。妈妈的病急剧加重，时日无多，他举目四望皆是漠然。在那段最痛苦的人生低谷里，他选择了那个一直默默对他好的女孩子。

他们结婚的那天，他才发现自己做了一个多么蠢的决定，他根本就不爱她，一点儿也不爱。她却相信他会有爱她的那一天，直到半年后的再次别离。人生是一本越翻越薄的书，时光是一辆不能回头的列车，而他们都耗不起，他们太累了。

不过他最该感谢的人还是颜惜，是她带他进了娱乐圈这行，他也才有了现在的一切。那个时候，他心灰意冷，什么也不想做，妈妈的病又让他入不敷出，他拥有的除了绝望就是颓丧。她带他去见她的表哥程弈鸣，他才知道她的背景竟然如此庞大。那是婚前的一个月，从小寄养在程弈鸣家的颜惜带他去见程弈鸣和程父程母。程弈鸣对他非常上心，跟他谈了很久。可那个时候的他只觉得成名之路何其渺茫，根本就是无稽之谈。而且他的兴趣也不在此，他只想踏踏实实过日子。他拒绝了程弈鸣无数次，颜惜的劝解他也听不进去。

可那个叫程弈鸣的家伙却难缠得很，对他上心得简直不像是亲戚，倒像是亲兄弟。他甚至有想过程弈鸣是不是赵宣扬那一类的人，不过他高估了自己，当然这是后话，在他知道了程弈鸣帮助他的真实目的之后。

最后，程弈鸣对他说："我知道你在等一个人，你想，如果你名扬四海，你还怕她看不见你吗？看见你了，至少她知道你在何处，总好过现在谁也不知道谁的情况吧？"

一句话点醒了他，那个时候的他还真是死脑筋。

然后是公司破例大手笔包装新人，半红不紫的半年时间真的很难熬。娱乐圈本就鱼龙混杂，各色人物都有，他甚至多次被推到了娱乐圈资深大佬们的潜规则前，都被程弈鸣挡下。他身边也是危机四伏，稍微不慎就跌进窠臼，再想出来也难上加难。他学会了尔虞我诈，学会了逢场作戏。他发现自己也可以一边说着谎话，一边脸不红心不跳地拍着胸口向对方吹嘘。在累到极点的时候他也曾短暂地堕落过，夜夜笙歌，女伴不断。

他想着自己终于要忘记她了。

他总归还是绝望的，这样的生活每一天都像是末日的前一天，而他是悲观的人。再后来，他竟然忽然红了。因为一部贺岁片，他红得莫名其妙的。粉丝吼声震天动地，各大杂志娱乐板块头条，简直成了他一个人的天下。

身边一些从前的敌人关系也渐渐缓和，甚至开始说他的潜力，说他传奇一般的底层人生。

他却在这吵吵嚷嚷中沉淀了下来，他总是这样跟世界错开，他开始重新想起那些从前，他开始不断回忆，他以为自己忘记了走上这一条路的初衷，原来从未忘记过。他更加疯狂地陷进回忆的泥沼之中，举目四望，皆是渺茫。

他想总有那么一天，他一定会放下这一切，去苏微微所在的那个世界，拿一张照片，问遍那个国度的每一个人，问问他们有没有人见过他的苏微微。

想到这里，他回头看了一眼躺在床上的她，觉得心里从未有过的安稳。他站起身走到落地窗前，望着地平线上北京的深夜。多少个夜晚里，他就是这样，一人一根烟，站在这里度过每一个深夜，想象着在世界的另一端的她此刻在做什么。

"你睡了吗？"他抽了一口烟，对着她的背影问道。

她动了动身子，转过脸，迷迷糊糊地睁着睡眼望着他。

他忽然没来由地笑了笑："你没睡。"

苏微微觉得他有点儿奇怪："怎么了？"

"没什么，想起一些往事。"他说。

"哦。"她也不知道该说些什么，起身走到他身边，看向窗外。夜色很美，身边的人也是他，但她只是觉得好冷，不禁抱住了双臂。

他伸手拿起衣架上的衬衣，披在她身上。她感激地看了他一眼，问他："想起什么了？"

他静默了一会儿，直到苏微微以为他又会将沉默留给她了，他才开口："我以为你至少会跟我说一声，说一声你要走了。"

她看着远处的深夜，他轻叹一口气，继续说："我知道你痛苦，我其实也不是非要你对我说，我只是想着，你可能需要我，我也可以陪着你。"

她默默地低下了头，眼睛酸涩得像是要掉出眼泪来。

他不再说话，只是默默地抽烟。

她终于开口说："我以为你已经不想要了，而我留不下来了，那个时候发生的事情太突然，我走了之后，在那边待了很长时间，才发现自己已经离开了。"

他看向她，她的眸子低垂，眼泪不知道何时掉了出来，沾染得她的睫毛在夜色中像是结了一层冰。

他伸手揽住她的肩膀，她轻轻推开了，说："我不怪你，我知道你也不怪我，我也知道我们为什么会是现在这样。郑佳辰，我们都需要时间，我知道。如果真的到最后还是不可以，那么这次让你先走。我们扯平。"

他没有说话，重新看向夜色。他听见她躺下的动静，然后她听见他说："你又不是第一天来到这世界上，哪有什么公平，不过是天经地义而已。我欠你的，都会还给你。还完了，谁先走都一样。"他说得这样冷漠，她听得浑身发抖。

"所以这次结婚也算是吗？"她背过身去问。

他没有说话，过了许久，黑暗中她听见自己轻轻的叹息声，以及他和衣而睡的声响。

　　整个晚上，苏微微再也睡不着，干瞪着眼睛等天亮。郑佳辰倒睡了过去，她好几次偷偷转头看他，伸手轻轻抚过他的脸颊，发现他的身体凉得不可思议。她拿了毯子帮他盖好，忽然听见他似是在梦中呓语，隐隐约约听见他断断续续地念叨她的名字："丫头，丫头……"

　　　　　　4>≫

　　他喜欢叫她丫头，也谈不上喜欢，只能说是习惯。

　　苏微微一开始非常排斥这个称呼，因为从小到大家里人也是这么叫她的。每当郑佳辰喊她丫头，她都有一种被压迫的感觉。她逼着郑佳辰改了好几次口，让他喊她亲爱的，他喊不出口；换成小可爱，他也表示无能为力；最后只能将就着让他继续"丫头""丫头"地喊。

　　苏微微说："你叫我名字也比叫这个舒服。"

　　郑佳辰说："你这名字太难听了，得有多傻的人才能出这个名字啊！"

　　苏微微不干了："说谁傻呢！这是我爸给起的。我爸还是老师呢！知识分子！"

　　"我爸也是老师呢。"郑佳辰脱口而出。

　　那时苏微微还从来没有听他说过家里人，愣了愣，回过神来连忙问："好巧啊！你爸爸也是老师吗？真的吗？"

　　郑佳辰却再也不肯开口，苏微微追问了半天觉得没劲，便不了了之了。

　　后来，苏微微第一次带他去她家。小区在一条胡同的另一边，算是抄近路。苏微微记得，那个时候郑佳辰忽然站在胡同口，看着胡同口的那一棵已经濒临死亡却还在苦苦挣扎着发出几枝新绿的大槐树，说："这个胡同是不是叫古槐胡同口？"

苏微微指指胡同口的路牌："这不是写着吗？"

他凑上去看，果然是古槐胡同口。

苏微微看着忽然变得很奇怪的郑佳辰，问他："有什么问题吗？"

郑佳辰摇摇头说："没有，我们走吧。"

苏微微注意到郑佳辰一直在东张西望，似乎在找什么东西似的。她几乎已经忘了那一天父母和郑佳辰之间发生的那些事情，却唯独记下了这个场景。后来她辗转多次才得知，原来他父亲离开北京前，竟然就是住在这一带。

世界如此之大，足以让两个人消失在茫茫人海中，直到被时间冲刷得面目全非。可是世界却也如此之小，跨得过时间，跨得过万千世事，甚至可以不断重逢。

她也才能想象到当时那条她上学放学走了十几年的老胡同，对于郑佳辰而言，到底是一种什么样的存在。他像是在泥泞中跋涉了所有日夜的赶路人，终于在这一刻可以喘口气，冥冥之中有个声音在告诉他：近了，近了，你离父亲最后留给你的那个眼神，越来越近了。你就要做到了。

他到底是做到了，名扬四海，豪车美女，除了留在寸土寸金的四九城，他甚至可以买下那条承载着父亲记忆的老旧胡同。不过他没这么干，很多当初以为重要的事情，到现在他却再也不觉得有多不易舍去。

有得就有失。

他知道自己想要什么，他从前失去的是他想要的，所以他从未忘怀；他现在得到是他可以舍去的，所以身外物一概不再重要。为了得到而失去，他什么都可以做到，哪怕是身败名裂，只要能换回来他不能忘怀的她。

他也不明白到底是为何，明明是那么想要靠近的，却总在靠近的瞬间又远远地躲开。他想，自己是怕再受伤害，还是怕再伤害到她？

他想不明白。他只知道自己要失约了。

晚上十点，富丽堂皇的大酒店。

舅舅和舅妈一向大手大脚，没办法，赚得到，自然花得也不心疼。柴筱朵在一边嚷嚷着好饿好饿，她妈妈埋怨她跟个小孩子似的，怪不得找不到男朋友。柴筱朵噘着嘴，找爸爸寻求庇护，她爸爸则例外地没有帮她的忙，反而是看了眼手表，转过脸问身边的苏微微："微微，你是不是把时间给说错了？"

苏微微苦着一张脸，低头看了眼手机上的时间，偷偷在桌子下又给郑佳辰发了一条短信，依旧石沉大海。在这之前她已经偷偷发了三条短信，又怕烦着他，就没敢打过去。

最后舅妈开口说："要不，打个电话问下吧。是不是路上堵车了？"

"是啊，北京的交通现在真的是越来越糟糕了。"舅舅在一边搭话道。

苏微微拿着手机屁颠屁颠走出包厢，站在走廊里给郑佳辰打电话。

竟然关机了……

怪不得短信一直没有人回复。

苏微微不知道该怎么办了，双手无力地垂着，她真想把那一家人扔在包厢里然后自己溜掉。可这也只能是异想天开，她要怎么说？编个什么理由好呢？苏微微一边往包厢里走，一边迅速想着靠谱点儿的理由。

舅舅看她一脸苦闷地走进来，忙问："出什么事了？"

"来不了了吗？"舅妈未卜先知。

苏微微点点头。

柴筱朵皱眉："怎么回事啊？"

"他……"苏微微想着自己刚才想到的理由，低着头继续说，"公司临时安排他走一个重要的场子……"

"那他也不早说！"舅妈顿时将忍耐了许久的气撒出来。苏微微难堪地低着头。舅舅拉拉舅妈的手，安慰她说："他也是忙工作嘛。"

这一安慰不打紧，舅妈立刻蹬鼻子上眼，继续用手戳着空气说："他忙，我们就是大闲人吗？我这放着国外多少事情没做，专门回来一趟，他倒好，连个面也不露，什么意思呀？还记着仇呢？"

"你越说越离谱了。"舅舅压抑着声音，脸色明显不悦，几次偷偷看向一直低着头的苏微微。

柴筱朵当然对这种画面再熟悉不过，从小到大妈妈就是这么个暴脾气，急忙在一边装疯卖傻说："那我先点东西吃啦，饿死了。"

舅妈没好气地看一眼没良心的柴筱朵，白了她一眼，也许是心疼她饿着肚子，也许是忽然意识到苏微微的存在，便将这个话题放下了，摁了下服务铃，叫服务员进来点餐。

一顿饭吃得苏微微如同嚼蜡。各自散的时候，舅妈去地下停车场开车，舅舅急忙趁机安慰了苏微微几句，让她不要见怪，舅妈就是这么个脾气，刀子嘴豆腐心，改天有时间再叫佳辰出来一起聚聚。苏微微一直点头，柴筱朵也说："爸，我妈是不是更年期提前了？"

她爸爸皱皱眉，说："我这也寻思着呢，她脾气比以前暴多了……"

他们父女俩开始了短暂的吐槽妈妈的话题，苏微微在一边愣愣地站着，一句话也没有听进去。

其实从郑佳辰没有按时出现，她就知道他不会来了。她死死地扛着坐在那里，不过是为了给自己一个糟糕的安慰。

临走之前，柴筱朵担心地问她要不要一起回去，反正郑佳辰今天有事要忙。

苏微微笑笑："不用了，他晚上忙完还会回家的。"

柴筱朵噘着嘴说："瞧瞧你现在这副奴才相，哪像当年那般霸气侧漏。"

苏微微苦笑说："没办法啊，霸气各种漏，总有漏完的一天。我的是用完了，你别学我，找个好人家就嫁了吧。"苏微微知道嫁人是柴筱朵的心头痛，柴筱朵常挂在嘴边的痛苦就是："眼看着姐姐都要奔三了，可我这命中注定的浑蛋怎么还不出现？！他到底在干吗？！等我遇见他了，一定狠狠揍他一顿！"

苏微微干笑两声，待他们走后，周围又静下来，她低头看了眼手机，转身走进夜色中。

5»

苏微微不知道自己有多久没有走过这条胡同了。那棵老槐树以一种苍劲的姿势撑过头顶的路灯，深秋的缘故，让它凋零了仅有的一点儿生命绿色。

苏微微仰头看着它，久久地驻足，一点儿也不想移开目光。凉风在这个时候从头顶俯冲进她的脖颈里。她轻轻地裹紧了单薄的衣服，朝胡同的尽头望了一眼。

手机响起来，她看了一眼，是郑佳辰打来的，她接了。

"喂。"他的声音异常沙哑。

"嗯。"她闭着嘴唇应了一声，声音低沉，像是在配合他。

接下来他只是沉默着，苏微微打破寂静，轻轻地问："怎么了？"

"对不起。"他说，"我有事情要处理。手机没电了，也没来得及充电。"他说话间抽噎了一下。她警觉地想他是不是感冒了？想问他，却终于还是忍住了。

"嗯。"

"你在哪儿？"

"我在外面。"她说。

"怎么不回家？"他问得直接。

她看了一眼胡同尽头的小区里隐隐约约的万家灯火，咧嘴无声地笑笑："我就要到家了。"

"那行，你早点儿休息吧。我过几天回去。"他说。

"过几天？"她惊呼出口。

"我在……"他犹豫了下，"在镇子里，我妈的病情忽然加重了。"

"哦。"她乖乖地应了声，上一秒还在想他是不是要一直这样，无论做什么都对她不管不顾，但这一刻却立刻又为他担忧起来，"要不你再劝劝阿姨，让她来北京吧。"

"嗯，我再劝劝。"他难得地笑了一声，苏微微受宠若惊，他又在那边问，"现在了还叫阿姨吗？"

苏微微没有说话，抿着嘴痴痴地笑，刚才还苦闷的情绪一扫而光，她想到这里，不禁为自己的狗腿子心理感到自卑，在内心深处狠狠地将自己里外鄙视了一番。

"那我挂了。"他难得地征求了一次她的意见，她怕自己反应迟钝，又让他耐心不够直接挂了，把她晾在一边，急忙点头，点完头之后又惊觉他是看不见的，于是又赶紧说"好好好"。

郑佳辰挂了电话，在电话那端露出一个狡黠的微笑。她是真的跟从前不一样了，什么时候，那个天不怕地不怕的疯丫头苏微微，竟然也变成了这样谨慎小心的小女人呢？他一边在心里琢磨着，一边往病房走去。

他是下午的时候忽然收到来自镇子上医院的电话的，电话里的人说得很着急，他火急火燎地赶了回来。好歹病情已经控制住了，看着安静地躺在病床上的妈妈，他也难以置信，这就是几个小时前医生说的那个快要不行了的妈妈。

医生也说了："简直是个奇迹，都以为挨不过去了，没想到立刻就又好了，毫无征兆。"医生说完，似乎觉得这话不对劲儿，急忙又歉意地对郑佳辰笑笑。郑佳辰也没有计较，他们都挺不容易的，自己也不好跟他们计较什么，毕竟照顾妈妈这种事情还是要拜托他们。不过他认同一点，这是个奇迹。

在这样的一些场合，比如医院或者各种灾难的现场，人们总会习惯性地用到奇迹这个词语。但他却从来不认为那是奇迹，他觉得那是必然。如果一场灾难里连一个典型的可以用来激励或者麻痹人心的奇迹都没有，那么这灾难也未免太不会看人脸色了，太不会照顾这世界的脆弱了。

可是现在他知道，是他太冷漠了。他决定以后尽量相信并且和大家一起感动于那些奇迹，不过眼下，他有更重要的事情要做。

他在走廊里打电话，随床看护的护士过来笑着通知他说："她醒了，还说肚子好饿。"

郑佳辰握着妈妈的手，她刚醒来，又刚刚经历过一场生死，可是整个人看上去比平时还要精神一些。蜡黄的脸色似乎也有了几分血色，她笑起来也不再那么难看，甚至有了点儿女人固有的那种微妙的羞赧。

"佳辰，我要吃冰糖雪梨汤。"她像是个小孩子那样央求他。

郑佳辰觉得好笑，将她的手放进被窝里，起身笑着说："好啊，我去帮你买。"

"不不不，郑佳辰，"她又像健康时那样，开始叫他的全名，"你去做吧。你爸爸做这个最好吃。"

郑佳辰想说他又不是爸爸，他不会做啊。可当他看向妈妈满眼的期待，他只能开心地点点头："行，我去做，不过做得不好吃不准说我。"

她对他笑笑，摆摆手示意他赶紧去。

他的手触碰到冰凉的门把手，"咔嚓"一声拧开的瞬间，寂寥的病房里忽然响起母亲急切的声音："你怪妈妈吗？"

他回头看向她，笑起来："怎么会。"

她如释重负地笑了笑："再在一块儿，肯定会有很多事情看上去像是过不去的坎儿。郑佳辰，不管怎么样，多担待担待她。她比你难，也比你苦。你好歹还有我这个病号陪着，她谁也没有，就只有你了。"

"我知道，妈。"

她说着咳嗽起来，他急忙想要回身走过来，她摆摆手示意他没事儿，又说："不要再去想从前了，最重要的是以后，日子还总得过。妈妈时间不多了，什么都看开了。"

"妈……"他不满地皱眉。

她笑笑："我还不是怕你心里过不去你自己那一关。我知道你老想着苏微微她舅舅舅妈那件事。真的，郑佳辰，妈妈没事，这一辈子什么苦都熬过来了，这点儿不算什么，再说那也是我应该受的。"

郑佳辰怔怔地望着房间的角落，那里放着一束枯萎的百合，不知道是谁送来的。他的脑海全里是妈妈下跪的场景。

"要不是我当年打那个电话……"

"那是意外！"他压抑着声音制止了她。

"别人能这么想，我不能。"

他无语地看向她，强忍着没有发飙，其实也不是发飙，他只是担心她。

"好了好了，我不跟你怄气了。你快去快回。"

"嗯，很快。"他叹一口气，无可奈何地对她笑笑，转身出了病房。在走廊里看见了主治医生，那个医生看上去比他还高兴，兴奋地问他去干吗。郑佳辰说去做冰糖雪梨汤，主治医生笑着说："那就好，那就好，能吃能喝就是天大的好事儿。"郑佳辰感激地对他一笑，急急忙忙穿过医院的走廊。

他买了食材，却在先放雪梨还是先等水煮沸之间犹豫，开着一盏老旧的黄色吊灯，房间里的光线黄澄澄的，灰尘在一束一束从头顶射下来的光柱中翻翻飞舞。他站在电磁炉旁边，回身看了看身后房间里的每个角落。

爸爸的身影和一些小孩子的嬉笑声，以及一个女人的嗔怪声在这个时候回荡在房间里。他知道那是他在瞬间对过去产生的幻觉，可他并不忍心驱散他们。爸爸做的冰糖雪梨汤味道很不错，过了这么多年之后，再次回味当年的味道，郑佳辰的喉结还是下意识地滚动了两下。

他在断断续续的成长过程中，听要强的妈妈偶尔在某个午后谈起爸爸的琐碎片段里，拼凑出了他们的一些从前。诸如爸爸做得一手好饭菜，年轻的时候追他的人很多。她是如何在她父亲的怂恿下对他表明心迹。郑佳辰第一次拼凑出这个片段的时候觉得惊讶，竟然是外公的主动撮合，实在是有点儿不符合那个年代的感情旋律。

爸爸下午放学后，回来挽起袖子就开始做饭。妈妈在客厅里择菜淘米，偶尔也帮衬着做几个菜。周围邻居中的男人碰见父亲，时常当面半开玩笑半笑话他一个大男人下厨房做什么，不像话。女人们则私下里兴致勃勃地讨论着父亲的面容和他在家中所做的家务事，她们说："城里来的小老爷们就是会疼老婆啊。"

日子在锅碗瓢盆中就这么过去了，油盐酱醋里人们失去了年轻的福泽。那些冗长而又悠闲的午后，郑佳辰搬着小马扎坐在屋门外小镇的街边，双手撑着脸，盯着人们来来往往的脚后跟，一转眼，他就站在了厨房里，一会儿左手拿着雪梨，想着是不是要去电脑上查一下做法，一会儿右手拿着一袋新买的白砂糖，努力回想着当日父亲的做法。

电磁炉响起来，逼迫着他迅速做出决定。手机也跟着吵吵嚷嚷起来，他放下雪梨，接了电话。电话那端的人沉默了良久，说了简短的一句话后再无别的声音。他呆呆地保持着听电话的姿势，身后的吊灯闪烁了两下，灭了。

吊灯再也没有亮起来。

黑暗中，"啪"的一声，有什么东西掉在了地上，寂寥的漫长时间里，从房间的某个角落里传出来一个男人压抑的哭声。

6>≫

主治医生无计可施地垂下双手的时候，他在心里明白了所谓的奇迹，不过是回光返照。从业二十多年，他见多了这样的局面。病重的病人忽然好得不像话，然后，短暂的生命再现之后迅速离去。

他曾从科学的角度去考虑过这些，终是百思不得其解为什么生命要经过这样的程序。不理解是正常的，很多业界权威都说不出个所以然来。

就像是升空的烟火，先是黑暗，然后是瞬间的绚烂迸发，最后又忽而消逝。

他留给那个被医院里的小护士们私下里讨论真人比电视上还帅的男人的只是一个转述。他告诉郑佳辰："她走得没有痛苦。"他说谎了，不过没关系。这个世界上就算对谎言再苛求，也会原谅一个医生对患者或者相关人说谎的。这无关道德，相反还是道德家们推崇的。所以他心安理得地撒了一个谎，然后他将她的原话转述给郑佳辰："她临终前只说了两个字，她说好甜，好甜……然后，然后就没了。"他疑惑地转述完，在郑佳辰的沉默中，来不及多想，他轻轻地拍了下面前这个紧绷着一张脸的年轻人。老实说，就算在他这个四十多岁的大叔看来，也是能看出郑佳辰的英气的。

他迅速打消了这个不合时宜的念头，向年轻人叮嘱了一些后事的事项。郑佳辰安静地点着头，像是在听一件再平常不过的事情。不过他还是看得出来，郑佳辰在来之前一定狠狠哭过，不然眼睛不会肿得像两颗核桃。

苏微微穿过胡同，小区就在眼前了。那条街依旧如此琐碎，之所以说琐碎，是因为小贩横行，有很多卖水果的和卖小吃的。苏微微徐徐走过，走进了小区内，恍惚间有一种她从未离开过的错觉，仿佛她只是像平常一样往家里走，只要回到家里，打开家门，就会有她想要的画面出现。

比如妈妈会问她怎么这么晚回家，爸爸会说吃晚饭没有。她当然是肆无忌惮地撇撇嘴，然后迅速地躲到她的小卧室里，打开电脑，在QQ上狂喊郑佳辰寝室的赵宣扬，让他赶紧把郑佳辰叫过来跟她聊会儿天。

她站在门口，想着她离开之后，舅舅舅妈就把这里的房产处理掉了，变卖后将钱给她存在国外的户头上。舅妈对她一向像是对待柴筱朵，生活方面甚至有时候她比柴筱朵还要好一个层次。舅舅更是大方惯了，何况她还如此凄苦，他自然不希望她再在金钱上觉得委屈。

她不缺钱的时候也想过是不是把房子赎回来，她以后回国之后还要住的，既然一定要住，那就住之前的房子吧。至于舅舅舅妈担心的触景生情，她不怕，她觉得那正是她迫切需要的。她从未忘记过爸爸妈妈一天，她非常想他们，可是她不难过。说来也奇怪，等她察觉出自己的灵魂在那场灾难之后就变得更加坚硬的时候，竟然是在三年后再次出现在从前的家门前的这一刻。

她的内心平静得出奇，她在国外的时候看过一部电影，叫《沉默的羔羊》。她特别佩服里面的汉尼拔每时每刻的平静，甚至是在吃人舌头的时候也将心跳保持在85左右。她觉得那不是人的所为，更不是魔鬼的，魔鬼是多么粗糙的存在，那是神祇的初现。她倒不是想做神，她只是好奇那种状态。

现在她感知到了，往事一幕幕，每一幕都是如此清晰，逼得她眼泪落下来，但她的情绪是平缓的，甚至连一点点的抽噎也没有，只是静静地流泪，仿佛那眼泪是她从别处借来的，并不属于她自己似的。

她伸出手去摸锁孔，她不知道房子现在是否还有人住，这是学校当初给老师们盖的房子，如果卖出去的话，估计也是住着另外一名老师吧？像她爸爸妈妈那样的存在，每天教几堂课，面对几十张年轻的面孔，平淡地在岁月深处不断飘远，他们也许还会有一个孩子，说不定跟她一样大。那孩子也曾为爱情烦恼，也曾觉得世界如此之大，而自己永远会按照现有的一切生活下去，虽然谁都知道那是不可能的，连当事人偶尔也会觉得这样的想法是如此虚妄，在他们为数不多真正安静下来感觉到孤独的时刻。

不知道什么时候，她的身后响起一个中年男人的轻声细语，因为声音中夹杂了太多的小心翼翼，所以昏暗的楼道便在这样的声音里显得更加的寂寥。

"是微微回来了吗？"

苏微微循着声音回头，一个四十多岁的男人，穿着旧旧的西装，手里提着两塑料袋湿漉漉的菜。在以前，妈妈如果忘记了买菜而又在做饭中走不开的话，苏微微又恰巧犯懒的时候，爸爸也会以这样的模样出现在楼道里，如果不小心被有心的人看到了，也会觉得这一家人好温馨哦。

"周……周老师？"苏微微低头极力望向站在楼道下面，正往上挪的温文尔雅的中年男人。

"果然是微微啊。我这想着挺像的，又不敢贸然认你。"周老师尴尬地笑起来，倒像是多年前的苏微微在小区里撞见周老师时的模样。岁月才过去多久，很多人的位置竟然换得如此彻底。

周老师教过她语文，是个脾气很好的老师，男学生们都不怕他，常常在他的课上跟他开很多低俗的玩笑，这也不打紧，他不生气，最多装作严肃地呵斥一声。其实他也呵斥不住，脾气太好的人一旦被人知根知底，这一辈子就别想再翻身了。女同学们呢，则在课间或是偷偷躲在闺房里想象着自己站在周老师身边的样子，他们是不是很般配呢？是不是看上去年龄并没有差很多呢？是的是的，毕竟周老师那么文雅。

最后，她们总在内心深处和自己的道德观干上一架，逼迫它投诚才肯罢休。

"什么时候回来的？"周老师开心地笑起来，问她。

"前几个月。"

"哦哦，回来了就好，吃过晚饭了吗？没有吧。你总是回家这么晚。"周老师自言自语似的说，"我在楼上听得清清楚楚，你在楼道里走，你妈妈责问你，你爸爸……"他说到这里急忙让自己停顿下来，待他发现苏微微只是微笑着，他才放心了，忙说，"来家里吃饭吧，今天我下厨。"

"好啊。"她爽快地答应了，大概也是想要尽快结束上一个话题造成的僵硬气氛。

周老师这么多年来一直一个人住，他的妻子自苏微微懂事起就是个传说中的人物。说是长于上海的巷弄，后来在给周老师留下一个两岁的女儿后，独自回了上海。说起来，也是一个一见钟情再见分飞的故事。苏微微知道像周老师这种人必然是能玩得起浪漫的人，可若是生活进来掺一脚，他就没辙了。不过也不用担心，他这种人最看得开的大概就是这种事情了。

他的女儿比苏微微大两岁，前几年嫁到英国去了。她随了她妈妈的性子，她妈妈回上海不久，就跟一个在上海工作的非裔男子去了广州，在广州的非裔居住区停留了几个月后，也不知道怎么的，忽然一日，周老师收到了来自于南非的邀请函。

她结婚了。

这么多年过来了，周老师还是孑然一身，不是没有合适的，按周老师的话来说就是，没那个心力了。

苏微微为什么知道得这么清楚？

因为那个好心的红娘就是她的妈妈。她们家一直跟周老师关系不错，楼上楼下的，也常常走动。周老师不时被她们家留下吃个饭，久而久之，在那年那月，她甚至有一种周老师就是她家里的一分子的错觉。

7>>

周老师做了好几道菜，苏微微开心地多吃了两碗饭。

"不错，比以前吃得多了。你吃得太少了，瞧你瘦的。"周老师一边给她夹菜，一边说。

"好饱。"苏微微无奈地拍拍肚子。

周老师不管她说什么，还在夹菜。苏微微只好喜滋滋地努力吃。

吃完饭洗碗的时候，苏微微无论如何表示不能坐享其成："饭后运动一下，有助于减肥。"苏微微得意地站在厨房里一边洗碗，一边说。

"你还减呢？北京三月的风能把你吹天安门去了。"

苏微微咯咯地笑。

后来收拾完毕，两个人坐在客厅里看电视，周老师忽然说了句："差点儿忘记了，等下我把钥匙给你。"

苏微微疑惑地看着他。

周老师解释说："你家里的钥匙，是郑佳辰叮嘱我，如果有一天你回来了，他又不在的话，就让我交给你。现在我也不知道郑佳辰那小子是不是还在北京，不过据说成大明星了，应该够忙的吧，好几次我也在学校里看见他的专辑和海报，现在学校里不少女学生崇拜他呢。"

苏微微更加不解："房子不是卖出去了吗？"

周老师一知半解地说："我也不太清楚，应该是郑佳辰后来又给买回来了吧？"

他把她和爸爸妈妈的房子又买了回来？苏微微不禁在心里问自己。

"郑佳辰这孩子也算是有出息。"周老师一边在抽屉里找钥匙，一边笑着说，他还保持着在学校时喊学生的方式，一口一个郑佳辰这孩子，不知道情况的还以为这大明星是他什么人，"人也好，不忘本。我记得，那时你们是在谈朋友吧？"

苏微微红了脸，也不知道该否认还是说点儿什么。周老师也不等她说话，将钥匙递给她："就是这把了。"

苏微微看了一眼，连钥匙都没有换，还是从前的。她恍惚觉得眼前的这一切都是一个梦。

"去家里看看吧。我以前去过两次，家具和摆设都没有换，我听说刚卖出去的那会儿，郑佳辰还专门过来叮嘱买主不要换家具，家具他也要，不过那时候他没有太多钱，买主抱怨了好久，最后也不知道他从哪弄来的钱。真有心，这孩子。"周老师感慨不已。

苏微微前思后想，觉得能借钱给他的也就是颜惜了。

她拿了钥匙，随着周老师一起下楼。快到楼梯口的时候，周老师犹豫了一下，善解人意地说他就不下去了。苏微微很感激地对他笑笑，手里的钥匙已经被她捏出了一层细腻的汗。

她怔怔地看着锁孔，呆滞了两三秒，脑海里似乎一片空白，又似乎有无数面孔。

"啪"的一声锁开了，像是打开了心门般，刹那间她有些难以名状的害怕。她伸手推开门的瞬间，那些细小的害怕又像是飞蛾般从黑暗处隐现出来，终于找到了光明的火种般。

原来这就是家，原来她还可以回家。

郑佳辰，郑佳辰……

她的心里一直在莫名其妙地念叨着他的名字。

是你吗？郑佳辰？

她在心里轻轻地问道，熟悉的摆设瞬间侵蚀进她的眸子深处。每一个地方都带着记忆的味道，肆无忌惮地将她轻轻托起来，如同在云端般虚妄，可心里却同时真切地觉得这些是如此真实。没有一丝的虚假，每个呈现在眼底的物件都是活的，他们在说话，他们在唱歌，他们还在诉说着这些年的离殇。

眼泪滴在手臂上的时候，她才猛地发现自己哭了，急忙抬手擦了一下。她有些害怕让这样狼狈的自己出现在这个家里，那样的话，一定会有某些她看不见摸不着的东西或者情绪会嘲笑她的。

她好不容易回来的，她要美美地去遇见从前。

只是他从来也没有跟她说过，他都为她做过些什么。她从头到尾都以为他不过是报复，不过是不甘心，不过是肆意的晚来的嘲讽和逼迫。

当她看到眼前的一切，她才知道原来是她太过狭隘；才知道兜兜转转这么多年，原来他一直都不曾离开过她。就算是在那些她打定了主意要离开的日子里，他也是这样一声不吭地在原地等待着。

她不能想象这漫长的时日对他心灵的恶意侵蚀，那该是多么难的一天又一天。她的眼泪簌簌地往下掉，怎么也止不住。

这之后的几个小时里，她都静静地坐在那个她先前已经再熟悉不过的旧旧的皮沙发上，什么也不做，就这么坐着，一直到第二天清晨，第一缕阳光从窗台洒进来。

她收到一条来自于郑佳辰的短信。

郑佳辰：这几天会忙，你照顾好自己，等我回来。

苏微微看着手机有些恍惚，觉得这句话好熟悉。阳光在这个时候洒在她的手背上，痒痒的，窗台上的那盆水仙花开得正盛，在这个时节与胡同口那棵大槐树的萧条有些对峙的味道，想必是有人悉心照料，此人也必然是郑佳辰。

她为什么恍惚呢？这会儿她心里念叨了一声他的名字，提醒了她。她也不知道为什么自己会忽然想到下面这件事，她最近是挺恍惚的，所以再跳跃的记忆也是可以坦然面对的。

苏微微记得，她刚刚和郑佳辰在一起的时候，其实也不算在一起，就是他不再那么排斥她，也默认了她天天跟在屁股后。大一那年的圣诞节，他们出去唱K。苏微微的寝室的几个妖孽们愣是要苏微微带着家属去，苏微微心里当然清楚郑佳辰的拘谨，但没办法，众口难驳，就硬着头皮去喊了郑佳辰。没想到郑佳辰答应得很爽快，苏微微想着可能是那段时间他刚刚和室友们让她喝了那么多酒的缘故吧，也算是个补偿。不过不管了，只要能带着郑佳辰去，她就算圆满了。

可是在那天，偏偏出了一点儿差错，人都聚集齐了，就准备出发了，郑佳辰忽然发来一条短信说他有点儿事情要忙，去不了了，让她自己照顾好自己。

苏微微当时就发飙了。她直接冲进郑佳辰的寝室，"江南七怪"说他可能在图书馆，于是她怒气冲冲地杀向图书馆，结果管理员说没看见他，让她去食堂找找看……于是她又重拾起早已在杀过来的路上被消磨殆尽的杀气，一脸幽怨地慢吞吞地朝食堂走去。

她本已做好了在这里也找不见他的心理准备，毕竟又不是饭点。可他真的在这里，回头看见刚穿过玻璃门的苏微微，他一脸歉意地走过去，看着噘着嘴唇的苏微微，轻轻笑了笑说："我想了想，还是去吧，正准备给你打电话问你在哪的。"

于是苏微微顿时就欢快了，一路上觉得太阳当空照，花儿对她笑，除了郑佳辰之外她什么也不想要，就连刚才对郑佳辰违约的抱怨也在这个时候变成了可以被原谅的可爱的小脾气。

那个时候的苏微微是真的以为她极力挽住的郑佳辰就是她的天下。她从来没有想过如果有一天失去他怎么办。郑佳辰说她是过了今天没明天的主儿。苏微微反驳说今天都过不好，还指望什么明天咧。

这自然是有她的处世哲学在里面，这其中的道理往深了说，郑佳辰也是同意的。不过反过来说，如果一个人连今天都过不好，又有什么理由让他相信明天会好呢？

郑佳辰那个时候就是这样想的，也是这样做的。

他之所以在跟苏微微去聚会前犹豫再三，是因为他不能确定。他不能确定站在爱情门口的他如果一脚踏进去了，他是否还能在那片没有道理可讲的辽阔海洋里，将自己浑身上下如同松散的土壤一般的秘密像先前那样藏好，期待着有朝一日可以开花，可以结果，可以掩盖在当时的他看来如此不堪的未来。

8>>

后来在唱歌的时候，有人让郑佳辰去帮忙点歌。郑佳辰鼓捣了半天没成功，那个人不耐烦地走过去，骂骂咧咧地说"你个土鳖"。虽然是开玩笑，但说者无心，听者却是有意了。那时郑佳辰的自尊心就像是一颗被扔在车流涌动的大马路中央的草莓，敏感得不像话。

郑佳辰对那哥们儿冷冷地一笑，在对方还没有明白这笑容是什么意思的下一秒，他将手中的话筒扔在沙发上，冷着一张脸径直走了出去。

还有不明白发生了什么事情的人在对苏微微喊："丫头，你男人怎么走了？"苏微微这才注意到郑佳辰的脸色极不好看。

她追了出去，拖着他的胳膊问他："干吗呢，怎么忽然就走了？"

郑佳辰调整了下情绪，缓缓地将她的手推开，故作劳乏地羞赧一笑，说："有点儿累了，想回去了。"

"啊？才出来的呀。你都还没有跟我合唱呢，怎么就要走了？"苏微微可怜巴巴地看着他，小女人的情绪顿时没忍住，不依不饶地又抓住他的胳膊撒娇似的摇了摇。

郑佳辰微微皱眉，耐着性子说："真累了，要不我先回去，你再待会儿吧。"

"不。"苏微微耍着脾气，"我要你陪我。你都说好了陪我来的，对不对？"

"可我累了啊。"他终于没好气地说。

苏微微愣了愣，被他忽然提高的声音吓了一跳，然后，短暂的愣怔之后，她松开他的胳膊，委屈地看着他，一动不动。

兴许是被她看得有些过意不去，郑佳辰轻叹了口气，对她说：

"这样吧，我在外面等你。你唱完了我们一起回去。"

苏微微不可思议地瞪大了眼睛，这算什么事儿，急急地说："你到底怎么了？"

"没怎么，我说了，我累了。"郑佳辰说着就要走，掩饰着内心的真实想法，他有点儿怕苏微微追问下去，因为他知道这种事情越说越纠结。苏微微却没有像之前那样拽住他，他犹豫了下，又补充了一句："我先走了。"

"你肯定不是因为累了！"苏微微终于忍不住戳穿。

他怔了怔，还是丢下她一个人走了。

整整三天，苏微微都没有去找他。那是他们在一起以来第一次闹矛盾。寝室里的姐妹们都说她这才在一起几天就又分手了。苏微微争辩说不是分手，就是闹矛盾了，谁还不闹个矛盾啊。

她到这时都在维护他。颜惜笑话她说打赌超不过三天。果然当天苏微微就去找郑佳辰了。

郑佳辰像是没事人似的，该怎么样还怎么样，似乎前几天的小矛盾并没有发生过一样。苏微微也就懒得计较了。不过苏微微不知道的是，其实郑佳辰也是极力在克制不去想她。一连三天这个疯丫头没有出现，他倒真的有些不适应了。那是郑佳辰第一次觉得，除开母亲之外，他原来也会牵挂旁人。

再后来去他家的小镇，离开那里回北京的路上，他沉默寡言了一整天，半夜的时候忽然对一直缠着他说话的苏微微说："我好累。我们休息吧。"

苏微微不干，说让他再陪她一会儿。他笑笑，静默了一会儿说："这就是我们的不一样。"

"什么不一样？"苏微微不明所以。

他看向车窗外的夜色，轻轻地说："我以前看过一个网络上的帖子，是一个很有名的作家写的。在那个文章里，他说有些人努力了二十年，其实就是为了和另外一个人一起喝一杯咖啡。"他说到这里停顿了一下，对苏微微说，"说的就是我这种人和你这种人。"

"什么你这种我这种的，大家不都一样吗？"苏微微撇撇嘴，但其实她内心里明白郑佳辰的意思，她不过是善意地替他考虑顾全，从而装作不在乎或者不理解。

他问她："你还记得那次聚会吗？别人让我点歌，我没有点出来，那个破电脑有问题。可是我听见他走过来说，'土鳖'。"

"他是开玩笑的吧。"苏微微没有底气地安慰他。

他无所谓地笑笑："没区别的，开玩笑或者是认真的，都没差的。在我们这种人面前，尊严有时候比你想象的要脆弱得多。"

"对不起，我当时不知道这些。"她小声道歉，像是一个做错事的孩子一样可怜兮兮地看着他。

"不关你的事情。还有一次，不知道你记得不记得，我们出去泡吧，你一直要拉着我去的那次。"

"我记得。"苏微微现在觉得自己以往的作风简直是在犯罪。

"别人嘲笑我点了啤酒，你笑嘻嘻地说你也喜欢啤酒，就跟我点了一样的。"

"喝啤酒是没什么不好嘛，况且，我是真的喜欢啤酒啊，洋酒都是假的。"苏微微努力在脑海里回忆着那天是谁在嘲讽她的郑佳辰。

"可是那帮人说这叫土鳖。"郑佳辰说着笑起来，"苏微微，你很直率，我喜欢你的直率。你知道吗？我可能就是因为这个原因而跟你在一起的。可是原谅我，原谅我，微微，原谅我没有办法跟你站在同一战线，因为我没有资格直率。"他轻轻地说着，一直紧皱的眉头也舒展开了，重新静静地望着车窗外漆黑而无尽的夜色。

她没有说话，她不知道该说点儿什么才是恰当的。

许久后，他说："你懂我说的吧？"

她点点头，他笑笑，伸手拉住她的手："所以如果有一天我做了什么事情，你就双倍奉还吧。"

她隐隐约约觉得有什么不对劲，不过她随即一笑而过，郑佳辰很少说出这样露骨的话，所以她听了自然很激动，急忙说："没问题，你要是对不起我了，我就把你阉了！哈哈哈！"说完她自己先开心得不像话。

然后回去之后，他就一直冷漠、疏远，不断地说忙以及说忙完去找她。

就像现在的这个清晨她收到他的短信一样，不过有一点不一样，那唯一的不一样是，他加了后半句——等我回来。

第七章
Chapter 7
你的唯一于她来说又何尝不是

1 》

直到阳历年过去之后，郑佳辰都没有回来，算起来也将近两个月了。柴筱朵对此表示很是惊讶，追问苏微微他们到底在玩什么情趣，怎么越看越不懂了呢。

苏微微无言以对。

"你连他在哪儿都不知道，你不觉得奇怪吗？他搞不好在外面养了小三呢。你怎么就这么好说话？我记得你以前不这样呀！现在简直比我还笨了！"柴筱朵大惊小怪地惊呼出口，为自己丰富的联想拍案叫绝。

"什么呀，我现在不是他助理了，也不好打听吧。"

柴筱朵震惊得简直想抽她俩大耳刮子："刚还说你笨呢，这下智商直接倒退成了蠢货。难道一个小助理比如假包换国家发证的正牌老婆权限还大吗？！你是他老婆啊！贱内啊！拙荆啊！只此一位呀！你不打听，难道让他妈帮你打听吗？"

苏微微竟然这才想起自己的身份，想想也真是可笑。

柴筱朵恨铁不成钢地对她叹一口气，说："别含糊了，好不容易才又凑一块儿，瞧瞧你现在给搞得，多糟糕呀，没有个夫妻样儿。这才刚结婚呢，就整得跟快要离婚了似的。"

苏微微勉强笑笑。

"你怎么光笑不说话呢？你说句话，表个态，你到底想怎样？"柴筱朵咄咄逼人。

苏微微嗫嚅了半天才傻乎乎地说："那我给他打个电话问问？"

柴筱朵倒吸了一口冷气，她简直想抽人，大耳光往死里抽她这个越活越倒退，越来越傻的妹子："废话，这还用问我吗？亲！"

苏微微回去之后犹豫了老半天才鼓足勇气摁下了拨出键，响了几下之后，通了。

郑佳辰在那边冷冰冰地说："什么事？"

"你什么时候回来呀？"苏微微小心翼翼地问。

"这段时间忙。"他避开她的问题。

"哦。"

"还有什么事吗？"

"没有了。"

"那挂了，导演喊人了。"

"哦。"

"嗯，再见。"

是冷冰冰的客套的"再见"，苏微微在心里默默地纳闷。

"那个……"苏微微急忙说，生怕自己说晚了他已经挂断，"如果你忙的话，我可以去小镇去陪……陪陪妈。"苏微微硬着头皮说道。

电话那头静默了一会儿，才说："不用了。"说完，苏微微听见电话里传出来的"嘟嘟嘟"声，她郁闷地挂了电话。

北京第一场小雪飘落的那一天，整个城市洋溢着莫名的喜气洋洋的气氛，新年的氛围就这么来了。苏微微那天去了趟郊区的公墓，想着过年之前再去看看爸爸妈妈，今年就算是过去了。

公墓的小道被打扫得很干净，大片的墓地则偶尔被白雪覆盖，远方的隐藏在雪雾里的楼房像是山水画中的远山若隐若现。苏微微拾级而上，最后在一处墓碑旁停下脚步。公墓很冷清，放眼望去，只能看见一个男人的轮廓，那男人在不远处朝这边看了两眼。

苏微微从随身的包里拿出几件祭品，蹲下身来，一件一件轻轻放在墓碑前。她一抬头，便与镶嵌在墓碑上的两张照片里的人的目光不期而遇。她对着照片轻轻笑了一下，伸手去摸那两张贴在一起的，已经有些泛黄的爸爸妈妈的合照。

"爸，妈，要过年了……"苏微微如葱般的指尖轻轻触摸着冰凉的墓碑，声音糯糯的，像是被雨水淋湿了般湿润，最后那句"我来看你们了"终于还是哽咽在喉头，没有能为寂寥的墓地多增加几秒的声响。

心里有千言万语，却一句也说不出来。毛毛细雨里，唯剩无边无际的静默。连眼泪似乎也稍显多余，她初来时面对此情此景抑制不住的情绪也慢慢趋于平静。

最后离开的时候，她路过一直站在远处一座墓碑旁默哀的男子身旁。随着脚步渐渐趋近，他的周身物饰也稍显清晰，修长的身材，略微低垂的脸颊，似是一张英俊的面庞，在雨雾里若隐若现，宛若电视中旧上海滩的情义男子。他下身穿着淡蓝色的牛仔裤，在雨水里像是氤氲开了的一小片狭长的海洋。

苏微微比较中意他上身的修身皮夹克。现在能把这种皮夹克穿出英伦气息的男人可不多了，那简直已经沦陷成中年大叔的过冬必备了。走过他身边的时候，苏微微偷偷瞄了一眼墓碑上的照片，是个美女，看样子年纪挺小的。

真是不幸。

苏微微在心里叹了口气。经过男人身边的时候，她忍不住瞧了眼他的长相。恰巧他也在这个时候转脸，抬眼看向已经走过去却回过头来的苏微微。

于是两个人当场就震惊了……

竟然是他！苏微微拧起眉头，在心里歇斯底里地吼了一嗓子。她一边想着这个阴魂不散的家伙在这里干吗，那个墓碑上的漂亮姑娘跟他是什么关系，一边迅速转身就走，自我欺骗式地在心里嘀咕：他没有认出我，他没有认出我……

怎么会是她？程弈鸣努力保持先前的淡然，内心深处却是一阵又一阵想要立刻逃离的想法。

真是不是冤家不聚头，狭路相逢的并不一定都是勇者，也有可能是无辜的奥特曼和小怪兽。不过到底谁是奥特曼，谁是小怪兽，就有待另论了。

不过显然，程弈鸣虽然不太想瞧见这个冒冒失失的丫头，可他也同样敌不过内心对她的追寻。否则也不会在几个月前的医院里，当他看见站在手术室门口的她，也不会不顾颜惜的劝阻，而执意要插一脚到她的生活里去了。

他明白有些事逃不掉，只能面对，虽然辛苦，但好过自欺欺人的懦弱。

"喂！"程弈鸣冲她的背影阴阳怪气地喊了一声。苏微微回头看他。他最后看了一眼墓碑上的照片，双手插兜，朝苏微微走了过来。走了几步跟苏薇薇齐肩，他睨了一眼因为逃跑未遂而满头黑线正尴尬的苏微微，戏谑地说了句："这么着急，赶着去投胎呢？"

"回家！"苏微微白了他一眼，迅速收回眼神，"吃饭！"话一出口她就窘了，这都哪儿跟哪儿。她天生就这样，看见稍微有姿色的立刻就不能淡定，不过话说回来，按着程弈鸣的姿色，不淡定也算是正常。

苏微微一边急急地走，一边胡思乱想着。程弈鸣笑笑，毛毛细雨继续下着，他打开了手里的黑色雨伞，撑在苏微微的头顶，一言不发，继续往前走。苏微微也乐得有人打伞，没有刻意回避。他们走到墓地门口的时候，雨越下越大。程弈鸣伸手摁了下车钥匙，远处停放着的凯迪拉克嘀嘀响了几下。苏微微这才想起刚刚进来时看着这车的牌子就觉得眼熟，原来是他的，怪不得呢。

苏微微脱离雨伞的遮盖，朝相反的方向走去。程弈鸣手疾眼快拽住她的胳膊，低低地说："我送你。"

苏微微撇撇嘴，想要反抗，可一想这天气，走到最近的车站也要变成落汤鸡，索性就任由他拉着自己上了车。

在路上他忽然问她："听说你跟郑佳辰结婚了？"

苏微微酸溜溜地瞥了他一眼，心想有你这么明知故问的吗？你是大总裁，还不知道你公司里炙手可热的大明星的隐私？不过嘴上她还是非常正常地说："嗯。"

"怎么样？"

什么怎么样？苏微微在心里问自己，眼睛却疑惑地盯着程弈鸣。

程弈鸣坦然一笑："他有按时回家吗？"

按时回家就算了，苏微微只盼着郑佳辰手机能正常打通就万幸了。

程弈鸣心里自然也知道是怎么回事，随口问出的话不过是寒暄。他也不知道自己是出于什么心理，竟然无意中开始拆郑佳辰的台，随即说："大明星在外面生活可是灯红酒绿的，你还受得了吗？"

"劳您操心，暂时没问题。"苏微微死鸭子嘴硬，心里却早在盘算着程弈鸣话里的那个"花花绿绿"到底是什么意思！

"要是心里没底儿，就多看看娱乐小报。别小看他们，事儿倒多是真的。"程弈鸣提示她。

苏微微心想这人怎么这么讨厌，这么爱管闲事呢？难道他不知道宁拆一座庙，不毁一桩婚吗？对，也许这都是糖衣炮弹，都是他的花言巧语，他不是一直看她不顺眼吗？他胡乱说两句然后让她心里添堵，回家跟郑佳辰闹事儿也是正常心理。不过她虽然这样想，心里却早已七上八下，想得更多的还是郑佳辰，毕竟她对他现在的生活简直是两眼一抹黑。

她这个正牌老婆做得真叫一个窝囊啊。

她这样想着，自然便把气撒在了程弈鸣身上，不管三七二十一，直接埋汰他，欠揍地说："刚刚那个墓碑上的姑娘挺漂亮的嘛。"

程弈鸣的笑容就在这个刹那凝固在脸上，待他狠狠地注视着苏微微的时候，她连惊吓都没来得及，直接就被他猛踩刹车给甩到了车子的挡风玻璃上，脑袋磕在车门框上，嘴里"哎哟"直叫唤，手上揉着，正待破口大骂"你是怎么开车的"，车门自动打开，他一把将她推出车外，"啪"的一声关上车门。

苏微微手疾眼快，倒地的瞬间双手撑地，眼看着程弈鸣冷着一张脸正在车里挂挡位，一个鲤鱼打挺跳起来，一手泥巴全甩车窗上去了。正好车窗玻璃还开了一半，苏微微手里的包早已在路边的积水里一秒钟变水雷了，现在直接砸在程弈鸣那张精致的脸颊下方十厘米处的光洁脖颈间，顿时，一个狼狈的浑身是泥水的程弈鸣出现了。

苏微微还恶狠狠地盯着他，破口大骂："你是不是有病啊！"

程弈鸣看都没有看她，直接将包捡起来，试图从另外一边的车窗扔出去，无奈手抖了一下，包悬了在车门把手上。他脚下一踩油门，车子"唰"地溅起一米多高的雨水，飞驰了出去，将站在路边的苏微微彻底洗了个天然雨水浴。

最后停留在苏微微脑袋里的画面则是程弈鸣冲出去的瞬间脸上的表情，他眉头紧皱，嘴角微微颤抖，痛苦的模样简直像是被砍断了脖子。

2>>

颜惜来送包给苏微微的时候，苏微微一看那早已浸透了黑色雨水的包就来气。颜惜劝了半天，苏微微才气呼呼地开口说："他这人是不是真的有病啊！"

颜惜叹了一口气，没有说话。苏微微于是继续挥舞着胳膊激动地数落着："又爱多管闲事，他以为他是谁啊，上帝啊，观音菩萨或者佛祖吗！打听别人感情可以，别人说他一下立刻就粗鲁得跟个野人似的，你瞧瞧，我胳膊都被擦破了，我要肉体补偿费！我要精神补偿费！老娘要钱！"

颜惜安慰她，见她也就是过过嘴瘾，于是说："他不是给过你钱吗？你又不要，多好的事情，让你自己填数字，是你错过了嘛。"

苏微微被颜惜堵得没话说，一想事实还真是如此。早知如此，当初她就不该被他的诡异吓到退缩，没有在那张空白支票上填写一个石破天惊，吓死人不偿命的数字，简直不可原谅。

苏微微呕着气，翻开包里查看东西还在不在，一看东西都还在，也没损坏，气也消了一半。颜惜见她气色缓和下来，才说："其实他真的是有病。"

苏微微冷哼了一声。

颜惜继续说："他昨天回来的时候脸色差得能把人吓死。"

"把我推下车也把我给吓得半死好不好？"苏微微噘着嘴，委屈地抗议。

用人这个时候递上来两杯咖啡，苏微微一口喝掉了，颜惜则端庄地端起来抿了一小口，继续说："他胸口有几根肋骨因为骨折打了钢钉，到现在都还没有取出来，一到阴雨天就非常难熬。所以，他昨天情绪失控，今天又后悔起来，又不好意思自己来送还包包给你，你也知道他这个人的脾气，死要面子活受罪。我出门之前他还特别叮嘱我看看你到底有没有受伤呢。他妈妈也狠狠地说了他，说是让我无论如何请你去家里吃个饭，让他给你当面道个歉。"

苏微微听得都愣怔了，瞪大眼睛看向颜惜，急急地问："我倒是没事儿，他怎么受伤的？我就甩了个包啊，姐姐。"

颜惜笑起来："你就没好好听我说话，我是说他以前受伤。"

苏微微这才回过神来，敢情她刚才一听到受伤骨折什么的就立刻紧张了，思维错乱了。想着昨天自己也是有点儿过分，他不过是讨厌地对她的感情进行了一番不信任的挑衅，而她则极其讨厌地直戳人家的伤处。那个墓碑上的漂亮姑娘，一看就是他的心头挚爱嘛。要搁她自己，她也发飙，不发飙才不正常。

这样想着，苏微微又成功地在心里将她和别人都安慰了一遍，于是皆大欢喜。

"以前在号子里他跟别人打架，被几个流氓下狠手打断了肋骨。不过塞翁失马，焉知非福，因为这件事他也才得以在各方面关系的打点下免除了长达半年的拘留。"

苏微微听得云里雾里的，忙问："他犯什么事儿了？"

颜惜被问及此，方才发觉自己说过了头，急忙打个哈哈说："也没什么。"说着低头看了眼手机上的时间，又说，"我还得去公司参加一个会议，我先撤了，改天找你玩儿。"

苏微微意犹未尽，不过也不敢耽误她工作，于是送她出门，回来后一个人在客厅里的巨大沙发上一边打滚儿，一边琢磨着程弈鸣那家伙到底犯了什么事儿。她琢磨了半天没有个头绪，就她认识的他，也没有任何细节能透露出一丝一毫。

用人大妈这个时候在客厅里恭敬地问苏微微晚饭要吃什么。

苏微微坐起身子，想了想，没来由地开口问用人："您知道郑佳辰的老板是谁吗？"

用人丈二和尚摸不着头脑，不知道小主人这是要干吗，不过也老老实实地回答了她："是那个叫什么，叫程什么的吧？"

苏微微打了个响指："Bingo！你跟我说说他的事儿呗。"

"哎呀，我哪儿知道他们的事儿啊，我一个擦桌子、洗地板的。"用人搓搓手，难得表现出市侩的一面。

苏微微于是试着捡重点问了句："他以前是不是犯过事儿？"

用人想了想，说："好像是以前出过什么车祸……"

"车祸"两个字顿时让苏微微脑袋一下子沉重起来，用人还在自言自语："据说女朋友就是在那场车祸里没了的，当时还上报纸了呢。"用人说着，又问苏微微，"晚饭吃点儿什么？"

苏微微极力想着墓碑上那个姑娘的照片，嘴上说了声"随便"。用人搓搓手，走出去准备买菜。苏微微回到房间，打开电脑，输入三年前的那个日期，网站上迅速跳出了几十条新闻。

在其中的一条她再熟悉不过的新闻中，她看到"天乐传媒"四个字夹杂其中。

当时一切发生的时候，她没来得及知道，就在舅妈和舅舅的安排下逃离了这一切。此后的很多年，她都刻意避开那一切，其实也就近在眼前，比如像先前在网上稍微搜几个关键词，一切就昭然若揭了。

可她却在不知不觉中逃了这么多年，她曾以为自己可以一直逃下去，直到一切都在时间的长河里慢慢找寻不到当初的蛛丝马迹。

老天显然跟她开了一个不合时宜的玩笑。

现在再想想程弈鸣的奇怪甚至是她觉得很诡异的那些举动，那些夹杂着冷漠和抗拒的对她的照顾，以及所有他明显带着厌恶的巨额补偿，原来源头在此。

她其实早该想到世上没有掉馅饼的事情，就算是那块馅饼掉下来的姿势并不好看，甚至砸得她非常难受，也是不该后知后觉处之的。她以为自己经历了太多，可以活得明白，到头来却发现她才是最糊涂、最笨的那一个。

一切都在这个时候迅速明朗起来，像是被打碎的水晶鞋在她的脑海里被一双无形的大手精心拼凑起来。

程弈鸣对郑佳辰的提拔，程弈鸣对她做的一切，在她看起来诡异而又蹩脚的补偿，墓碑上那个明眸皓齿的姑娘的照片，在她埋汰他时他忽然的暴怒，以及很久之前他在阴雨天与她吵架时强忍阵痛的眉头……

苏微微呆呆地看着电脑屏幕，完全没有听到手机在耳边肆意的歌唱声。

郑佳辰忘了拿钥匙，打苏微微的电话又没有人接，于是只好打给用人，用人无辜地表示她在买菜，而苏微微应该在家里啊。于是郑佳辰又耐着性子打苏薇薇的电话。

苏微微回过神来，发现郑佳辰打来电话，一脸呆滞地接了，听见郑佳辰在电话那边简短地责问："怎么不接电话？开门。"

苏微微关了电脑，在客厅里摁了开门遥控器。别墅外的大门缓缓打开，郑佳辰的SUV驶进别墅，他下车后径直走进别墅，也没有理会坐在客厅里，此刻还沉浸在刚刚的真相里的苏微微，直接去了卧室休息。

这一段时间他试图用拍戏麻木自己的感情，他已经太累了，一躺在床上就睡了过去。

吃饭的时候苏微微去喊他，他睡得很沉，她站在床边静静地注视着他，直到用人在客厅里催促她，她才退身出来。

3>>

再见到程弈鸣是在公司年底的聚会上，好几部贺岁片顺利上线，公司年底业绩圆满完成。高层决定举行一个内部的小型庆祝party，可能是公司上层心情大好的缘故，竟然破例地指明了艺人们可以带家属参加，不限制是亲属还是男女朋友。当然，带男女朋友的必须是经过公司承认且认可的艺人们。

郑佳辰就是其中的一个。

苏微微起初不想去，她有点儿怕遇到以前的一些同事，虽然郑佳辰提前跟她打了预防针说只会有艺人和公司的高层。苏微微想着就算没有同事，遇见那些艺人们也窘迫啊，主要是肯定会遇见贝蒂的。

正所谓一日为上司，终生为老虎，苏微微总觉得自己辜负了贝蒂对她的期望，自然是最害怕撞见贝蒂。

苏微微也不敢惹郑佳辰生气，他回来半个月都没怎么跟她说话，好几次她主动表示要把她妈妈接过来过年，都被用沉默给堵了回去。

当天换上小礼服坐进郑佳辰的SUV的时候，她还在心里偷偷地抱怨他们公司的高层脑袋是不是发烧了，一向忌讳的事情怎么会忽然又如此开明呢？

公司一直极力隐藏艺人们的亲属和家世，男女朋友自然更不用说，所以这次如此高调，苏微微不能理解自然是很正常的。想必是年底赚钱太多，领导们一高兴脑袋就发热了，苏微微最后给出了自己这么一个理由。

当然，打死苏微微她也想不到，其实高层们并没有脑袋发热，相反他们极力反对内部Party要带家属这件事，不过他们最终还是屈服了，在程弈鸣不容置疑的决定下，他们皱皱眉，除了妥协其实也没别的办法。

程弈鸣也是有自己的打算的，他的打算其实很简单，甚至看上去有些小孩子气，当然如果大家都知道他的真实意图是用带家属来打掩护，真实目的则是为了在宴会上撞见苏微微的话。

那天在墓地偶遇后，他因为一时情绪失控而将她推下车，表面看上去比谁都狠心，但经过这一段时间之后，他却总想起那一幕：满脸雨水地站在路边朝他吼，他内心愤恨，表面却无比冷漠地撇下她独自离去。

怎么想，怎么安慰，他发现自己都过不了自己这一关。妈妈也说让颜惜把苏微微带回来吃一次饭，让他当面给她道个歉，但不知道颜惜是忘记了还是没把这事儿放在心上。他耐心等待了一段时间，都没有发现苏微微出现的踪迹。

他总不能去郑佳辰的别墅找她吧？

他倒不是没有给她打过电话叫她出来，不过每次都是没人接，想想也是，被人推下车了，还接你电话，那人不是傻瓜就是非常贱。

没办法，他只好想出这么一个至少他自己看上去非常没有技术含量的笨办法。不过没关系，反正这种事儿也就这么一次，等他道了歉，自己过了自己心里这一关，从此各奔东西，谁都跟谁没关系。这也是最后一次，总之他该做的都做了，他能办到的他也试着办了，接受不接受就是她的事情了。三年前那件事情，说到底他也是受害者，难道不是吗？

如果不是那个出租车司机酒驾，那么他也不会失去未婚妻，如果他没有失去未婚妻，那么那个可怜的笨蛋苏微微也不会失去双亲，如果这一切都没有发生，他们可能穷其一生都不会遇见彼此。

毕竟在这个世界上，是有阶层这种事情的。他又不是第一天来到这世界上，虽然他从不认为自己是所谓的上流，但不公和财富以及另外一些在三年前那件事后他就觉得皆是虚妄的这个浑蛋世界的规则，总是会在不知不觉间将他和她这种人隔开。

他觉得自己没有资格说如果，他从前是有机会避开与她狭路相逢的，他那时没有选择逃开，所以现在也不会。

在八十层的天台的卡座里，当他手握威士忌轻轻啜了一口时，他看见了郑佳辰，于是他想，其实他倒跟这个大明星有点儿像。

在荆棘和坦途之间，他们总会毫不犹豫走向前者，纵使沿途伤痕累累，但求人生问心无愧。

所以，他才不管不顾跟这个同是悲剧中心的女孩子狭路相逢；所以郑佳辰才明知道时光不再，旧人已变，再爱惆怅，却还是抛开一切，义无反顾地跟她结合。

说到底，他们才是最自私的那种人，不过因为他们打着爱的旗号，所以那些总是受伤的可怜虫才会在他们的折磨里屈服，全然不知道对付他们的最好的办法就是逃离，逃得远远的，永远不要见。

不过已经晚了，他看见那个可怜的叫苏微微的丫头穿着一件玫红的低胸晚礼服走进了会所，她的目光自然而然看向了坐在角落里的他，于是他也迎着她的目光看了过去，直到她匆忙躲开，他才满意地放下酒杯，朝那一对璧人走去。

毕竟，于情于理，于公于私，他都该过去说点儿什么。

但就在这个瞬间，一双女人的玉手拉住了他的手腕，他回头看向那双修长玉手的主人。颜惜微微拧着眉头，对他摇摇头，说："别再去了。"

"打个招呼。"程弈鸣挑挑眉，笑着说。

颜惜自然知道他是敷衍她。

"上次在医院你也说打个招呼。"她说。

他推开她的手，她重新牢牢抓住，又说："你到底想要一个什么结果？"她索性直奔主题。

他不说话。

颜惜抬头看了一眼远处正在应酬的郑佳辰，苏微微拘谨地站在他身边，努力维持着端庄的身姿。眼前的苏微微让颜惜有些恍惚，她努力想了下大学时苏微微的模样，不禁觉得唏嘘感慨。

别说追问程弈鸣想要的结果了，就是现在这个结果也不是颜惜所能想到的。程弈鸣想要做什么？无非是补偿苏微微。可这世界上有一种人，是不能相遇的。不遇还好，相忘于江湖；相遇了则只能两败俱伤。

比如程弈鸣和苏微微，比如她和郑佳辰。

"到此为止吧，你们谁也不欠谁的。"颜惜小声说。

程弈鸣用力挣脱她的手，冷笑一声说："你误会了，我只不过想要过去打个招呼而已，你不信，我也没办法。"他打算强行抵赖到底。不过颜惜却没有生气，她放心了，因为面前的程弈鸣就是真正的程弈鸣，从小到大，他就是这样倚仗自己的身份地位耍赖的。相反，刚刚遇见苏微微那段时间里抑郁的程弈鸣则像是又回到了三年前那个事件刚发生的那段时间里的他，抑郁、寡言……

程妈妈怕他又像之前那样时而抑郁，时而狂躁，不得不去心理医生那里强行治疗，所以也只能尽量把事情控制在手中，所以也才让颜惜把苏微微带到家里去，而不是让他一个人参与其中。

他挣脱颜惜的手腕，安慰性地对她微微一笑。颜惜知道自己终究是拿他没有办法，只能轻轻叹一口气说："你的唯一于她来说又何尝不是？所以，你真的不欠她的。"颜惜最后一句话说得非常小心翼翼，声音到最后也小得似乎只有她自己才能听见。她其实也挺担心自己一不小心想过头了惹程弈鸣生气，毕竟医生跟她交代过，对于他这种受过刺激的病人，最好还是顺着他的意思来。虽然这两年他有所好转，她几乎已经忘记了他曾经有过那么一段难堪的病史，但在关键时刻总会有这么一个声音跳出来提醒她一次。

他凝视着她，静静地等待着，几秒钟后，他说："说完了？"颜惜皱皱眉，他笑笑，像是根本没有把她这句话听进去，伸手拍拍她的胳膊，说："别担心，我真是过去打个招呼，争取再为前几天的事情道个歉。以后还不知道什么时候有机会再见。"

颜惜还想说什么，话到了嘴边终于忍住，想想他说得也对，他这一走，还不知道什么时候回来，再回来人事会有多少变化也是未知，就由他去了。

4>>

郑佳辰和程弈鸣两个人互相打了招呼，其余人等自然而然退散了。

"恭喜。"程弈鸣看了一眼站在郑佳辰身边的苏微微。

郑佳辰笑笑："不用我介绍了吧？"

程弈鸣伸出手跟苏微微握手，苏微微从头到尾都低着头没有看他。郑佳辰适时地挽着苏微微，对程弈鸣说："先去那边跟几位导演打个招呼。"程弈鸣做了个请便的手势。苏微微于是紧跟着郑佳辰绕过程弈鸣。

擦肩而过的时候苏微微偷偷瞄了一眼程弈鸣，四目相对，于是又急忙掩饰。幸好身边的郑佳辰目光一直放在不远处的几位大导演身上，没有发现苏微微的不对劲，不然他指不定还以为她和程弈鸣之间有什么呢。

郑佳辰不是说过让她离程弈鸣远远的吗？

苏微微终于理解了为什么郑佳辰让她这么做，看来他早就知道这其中的瓜葛，就只有她一个人始终被蒙在鼓里，而她却是最应该知道这一切的那个人。

后来几位大导演拉着郑佳辰去里面包间喝酒，顺便谈一点儿事情。苏微微不便跟随进去，郑佳辰让她在外面等。她只好坐在角落里，百无聊赖地端着高脚杯把玩。

"好玩吗？"颜惜不知道什么时候站在她面前。

苏微微对颜惜笑笑："你好漂亮。"她看着颜惜穿的一件淡蓝色抹胸晚礼服，由衷地称赞道。

"没有你漂亮。"颜惜受用地笑着坐在她对面，举杯跟她碰了下杯。她抿了口酒，目光越过颜惜的肩膀落在不远处正跟几个美女在调笑的程弈鸣身上。他今天穿着修身小西装，浑身上下有一种说不出的英挺，丝毫不输于身边左右走动的明星们，甚至有脱颖而出的优势。

颜惜顺着她的目光回头看了一眼，又转过脸看着她，调侃道："我还以为是看郑佳辰呢。"

苏微微被颜惜开玩笑地一数落，顿时不安地转移话题说："郑佳辰在里面跟别人说事情呢。"

颜惜好笑地说："我又不跟郑佳辰说，看把你吓的。再说了，又不是你一个人看他。"

苏微微这才注意到周围，发现好几个女明星的目光都聚焦在靠那边沙发上的程弈鸣身上。

这招祸的主儿啊，真是红颜祸水啊。

苏微微在心里叹息一声，脑海中是他先前几天将她推搡下车时的厌恶眼神，也有他在那场灾难中若隐若现的脸颊。脑子里乱得很，场子里又熙熙攘攘的，她不由得放下酒杯，对颜惜说："我想出去走走，你去吗？"

"好啊。"颜惜利落地放下酒杯，一边拉着苏微微往外走，一边嘀咕，"最讨厌这种场合了，可是不参加又不行，谁让程弈鸣那个浑蛋非要提议带家属，他又没家属可带，只好拉着我。现在倒好，他去泡妞了，扔我一个人在这难受，幸好还有你，不然都没个人说话。"

"那么多人，就没一个说话的呀，我刚刚进来时还看见那谁了，长得也不错啊，我听郑佳辰说还单着呢。"

颜惜做了个鬼脸："才不去找这个圈子的，都是极品，怪癖是一个比一个怪。成熟一点儿的张口闭口就是投资、广告、合约、影视，不懂事一点儿的还不如一个高中生呢。"

苏微微笑笑，在外面的露天天台上的躺椅上躺下来的时候不经意间注意了下正在摆弄裙尾的颜惜，觉得她一点儿也没变，还是像大学时那样一针见血，只不过现下比那时更加快准狠，一张嘴不张口则已，一张口就跟刀子似的，"唰唰唰"的一句就是一个碗口大的疤。

外面的空气比里面好了很多，再加上是超高层楼盘，风也大，明星们为了风度不要温度，她们俩可不成。季候临至年关，正是北京最冷的时候。她们穿得这么清凉，出门的时候侍者询问了下她们要去干吗，然后急忙拿了几件羊绒的毯子递给她们。

苏微微裹着毯子躺在躺椅上，头顶是北京少见的满天繁星，不禁有当初上中学时的感触。印象中那个时候是北京最后几年晚上能看见满天星星的时刻，算起来也有将近十年了。再后来似乎这样的日子越来越稀有。

苏微微看着星星，自言自语道："好像这里不是北京了，北京的天哪有这么善解人意的星星。"

颜惜笑："冷就算了，你还来酸我，让不让人活了？"

"不冷啊。"苏微微裹紧了毯子，低头看了眼洁白的毯子，"这毯子倒挺暖和。"

"能不暖和吗？一条毯子好几万。"

"啊？"苏微微急忙低头研究身上裹着的毯子，这什么毯子啊，竟然要好几万。苏微微这样想着，却裹得更加小心翼翼，生怕一不小心给弄道口子什么的，到时候她可赔不起。她现在完全是"三无"人员，无工作、无收入、无存款，生活上全靠郑佳辰每个月寄回来给她的几千生活费过活。郑佳辰因为前段时间跟她结婚导致违约，一直是入不敷出，年底这几个月抓紧时间拍了好几部电影，才缓过一口气来。苏微微花钱从不大手大脚，像这样一条毯子，她现在盖着觉得要折了她的寿。

颜惜忽然说："对了，程弈鸣刚跟你说什么了？"

"什么也没说。"苏微微想起刚刚跟他握手，他握住她的手时，稍微用力捏了一下她的掌心。要不是她反应迟钝，松开了才发觉掌心被人捏了一下，估计当场就叫出来了。

"哦，我还以为他会跟你道歉呢。你刚进来，他就嚷着要去为前几天的失礼道歉。"

"我都忘了，他怎么还记着啊？"苏微微撇嘴，她还真是给忘了，毕竟对于三年前那件事情中程弈鸣昭然若揭的身份，相较于前几天他将她推下车，后者简直就已经不算事儿了。她这几天都在心里默默念叨着程弈鸣的名字，她和他之间的纠葛说起来也就这几件事情，可她却疯魔般绕不过去他这道坎儿。

5>>>

对于那场车祸的细节，她所知道的，仅限于听说。

她从来就不问这件事情的开端与最后，舅舅和舅妈可能是担心她不闻不问的背后是否有她自己的极端想法，于是只好硬着头皮跟她大概说了下事情的经过。于是她从舅舅和舅妈的嘴里零零碎碎地知道了爸爸妈妈出事的始末，源于出租车司机酒驾。

她对于这件事的了解也止于舅舅和舅妈对她的这一点点交代。

他们也知道诸多残忍，所以只是大概交代了下。苏微微没想到自己下意识的逃避，却让她成为所有笨蛋里最笨的那一个。

她想了好几天，终于明白，其实她和程弈鸣都是陷入泥沼的无助者，她失去了双亲，他失去了挚爱的未婚妻。所以她一直觉得他不需要对她做那些拙劣的补偿。苏微微想，他应该听颜惜的话，从一开始就站在她的世界之外。

颜惜淡淡的一句话将苏微微拉回现实，颜惜说："他这人唯一的缺点就是记性太好，所以正像你说的，他有病呗，这都是病，得治！"颜惜说着笑起来，指着苏微微埋怨，"当初不是你一直说他有病吗？这会儿你倒问起我来了。"

"我当时是乱说的。"

颜惜裹紧了毯子，抬头看着星空："不过有病也没关系了，反正他要去治病了。"

"去治病？"苏微微狐疑地看着颜惜，不知道她是在感慨还是在说事儿。

"嗯，去英国，那边有一个心理医院非常不错。"

"他是神经病吗？"苏微微脱口而出，顿时觉得自己好粗鲁，于是吐吐舌头表示自己不是那个意思。

颜惜淡然一笑："算是吧，其实非常简单，就是晚上睡不着觉，白天累得不行，但就是睡不着，他这几年都是打盹熬过来的。前段时间医生说再不去治，以后就得变成疯子了。这不，我舅妈就强行让他去英国，公司这边责任人都转移到舅舅身上去了。"

"这样啊。"苏微微长长地出了一口气，怪不得她老是觉得程弈鸣这家伙一个大男人还化什么烟熏妆，原来是睡不着觉。对，这个叫什么抑郁症，严重级别的，她记得以前一个主持人就为这个所困扰。

当时她听说的时候还觉得这病不会是真的吧，睡不着觉，而且又是很累的那种，怎么可能呢？

现在在生活中遇见了一个活生生的病人，她才觉得原来这世界上还真有这种可怕的病。想想吧，睡不着觉，这对于沾着床就能睡得跟一头猪似的苏微微来说简直是不可想象的。

大学时寝室里就她最能睡，她自己的铃声除了她谁都能吵醒，睡不够觉甭说闹铃了，就是教授直接来提人都是拉起来一条，放下了一堆。因此她也被各种外号环绕，什么睡神、睡佛、睡鬼，甚至被郑佳辰他们寝室的"江南七怪"戏谑为睡罗汉……

"对了，"颜惜打破长久的沉默，"你跟你家那位怎么样了？"

"他最近一段时间挺忙的。"苏微微说。

"他是忙。"颜惜意味深长地看着苏微微说。

苏微微干笑两声。

颜惜淡淡地说："就像你刚才说的，好像这里不是北京。有时候我想想，也觉得我们都不是自己，我们现在过的生活，都是毫无生命的，都是被一双无形的大手安排好的。"颜惜说着指了指夜空，"你瞧，就是那双大手。"

苏微微笑着说："你别吓我啊，我最怕怪力乱神了，你又不是不知道。"

"我知道，那时候谁要是在寝室里讲鬼故事，你能跟人家拼命。"

苏微微哈哈大笑起来。

"不过有时候也会反过来想想，其实也没什么好抱怨的。可能我们在这边过这样的生活，而真正的我们说不定正在真实的世界里过着真正有感知的生活呢。就像那部电影里面讲的一样，我们都是在做梦。"

"《盗梦空间》吗？"

"对，就是这部，莱昂纳多拍的吧？"

苏微微点点头："是他。不过他现在完全长残了。"

颜惜咧嘴一笑："我就看过他拍的两部影片，一部是十年前的《泰坦尼克号》，一部是去年的《盗梦空间》。老实说，我当时都没认出来是他……"

"所以说时间真的是一把杀猪刀。"苏微微说这句话的时候，想起了郑佳辰那张毫无死角的精致小白脸。

颜惜看了眼深邃的夜空，转脸看着仰望星空的苏微微，没来由地问了句："你还爱他吗？"

苏微微不好意思地笑了。"爱吧。"她说。

"你很不确定。"颜惜调笑道，"这可不是大学时疯丫头的做派呀！"

"那时候不懂事儿嘛，你不老说我不能那么追男孩子吗？不然追到了手也容易跑掉。"

"我说错了。"颜惜裹紧了毯子，"你看，他现在还这么爱你，肯为了你做这么多。"

"我也不知道。"苏微微没底气地说，郑佳辰是为她做了不少事情，但至于爱，她是真的不知道他心里到底怎么想的。冷漠太多，偶尔的关怀也几乎被湮没，她没有太多的理由证明他还是从前的他。

但她无比确定的是，她已不是从前的她了。

所以当颜惜问她爱不爱时，她最多只能告诉颜惜："我也不知道，可能不是不爱了，只是不知道该怎么去爱。有时候时间就是这么可怕。"苏微微轻笑着说完，无可奈何地叹一口气，认真地看着颜惜，"你说呢？"

"我懂了。"颜惜轻轻笑着，坐直了身子。裹紧白色毯子的她，看上去像是破茧之前的毛毛虫。

6>>

人群散去时，郑佳辰在酒店门口被几个导演和女明星拉扯着要继续去疯狂一下。苏微微拘谨地站在一边，人群中不知道是谁忽然说了句："理解理解，不耽误你小别胜新婚了。"接着便是一阵暧昧的笑声。

郑佳辰朝苏微微这边看了一眼，微笑着说："那就去吧。今晚谁回去谁是孙子。"

人群中有了一阵短暂的安静，他们似乎拿不定郑佳辰这句话是开玩笑还是说真的。

"你先回去吧。"郑佳辰回头对她说了句，众人的目光顿时全放在了苏微微的身上。她明显感觉到一些异样的目光如扫描仪般将她从头到脚扫描了一遍。于是她点点头，逃也似的转身朝夜色中走去。

身后没有响起谁的声音，她忽然想起多年前在那个酒吧外面的情景。她醉醺醺地哭花了好不容易才化好的妆，那是她为了郑佳辰而破例将自己的脸颊变成一场肆意厮杀的战场，只可惜她险些败北。

好在最后有他的那一声安慰。

只是现在，连这样的安慰也不复存在。

她也不知道程弈鸣是什么时候跟着她一路走到车站的，她站在路牌下等车，他就站在她旁边。她觉得不自在，但又没有什么话要说。还是他先开口了，依旧如先前那般戏谑："老公被别人抢走了，自己一个人回家好像有点儿惨哦。"

如果搁平时，她铁定二话不说立刻反驳回去，但此刻她却只是苦笑一声："你不也一样吗？"

他笑笑，就这样在昏黄的路灯光晕里变成了中世纪壁画中的美男子："既然大家同是天涯沦落人，不如我就委屈一下自己，送你回家呗。"

"不敢劳烦。你是病人啊，万一路上发病了我可负担不起。"她笑着说，是真的和他开玩笑，倒不是生气。

"我现在明白大明星为什么不跟你回家了，全都是这张破嘴惹的祸。"

"那不是还有人偏偏要送'这张破嘴'回家吗？"

"我是怕你一个姑娘家回去危险。"

苏微微笑了笑："你饶了我吧，你还是扮演你的诡异角色吧，适合你，至于温柔体贴，真不是你的范儿,太大尾巴狼了。而且，我倒是觉得你也太谦虚了，就咱俩这姿色，不管是谋财还是劫色，你危险度比我高多了,简直不是一个段位的。"

"瞧这小嘴儿，骂人都骂得让人这么舒服。"程弈鸣受用地挑挑眉。

苏微微觉得可笑，今天这样开朗的程弈鸣她还真是第一次见，从前他都是苦着一张脸，整个人就是一副她辜负了他的委屈小白脸表情。但今天这是怎么了？月亮打东边升起来了吗？哎哟喂，月亮还真就是打东边升的。

苏微微跟程弈鸣一阵调侃，心情也随之放松了很多。先前因为郑佳辰的冷漠而郁结的情绪也像是滴进油水里的水滴一样，迅速散开了。

公交车来的时候，苏微微一边掏出公车卡，一边对身边的程弈鸣说："差不多就行了，我先走了，你也早点儿回去吧，你可是病人，大晚上到处跑多让你爸妈担心啊！颜惜天天搁我这儿念叨你的病呢，念叨得我都有点儿同情你。得，不跟你说了，车来了。拜拜。"

"别嘛，说好了送你回家，差一分一秒都不算送你回家。"程弈鸣模仿着电影《霸王别姬》里的台词。苏微微自顾自地笑着，也不管他，直接跳上了车。没想到程弈鸣竟然跟着跳了上来。

苏微微白了他一眼，刷了一下卡，往后面找座儿去了，然后幸灾乐祸地看着他手忙脚乱地拿出钱包找零钱。也对，他这种纯粹的高富帅哪有什么公车卡。

程弈鸣找了半天，司机几次用瞄套票者的眼光狠狠地注视着他。程弈鸣翻遍了钱包，发现除了各种银行卡，比如金卡、银卡、钻石卡之外，就只有一张一百的。

他求救似的看向苏微微，苏微微故意看向窗外，摆出一副正在欣赏车窗外不断往后倒退的风景的文艺青年专用姿势。

没办法，丢进去吧。

程弈鸣丢了一百块进去，司机随即换了一种看神经病的眼神注视着他，还骂骂咧咧地嘀咕："我这可不保障你到站能收够零钱啊。"

程弈鸣大跌眼镜，难道还能找钱？不是没有零钱，丢进去多少就算被坑了吗？于是他白痴地问了句："还能找钱？怎么找？找谁？找你吗？"那说话的姿态，俨然跟一个误入地球的外星人一样。

幸好车上的人不多，不过人不多的坏处就是大家的注意力总是因为安静而能被一点儿响动吸引为一致的目光。当程弈鸣成为焦点的时候，苏微微更加左顾右盼，装作不认识他。

程弈鸣于是就成了售票员，从上车到下车，三十多站，程弈鸣兢兢业业收回了五十多块，下车的时候还喜滋滋地一边数钱，一边屁颠屁颠地跟在苏微微身后说："没想到坐公交车这么好玩啊。"

苏微微真想替两千万北京人民谢谢他。幸亏他这句话不是在公交车上说的，要不估计下车就被晚上出动的顽主们给盯上了。

他一直送她到别墅门口，临走之前她心里又有点儿过意不去，不情不愿地说了句："回去路上小心点儿。财不露外，别再黑灯瞎火地点你那五十块钱了，也不怕遭人抢了。"

"不怕，这才多少钱。"

"你也知道这才多少钱哪？你是没看见刚才你点钱的那模样，跟个土财主似的。"

程弈鸣笑笑说："行了，不说了，走了。"

"走吧！"苏微微拿起小包转身往别墅里走去。程弈鸣站在门口目送她走进玻璃大厅，忽然又喊道："还有个事儿！"

苏微微隐约听见耳后程弈鸣的声音，想这人热情起来也是一个诡异的范儿啊，于是回头又走到门口，隔着铁门问："什么事儿？"

程弈鸣从口袋里摸出来一张名片，递给她。夜色中她看不太清楚他的表情，只是听见他说："过几天我就走了，可能好长时间才能回来一次，也说不定就不回来了。我听颜惜说你天天在家干耗着，都快跟我一样得精神病了。我琢磨着……"

苏微微低头看了一眼名片，是一家在京城赫赫有名的广告公司的经理名片。

"你别误会啊，我没别的意思，你有意向就去，没有就算了。我这就是举手之劳，真不费力，就是给一张名片的力气。而且这事儿我也干多了，干成习惯了，很多不认识的人我也帮着递过名片，甚至有一个跟我以前斗过殴的我也随手照顾过一次，我这就是习惯……"

"是吗？"苏微微故作狐疑地看着他问。

"当然。"程弈鸣极力掩饰自己被看穿后的尴尬。

"那行吧，谢谢你啦。"苏微微笑着摇了摇手里的名片，"我回去啦。"

"嗯。"程弈鸣点点头。

苏微微走出两步，忽然又回头问他："你什么时候走？"

"一个星期后吧。"

苏微微迟疑了下，想了想说："那行，走之前告诉我一声，我请你喝个咖啡什么的。"

程弈鸣笑着点点头，双手插兜，站在别墅铁门边的路灯下，宛如一尊玉人。苏微微呆呆地看着他，愣了愣神，最后局促地摇摇头，对他最后笑了一下，转身留给他一个背影。

那一刻的程弈鸣也有些愣怔，呆呆地注视着苏微微的背影，脑海里却是她回身时那一抹浅笑。不过他跟她想的有点儿不一样，她想的是不知道为什么她总觉得他在某个角度跟郑佳辰非常神似。而程弈鸣想的是，他终于还是要离开她了。

第八章
Chapter 8

消失的岁月里谁解故人心

1 >>

　　贺岁片扎堆上映的年关，郑佳辰免不了到处跑，为电影做宣传，往往是在外两三天，回来待一个晚上。晚上两个人也很少说话，基本属于各睡各的。苏微微不是没有期待，只不过每次看到郑佳辰阴沉的一张脸，她就什么想法都没有了。

　　她唯一能跟他有的话题就是接他妈妈来北京过年，但经过前几次他的冷漠拒绝之后，她就再没有提起过这个话题。所以连唯一的话题也被他扼杀了。漫漫长夜，他不在还好，她还能睡着；他在，她则整夜整夜地睡不着，也不敢翻身，生怕打扰了他休息。他每次回来都疲惫不堪，沾着床就睡，再无他言。

看到他这样辛苦，她也想安慰他，也想像普通人家那样为他做一顿可口的饭菜，再不济，他也可以因为和她结婚导致他太辛苦而跟她发一顿脾气，吵吵架也行啊。总之，她觉得无论如何都强过彼此间的静默。

星期一的清晨，郑佳辰照例要去机场飞往上海赶一个通告。苏微微说送他，他摆摆手说不用，直接拿了车钥匙绕过她走出去。

苏微微呆呆地看着他的背影，不知如何是好，竟然连送他到门口的借口都被尴尬地拒绝了。

最后行李还是用人帮他提出去的，苏微微本指望他会唠叨几句她跟个木头人似的。他却是心安理得地看都没有看站在原地的苏微微一眼，替帮他拿行李的用人开了门。

用人尴尬地回头看了一眼女主人，走向车库。

自己是不是还不如一个用人？苏微微在心里问自己。

后来再看到放在包包里的名片，她犹豫了下，给程弈鸣打了电话，问他那家公司现在放假没有。

程弈鸣安排她去见了那家公司的负责人。路上他说他本来以为她不会去呢。

"反正也无聊。"苏微微口是心非地说，其实是实在不知道待在家里的她对于自己和郑佳辰到底算是什么样的存在。

"其实你直接给名片上的人打电话就OK了。"

"我怕人家不要我。"苏微微苦笑一声。

程弈鸣看了她一眼，继续一边开车，一边笑着说："其实你认识那边的负责人的。"

苏微微狐疑地看着他。

"赵宣扬啊。"程弈鸣说。

苏微微拿出名片又看了一眼，明明名字不是赵宣扬呢。

"他是幕后老板。"程弈鸣解释道。

苏微微心里开始打退堂鼓，本来她工作的事情就没有跟郑佳辰商量，想着反正他不在家里，自己出去工作，他回来就算知道了，估计也不会因为她没有跟他商量而计较，反正他从头到尾都是冷漠的。但如果是赵宣扬的话，是不是就有点儿过分了？

郑佳辰是那么骄傲的一个人，若是知道了自己的老婆在给昔日的室友打工，就算他跟这个室友关系再好，心里也会有一点儿男人的挫败感吧？而且再加上他为她放弃了那么多，却还是给不了这么多年来他想要给她的生活。苏微微不是没有想到郑佳辰这么做的原因之一其实也是为了证明他自己可以给她幸福，而不是当年舅舅和舅妈去找他时的侮辱，轻蔑地问他有什么资格和本钱辜负条件比他好太多的苏微微。

还真是赵宣扬接待的他们。看见程弈鸣和苏微微在一块儿，赵宣扬尽管努力掩饰，还是流露出了些许的惊讶。当然苏微微是感觉不到的，可这逃不过程弈鸣的眼睛。

赵宣扬调侃味儿十足地看着程弈鸣，说："拍电视剧呢？"

程弈鸣笑笑，拉过苏微微，对赵宣扬说："别乱说，来，你们是老同学，就不用我介绍了吧。"

苏微微那个窘啊，不知道到底是该叫赵宣扬，还是该叫兔子，还是该叫赵董。

赵宣扬大大方方地跟苏微微握手，调笑着说："不够意思啊，结婚了都不请我吃喜糖。"

"嘿嘿嘿。"苏微微傻笑着。

"来，带你们去你们的办公室。"

我们的办公室？苏微微狐疑地跟在赵宣扬背后，再看程弈鸣，他却一直保持着微笑。见苏微微看他，他便对她眨了下眼睛，于是她急忙移开目光，装作没有看见。

办公室自然不用说，看得出来赵宣扬是花了心思的。苏微微一边想，一边在内心里将赵宣扬的形象拔高了几个层次，却又听见赵宣扬对程弈鸣笑着说："这里简陋了点儿吧？反正你也要走了，没几天了，凑合用。"

程弈鸣爽快地笑着说："够用。"

赵宣扬于是两眼桃花地看着程弈鸣，看得苏微微内心直犯怵，原来这办公室是他给程弈鸣打造的啊！怪不得这么澄明，竟然还有开阔的瞭望视野，在这片以密集高楼著称的商业区简直就是浪费和犯罪。

赵宣扬花痴到一半，像是忽然注意到身边还有一个苏微微似的，用一种"原来你也在这里"的表情对她说："哎呀，微微，你就坐他对面。"

"啊？我们一个办公室？"苏微微睁大了眼睛。

"对啊！"赵宣扬说着狐疑地看向程弈鸣，心想不是程弈鸣要求这么办的吗？要不是程弈鸣忽然表示自己也要拥有一间办公室，赵宣扬自己倒是可以再空出来一间更好的办公室给他，不过他说了，没有什么要求，只一点，能跟苏微微这个傻丫头一个办公室就成。于是赵宣扬不得不将他的豪华办公室迅速布置成两人公用的办公室。

赵宣扬自然明白程弈鸣的用意，不过心里也有点儿犯愁，他跟郑佳辰关系不错，跟程弈鸣又是经常走动的商业伙伴，两家父母关系非常好，所以他们自然是从小就认识，长大后又合资搞了这么一家广告公司玩儿。其实按照赵宣扬家里的财力，独资开十家这样的广告公司也不是问题，可赵宣扬一向不靠谱，父母甚至常常怀疑他的性取向，这不，在赵宣扬表示要开始自己的事业的时候，赵爸赵妈就表示不信任。正好当时程弈鸣在场，就替玩伴赵宣扬美言了几句，结果赵爸赵妈表示要是有程弈鸣在旁边看着，也是可以的。

于是他们两个人就搞了现在的公司，程弈鸣本来是做了赔钱的打算的，但是没想到赵宣扬自个儿还真玩转了，短短两年时间就实现了盈利。这在北京现在遍地都是广告公司的背景下可真是不容易。

有了经济基础，赵宣扬也愈发大胆，时不时交个男朋友。以前是因为经济问题，现在经济独立了，除了面子上在爸爸妈妈面前撕不开，也是不敢撕，怕伤了他们二老的心之外，这在外面的世界，他则完全变成了真正的本我。

而对于美男，别说赵宣扬，就是普通人看见了程弈鸣这种的，也得多看几眼啊。

不过苏微微就惨了，她一想到自己稀里糊涂跟这个家伙成了一个办公室的同事，心里就越发没底，觉得这一切都十分蹊跷。

而事实其实也正指向这些。

比如，她越发觉得自己似乎有些东西看得不够透彻，她总觉得程弈鸣出现在她的世界里不单单是因为那场车祸。自从那晚她看程弈鸣的角度发生变化之后，她对他竟然有了莫名的熟悉感，甚至有时候会稀里糊涂地想，似乎曾在哪里看见过他。

2>>

几天工作下来，苏微微都是昏头昏脑的，而且根本没有工作可言。好几次她问赵宣扬自己要做什么，赵宣扬给出的回复是："程弈鸣是你的顶头上司，你问他啊。"

于是苏微微去找程弈鸣，而程弈鸣懒洋洋地说："给我倒杯咖啡吧。"

于是苏微微去倒咖啡，倒完咖啡又继续坐在电脑前，上网刷微博、逛淘宝……

当苏微微向柴筱朵征求意见，问柴筱朵自己这样是不是有点儿走后门的无赖气质时，柴筱朵当场就想把桌子给掀了，在电话那端怒吼："苏微微，你是专门来气我的吧！"没办法，对于一个刚刚接到加班通知的人来说，这样的举动其实是非常正常的。

下班之后，程弈鸣照例像前几天那样送她回家，嗯，坐公交车送她。

苏微微觉得程弈鸣已经病入膏肓了，问他："你的车呢？"

"在家。"

苏微微无言以对。

"你到底什么时候出国啊？"苏微微鼓起勇气问，毕竟是个忧郁的话题，她好歹也知道装出一点儿不舍。

"你是不是巴不得我出国呢？"

苏微微叹了口气，她倒没有巴望着他赶紧走，只是每天这样待在一个办公室，大眼瞪小眼也不是事啊。她想着还是辞职回家像从前一样算了，可是又考虑到程弈鸣和赵宣扬这两个家伙的情绪，如果她这么做了，他们肯定会认为她是不满意，那之后加工资、提职称等等各种问题迎面袭来也是麻烦。

她最大的缺点就是不太能拒绝别人。

所以当程弈鸣在等车的间隙喊着好饿，表示要请她去吃东西时，黑着一张脸说还要回家陪老公，真的好着急。

程弈鸣瞬间脸色变了，低沉着声音说："这是工作，今天加班。"

好吧，你牛掰！

程弈鸣问她想吃什么，她故意跟他过不去，说不饿，又睨了他一眼问："加班到几点？"

程弈鸣坏笑起来："当然是我说几点就几点。"

苏微微想自己真是欠虐啊，好好的干吗为了解闷出来找工作呢？找工作就找工作，干吗招惹程弈鸣这个主儿呢……

没想到半路又杀出来一个赵宣扬，问程弈鸣在哪儿，在做什么。程弈鸣老实说了，赵宣扬于是插了一脚进来。程弈鸣和苏微微都拿不定主意吃什么，苏微微是真不饿，程弈鸣是醉翁之意不在酒，赵宣扬眉飞色舞地表示自己有一个好去处。

三人于是坐进赵宣扬的敞篷跑车里飞驰而去。

七拐八拐之后，车子停在一处胡同口。看样子胡同有些年代了，北京这几天拆迁建设非常频繁，这样的老胡同基本已经不复存在，就算是有个别胡同出现在这种闹市区，也属于开发商别出心裁建出来的现代别墅式胡同。而且加上这片地寸土寸金，那自然不是平常人家能买到这儿的，何况……何况这里也没饭店啊！

苏微微正疑惑间，赵宣扬已经停好车，敲响了胡同口第二家的大门。出来的是一个穿着白色背心的少年，看上去十五六岁。他的一双丹凤眼扫过苏微微，露出一个若隐若现的微笑。

苏微微第一个感觉是这孩子长得真水灵啊，不会是个姑娘吧？

少年看见赵宣扬，微微弯腰，嘟囔了句："空帮哇。"（晚上好）

赵宣扬笑嘻嘻地过去挽住他的胳膊，说："晚上好，浅川君。"

原来不是中国人。苏微微心想。进门的时候她不禁多看了那位异国少年两眼，长得真好啊，像是从日漫里走出来的小帅哥，这是要逼死现在的姑娘们吗？

到这里来自然是吃日本料理。赵宣扬跟那位被他称为浅川君的男孩去了后面鼓捣要吃的东西。程弈鸣和苏微微跪坐在榻榻米上。

苏微微觉得现在的场景非常诡异，在北京这么一个地道的胡同口的四合院里，虽然是新建的，但里面却是日式格局，真的好不习惯。

程弈鸣偷偷告诉她说浅川君是从小在中国长大的日本人，跟赵宣扬关系不一般。苏微微立刻脑补了一下两个美少年紧紧靠在一起的画面，心跳顿时加速，猛地告诫自己非礼勿想，不禁扪心自问这些年她都经历了些什么……

小盘子一个个端上来，苏微微忍不住每次都偷瞄浅川几眼，真是各种角度无死角啊。她再一看赵宣扬，也还配得上。她本来不饿，正所谓食色，性也，看见美男，再加上面前精致的小料理，顿时饥肠辘辘，猛咽了下口水。

浅川善解人意地对她笑笑，将一小盘料理推向她。苏微微急忙在脑海中搜寻这些年在国外偶尔跟日本人打交道学会的几句简单日语，但可能是因为着急，全部都想不起来，脑袋里一片空白。眼看着少年要离开了，她才想起一句日语的谢谢，于是急忙说："阿里嘎多。"

少年的嘴角绽开一个好看的微笑，说："没事儿，您要是饿了，就吃呗。要是不好吃，您可多担待担待啊。"一口地道的北京腔。苏微微窘了，尴尬地一边笑一边点头，急忙往嘴里送了点儿料理，还没尝到味道就说："挺好吃的。"旁边的程弈鸣已经忍不住开始吃了。

浅川笑了笑，回身轻轻关上房门，苏微微趁着门缝还没有合严，想着自己好歹说点儿什么吧，于是脱口而出："谢谢你啊，小弟弟。"

待浅川走出去，程弈鸣好笑地看着她，说："小弟弟？你没搞错吧，他比我还大呢。"

苏微微目瞪口呆，嘴里的料理"哗啦"掉在了盘子里："啊？"

程弈鸣摆摆手："没事，他不会在意的，我就是跟你说一声，免得你等会儿又'弟弟''弟弟'地叫来叫去。"

苏微微窘迫得脸红脖子粗，争辩道："他明明看上去只有十五六岁啊。"

"我要是没记错的话，今年他都二十七了。不过也不怪你，他一张娃娃脸，第一次赵宣扬带我来的时候，我也觉得他就是个孩子。"

"那他现在跟赵宣扬算是在……在一块儿吗？"苏微微忍了半天，终于把这个问题问出来了。

"那我可不知道，你去问赵宣扬呗。你们不是大学同学吗？"

"我哪儿有你们俩亲密啊，又是青梅竹马一起长大，又门当户对的，还是生意上的亲密伙伴儿。"苏微微故意说得很暧昧，程弈鸣狠狠地瞪她一眼，说："别乱说，不然浅川会吃醋的。"

"哈哈，那我就知道他们是什么关系了。"

"行了行了，差不多就行了，你怎么变得这么腐啊？国外gay一定很多吧？"

"才不是呢。国外帅哥多。"苏微微嘚瑟地说。

"是吗？"程弈鸣故作不相信地看着她，"我还以为你一出国就把我忘了，找你的外国帅哥去了呢，没想到你真没出息啊，回来还是孑然一身。"

"谁出国之前认识你了。"苏微微觉得他越说越离谱了。

程弈鸣的脸色瞬间变得有些难看，他干笑两声，去拿料理吃，似乎是想要掩饰什么，一不留神，手抖了一下，料理掉了一裤子。

苏微微用狐疑的眼神看着他，觉得不对劲，于是急忙补问了句："我们出国前认识？"

程弈鸣低着头掸掉裤子上的料理，苏微微还想说什么，话到了嘴边，包包里突然响起手机的来电铃声。

郑佳辰在手机那边冷冷地问她怎么不在家。

苏微微整颗小心脏瞬间像是蹦极蹦到一半，绳子忽然"啪"的一声断了一样，拔凉拔凉的。她小心翼翼地问他是不是回来了。

郑佳辰根本不理会她，又把那个问题问了一遍。

苏微微只好硬着头皮说在外面吃饭，马上回家，她不知道他今天会回家。

"那我不回家，你是不是也就不回这个家了？"他在那边冷冷地问。

"当然不是。"

郑佳辰沉默着。

苏微微看了眼也正盯着她看的程弈鸣，捂着话筒低声说："我现在就回去。"

"不用了。"郑佳辰说。

苏微微想，谁能来告诉她此刻她该接什么话，才不至于让那端的郑佳辰继续火上浇油啊？

"你跟谁？"

苏微微又看了一眼程弈鸣，听到赵宣扬和浅川在外面的吵闹声，于是说："跟赵宣扬。"

"还有谁？"

"还有他朋友。"

"谁？"

"浅川。"

"没人了吗？"郑佳辰咄咄逼人地问。

"程弈鸣。"苏微微说出这个名字的时候，想起从前郑佳辰警告她不要靠近程弈鸣的表情。

没想到郑佳辰直接挂了电话，留下苏微微还愣愣地握着话筒，直到身边的程弈鸣问她："是谁啊，查户口呢？"

苏微微才回过神来，原来郑佳辰早已挂了电话，竟是这样决绝。

3>>

"喂，你没事吧？"赵宣扬端着盘子走进来，身边当然跟着浅川美少年。

苏微微没有说话，郁闷地将手机放回包包里，想着是走还是留。

赵宣扬随即小声问程弈鸣："怎么回事啊？欺负人家了？"

程弈鸣笑笑，没有说话。

后来更热闹了，颜惜打电话问苏微微在哪儿，准备请她一起吃个晚饭，她说了地方，颜惜杀过来的时候浅川又去忙碌了一番。颜惜说她就胡乱凑合下，但赵宣扬和浅川表示一定要重新做点儿东西出来给她吃。

颜惜问苏微微："工作怎么样？"

苏微微看了一眼程弈鸣，笑笑说："挺好。"

颜惜于是对赵宣扬说："老同学，你听，只是挺好啊，其余的不用我们大家说你了吧。"

"天地良心，"赵宣扬举杯作势要和颜惜碰杯，颜惜举起杯子，赵宣扬继续说，"挺好就是丫头的最高评价，对不对？"

苏微微只顾着笑，心里却在着急郑佳辰现在的生气程度，想着找个什么理由脱身。

浅川端着料理走进来，颜惜调侃他："哟，几日不见，这小脸更加水嫩了啦。"说着暧昧地看向赵宣扬。赵宣扬不好意思地笑笑，摆摆手让颜惜不要再说下去了。

赵宣扬面向苏微微，对她说："你家那位呢？趁着大家伙儿都在，叫出来玩呗！"

苏微微微微一笑："他忙。"

"忙什么呢？怎么天天忙？上次一见之后，说好了再联系的，这都大半年了，连个电话都没有呢。"赵宣扬抱怨道。

颜惜说："谁都跟你一样呢，煤老板桑。"

浅川皱皱眉，搭话说："确实很久没有见佳辰君了。"

苏微微当场就震惊了，这少年的声音却是慵懒的大叔声，配着这副妖精皮囊，真的是萌死人了。赵宣扬跟他挨着坐，看得出来对他非常上心。浅川白皙的脸蛋微微泛红，一笑一言间尽显羞赧。

她后来才知道他们那个时候刚刚在一起，所以浅川才看上去比较羞涩。

散伙的时候程弈鸣喝得有点儿多了，赵宣扬说他可以送程弈鸣回家，颜惜没有开车过来，只好暂时把程弈鸣交给他。她正好也没事，适逢年关，公司已经放假，她便提议跟苏微微一起走走。

苏微微本急着回家，但又没有办法拒绝颜惜。她总不能告诉颜惜，说郑佳辰因为她跟程弈鸣出来吃饭而生气了吧。

夜色微凉，橙黄的路灯在发梢打上了一层氤氲的光晕，仿佛两个飘浮在头顶的小环。高跟鞋敲击柏油马路发出清脆的"嗒嗒嗒"声，仿佛是两个人的心跳声。

苏微微忽然想起席间程弈鸣莫名其妙说出的那句话，忍不住问颜惜："我总觉得我的生活似乎少了一点儿什么，觉得怪怪的。"

颜惜警惕地看向苏微微："你怎么了？"

"今天吃饭的时候，程弈鸣说我出国之前就认识他。"

颜惜脸色大变，盯着苏微微："他怎么跟你说的？"

"其实也没有说什么，可能是他乱说的吧，你也知道，他就喜欢胡说八道。天下诡异第一人就是他。"

颜惜怔怔地听着，望着前方无尽的夜色。还有几天，程弈鸣就要出国了，她从程妈妈那里得知，他这次出去，是不打算回来了。因为他总算看着苏微微有了自己的归宿，他总算看到了她的幸福，尽管现在成效还不大，但在不久的未来，一定会有的。那么既然如此，他就该如此退场，先前因为冲动已经打扰了她，时至如今，他已经不敢再深入她的生活，否则，就像颜惜说的那样，兜兜转转这么多年，最怕的就是又回到最初的时候。

颜惜想，也许她该把那些隐藏在时光深处的往事从深不见底的生活的海底打捞出来，毕竟这样对苏微微和程弈鸣来说才是最公平的。

可是她不知道该从何说起。

颜惜轻轻叹了口气，最终只是说："你知道他这个人的，呵呵，有的没的都能胡扯。"

苏微微笑笑，想想也是。

苏微微回去的时候郑佳辰已经睡了，她洗完澡，蹑手蹑脚地上了床。猛地被一双大手给钳住了脖子，她惊呼出口，却已经来不及了，男人凉凉的唇覆在她的唇齿之间。

疯狂的一个吻让苏微微几乎呼吸不过来。他紧紧搂着她的腰肢，一只手在她的胸前游走，急促的呼吸像是子弹一样"嗖嗖嗖"地射进她身体的每一寸肌肤里。

他像是一头暴怒的兽，蹂躏她，将她狠狠地丢进地狱深处，又用最温柔的力量将她拖进圣洁的天堂里。"不要……"她楚楚可怜地推搡着他结实的胸膛。

他在她的哀求声中短暂地停顿了下，认真地看了她一眼，紧接着更加疯狂。她索性用尽了所有的力气，但作用不大。郑佳辰毕竟是个男人，还是个身材爆美的男人。

他紧紧缠绕着她的腰肢，她用力地挣扎，他恶狠狠地摁住她的手腕，盯着她。她也直视着他，直到眼角滚落一串冰凉的泪珠。

她别过脸去不再看他，他松开她的手腕，翻身坐在她身边，双手抱头，眉头紧锁。半晌后，沉默如冬日的暖阳，不知不觉就洒过了一个白昼，只有均匀的呼吸声昭示着彼此的存在。

黑暗中，他蓦地说道："他帮你找的工作？"

她点点头，又应了一声。

"他对你挺好的。"他默默地说。

她说："我应该跟你商量一下的。"

"不用。"他说得很坚决，"你想做什么都可以。"

他留给她一个苍白的侧脸，黑暗中她看不太清楚他的表情，只是听见他的呼吸声，宛如暴风雨过后的宁静港湾，海浪还在，只是规律而又温柔地冲刷着海滩。

"对不起。"她道歉，坐直身子，用毯子裹住身体。

他淡淡地一笑，从床头柜里的烟盒里抽出一根烟夹在手里，到处找打火机，她从另外一边找出打火机递给他。他感激而又客套地看了她一眼，低头，点燃烟，用力地抽了一口。

他说："苏微微，我们是不是谁也不欠谁了？"

她静静地看着他，她不懂他在说什么，她是真的不懂。

他说："我知道生活不是电影，没有剧本可以给我彩排。结局也不是我们想怎样就怎样。我尽了所有的力气，我知道你也是，但我们还是无法再像从前，不是吗？"

苏微微满眼忧伤地望着他。

"其实我们也没有从前。"他说完，长长地吐了一口烟，烟雾缭绕中，苏微微觉得他的侧脸看上去莫名的伤感。

"我们有的呀。"她忍不住说道。

他好笑地瞄了她一眼："苏微微，你知不知道你每说一句话，我都要忍着很大的气，才能跟你心平气和地说下去？"

她无辜地低下了头。

"不过也对，谁都没有资格无辜，就你有啊。你多省事啊，胡乱在我们的世界里闯荡了一番，把什么都弄得一团糟，然后你甩甩手，走得干净利落。"

"我没办法啊。"苏微微说，"如果不是爸爸妈妈的意外，我又怎么会离开？"

郑佳辰冷笑一声："看来你真的很会骗人，尤其是自欺欺人。苏微微，真的，事到如今，我倒愿意说变成这样子的结局，完全是你活该。活该，懂吗？"他逼近她，她挪动身子往后靠，躲避着他乖戾的眼神。

"你把话说清楚。"苏微微被他激得心情也坏了起来。

"说清楚？"他难以置信地看着她，随即撇撇嘴冷笑道，"好啊，既然你想听。"

于是在旧年的尾巴里的那个夜晚，苏微微听到了一个完全异于她自己脑海里的从前。

记忆在这里打了个转儿，带着苏微微，以一百八十度转身，驶向真实却又残忍的过往时光。

4>>

颜惜回到家里的时候，程弈鸣的酒已经醒了，他正坐在客厅里打点行李。新年夜的飞机，他走得很突然，也很随意，甚至都没有跟众人道一声别的意思。

他想，人只有这样冷漠才能免于伤害，来或者去，从此都只会遵循他独自的意志，他再也不需要考虑周全，再也不需要明明离不开，却还要装着无所谓的姿态。

所以，当颜惜问他是不是跟苏微微说了什么时，他的动作便僵硬了。

"她今天问我了。"

"你怎么说的？"程弈鸣略微紧张而夹杂着一点儿期待地问。

颜惜揉揉太阳穴，一脸疲惫地靠在沙发上："我说，你是胡扯的。"

他哈哈大笑起来，她也跟着笑。笑着笑着，两个人都觉得有些过分，这种时刻，这种事情，怎么可以笑得如此开怀？躲在忧伤里的欢乐其实是比忧伤更加忧伤的存在，因为这些忧伤是披着欢乐的皮囊在跳舞，眼泪是它们唯一的伴奏。

"你真的打算就这样离开？"颜惜问他。

"不然怎样？不是你一直就希望我这样离开吗？"程弈鸣反问她。

"我只是怕你们又陷入从前那种境地。"

"反正再糟糕的事情都经历过了，可能会更糟糕吗？"他继续反问。

颜惜摆摆手："我不管你们了，你爱怎么样就怎么样吧。"

"我可不可以理解为你的意思是，你正在变相鼓励我留下来，然后把她缺少的，或者说她刻意回避的那一段记忆再丢给她，然后让已经嫁给大明星的她左右为难，继续从前的痛苦？"

"我没说，是你自己说的。"颜惜微笑着，说到底，她的目的达到了。

"那我明天不走了。"他开玩笑地说。

"好啊，我让管家帮你取消航班。"她附和着他。

"成。"他说着一脚将行李箱踢倒了，几件衣物散落一地。

"你不是认真的吧？"

"当然是。"

"喂……"颜惜无可奈何地看着他。他嘻嘻地笑起来："当然是开玩笑的。"说着又低头去收拾散落在地上的衣服，将它们重新塞回行李箱里。

"你明天什么时候的飞机？"

"晚上。"

"跟苏微微说了吗？"

"没，我自己又不是不认识路。"

"要我跟她说吗？"

"别介。"程弈鸣急忙摆手。

颜惜觉得他口是心非，于是说："不觉得遗憾吗？就这样走了。"

"遗憾这种便宜货谁都不缺。"

"你比我强很多。"颜惜说。

程弈鸣笑："那是，我像你啊？没出息，还守着单身，人家郑佳辰现在可是守得云开见月明，你没戏了。"他说得很直接，他知道颜惜不会跟他计较，时至如今，很多事情都可以放下了，爱情早已不是最后的唯一。

"还是你了解我。"颜惜被说中心事，可心里却觉得一阵又一阵的暖潮。她和程弈鸣现在倒是一条战线上的亲密伙伴了。这些年来，她最失败的或者说最成功的一件事，全都跟郑佳辰有关。

她可以放下爱情，却始终放不下他。正如程弈鸣可以离开苏微微，却始终割不断那些从前。

她深深地看着认真整理行李的程弈鸣，兀自说："老实说，现在想起来，我还是觉得生活这出戏真是比任何强大编剧的作品都更加高深莫测。"

"你又有什么高见？"程弈鸣调侃着问她。

"那时候我以为苏微微会跟郑佳辰死磕到底，我想这大概就是不是冤家不聚头吧。我还很绝望，每天责问自己一百遍为什么不早早地跟郑佳辰表明心迹，想着只要苏微微在一天，我就没有能力将那些心事说给他听。我真的没想到……"

"你真的没想到苏微微会忽然移情别恋。"程弈鸣接话道。

"真的，你是怎么办到的？我是指，你让她离开郑佳辰。"

程弈鸣不知道该如何回答她，老实说，他也不知道，他真的不知道，他想如果一定要有一个答案的话，那只能是他在对的时间做了对的事情。

程弈鸣记得那是在他大三那一年，他在食堂里看见了戴着口罩，正兴高采烈地跟对面的男生说话的苏微微。然后魔怔似的，她的模样在他的脑海里徘徊了整整一个星期。

那个时候的程弈鸣不乏优秀的追求者，典型的高富帅而且还守身如玉。颜惜是第一个知道这个事情的人。在程弈鸣问颜惜那个他在食堂看见的姑娘是不是她寝室的室友的一个月后，他们就在一起了。

颜惜一边嘲笑程弈鸣死不要脸做了小三，一边替还蒙在鼓里的郑佳辰担忧。

不自觉地，她跟郑佳辰走近了许多，时不时偷偷试探下郑佳辰的口风，什么"你跟微微貌似最近很少碰面啊，微微以前都在寝室里闭口张口郑佳辰的，现在怎么老是玩失踪呢"……

起初郑佳辰只是以为自己的疏远方式起了作用，心里不免有些失落，他虽然遵从母亲的意愿，渐渐疏远了苏微微，可是在内心深处，他却一刻也没有对她放松过。他还是很自信，想着那个傻丫头会自己送上门来，然后纠缠不放，最后他也可以泰然处之地再次接受她，既可以抚慰他的矛盾，又可以安慰他对妈妈的愧疚。

只是他没有想到，他会因此而失去她。而直到失去她，他才发现了原来不是她离不开他，那个离不开的人，是他。

连颜惜都想不通，为什么当初非郑佳辰不可的苏微微会突然投向程弈鸣的怀抱。只是在某一个清晨，苏微微忽然问她："颜惜，你是不是喜欢郑佳辰？"

颜惜点了点头，她也不知道自己那时候是从哪儿弄来的勇气。

"那好。"苏微微简直有些激动，"我就想告诉你，你要是喜欢他，你要是还想跟他在一块的话，麻烦你帮我告诉他，对不起。"

"你什么意思？"颜惜质问道。她太了解郑佳辰这种人了，表面上是那么的不在乎，可是内心却是非谁不可的决绝。

"我……"苏微微愧疚地低下头，小声说，"我有喜欢的人了。"

"我知道。"颜惜当然知道是谁，她之所以再问苏微微一次，不过是想要确认这个消息而已。在当时的颜惜看来，苏微微跟程弈鸣在一起了没关系，苏微微离开了郑佳辰也没有关系，就算她再意想不到也没有关系。她只是想亲耳听苏微微说这些话，只有听苏微微说出口，她知道自己才会下定决心去找郑佳辰。

那像是某种仪式，苏微微的承认是让那年的颜惜可以放下顾累的最虔诚的祝福。

事实就是如此，当苏微微一脸愧疚地告诉颜惜她也不知道怎么忽然就对郑佳辰没有了感觉时，颜惜想的是：该怎么跟郑佳辰说呢？

她后来也问了苏微微为什么。

苏微微当时给她的说法是："我去了他家，他妈妈跟我说了很多事情。郑佳辰的情况你知道的，我想我是怕吧，我不是怕辜负郑佳辰，我是怕辜负他妈妈。在这之前，我完全没有想到会有一种人的人生是这样的不容置疑。所以我退缩了，也不是退缩，就是那种再看到他，会忽然觉得他好像变了一个人，发现自己从前喜欢的那些点点滴滴，在这个人的身上怎么都找不到了。你懂这种感受吗？"

苏微微撒了谎，可颜惜当真了，所以她说："就像是你一直期待着再去吃一次童年吃过的特好吃的冰糖葫芦，然后等你真的吃到了，会发现原来不是你想象的那样。"

"嗯，就是这样。"苏微微感激于颜惜的善解人意。不过她倒是真的误会颜惜了，颜惜只是看不起她，看不起她这种在爱情里儿戏的人。她开了那么一个轰轰烈烈的头，在所有人都以为她会绽放出最美的烟火的时刻，她却跳出来告诉大家，没有烟火了，连声响都没有了，你们回家吧，耽误你们看好戏了，真不好意思。

"苏微微，我管不着你跟郑佳辰的纠葛，所以我懂也好，不懂也好，你自己想怎么做都是你的权利。但是我必须问清楚，你对程弈鸣是玩玩，还是认真的？"面对苏微微的吐露心迹，颜惜其实内心从头到尾都是波涛汹涌。她只是一个小姑娘，还没有经历过如此突变的爱情，所以她只能努力掩饰自己内心的崩塌声。她好不容易才找到了程弈鸣和她的血缘关系这唯一的救命稻草，自然要紧紧抓住。

可是苏微微只是羞赧地低下了头，轻轻地说："其实……其实我也不知道呢。"

于是颜惜知道，苏微微是真的不要郑佳辰了。因为从开始到结束，她从未在苏微微谈及郑佳辰的时候在苏微微的眸子里看见这种显而易见的少女怀春的羞赧。在郑佳辰三个字响起的时候，颜惜在苏微微脸上看到的最多的是一种杀气腾腾、咄咄逼人的侵略。

后来知道苏微微不过是在自己面前撒了个谎的颜惜想，这丫头不去奥斯卡领小金人真的是可惜了。也只有苏微微自己清楚，那些谎言里，其实也掺杂了些许的真实。从小镇回来，她是觉得郑佳辰陌生了，更加要命的是，她一下子感觉到他其实离她很远，远到她都不敢去目测那段距离到底有多远。她怕明白了，就真的只剩下绝望。

在这场感情游戏里，郑佳辰就是她的堡垒，她本以为自己攻不破，可是上天却让她成功了，于是她自然而然会忽然觉得也不过如此。而在这些不过如此里，她渐渐明白爱情不是单单在一起这么简单，若真可以这么简单，世间又怎么会多了那么多的遗憾，又怎么会稍微出现个良辰美景，人们就欢呼雀跃着"有情人终成眷属"？

爱情是奢侈品，想得到它的人只能靠幸运。

此后很多年，颜惜不止一次思考过苏微微对郑佳辰是何种感情。但终于无解，毕竟她的人生才不过短短二十多年，远远不够参透感情的玄妙。不过她始终确认一点，苏微微是喜欢过郑佳辰的，不然没有人会因为一腔热血而险些将尊严丧掉还能坚持到最后。

　　至于爱不爱，那可能是只有丘比特才能洞析的奥妙了。

　　　　5>>

　　那段时间郑佳辰简直像要疯了，可惜只有颜惜一个人看得出来。他比从前更加沉默寡言，面对颜惜带过来的话，他只是淡淡地应了一声"嗯"。好几次在校园里撞见苏微微，苏微微倒是每次看上去都很愧疚，郑佳辰则从头到尾都像是路人似的目不斜视。

　　颜惜真的有点儿佩服他了，明明内心翻江倒海能把自己折磨个半死，可表面上看去却平静得比深山老林的高僧还淡定。

　　可这样的淡定也没有维持多长时间，郑佳辰开始有意无意地在校园里找寻苏微微的身影，到最后竟然衍变成天天去围追堵截。爱情到了这种地步，彼此的位置彻底颠覆。明眼人都看得出来最后的结局，只是他不愿意相信。

　　他给她打电话，她也不接。苏爸爸苏妈妈接了电话起初是劝解，后来则渐渐变得厌烦。最后他们实在没有办法，就给郑佳辰的妈妈打了电话，想着她还是可以让自己的儿子收敛一点儿的。

　　对，没错，苏微微怎么也不愿意相信，那个电话是她的父母主动打的。而后的车祸，也跟郑妈妈没有丝毫的关系，甚至跟郑佳辰也没有丝毫的关系，那都是她自作自受。

　　出车祸那天，爸爸妈妈一起出门，其实是她的主意。程弈鸣表示要请她的爸爸妈妈吃一顿饭，于是她带了爸爸妈妈去赴宴。

　　在那场车祸里，苏微微是唯一的幸存者，她昏迷了好几天，最后被舅舅舅妈送到国外去治疗，这也可以解释为什么她在国外待了那么久，才意识到她已经离开了他们所有人。

所谓的她在家里看到爸爸妈妈出车祸的新闻，所谓的程弈鸣是这场车祸的参与者之一，以及所谓的围绕这场车祸她给自己找的所有看上去没有丝毫破绽的借口，其实都只是她的臆想。

程弈鸣是参与者之一，不过，他从未参与到事件的中心。

正如郑佳辰在说完这些之后冷若冰霜地对她说的那样："你只是躲到了壳里的可怜的蜗牛。所以现在你明白，为什么我要说你活该了吧？"

苏微微浑身颤抖着，毯子可以抵御来自于季候的冷，却对从身体内部透出来的寒意无可奈何。

"说到底，你下意识地篡改事实，也是一种自我保护手段。我想连你自己都相信了自己的自欺欺人吧？"郑佳辰说完狠狠地摁灭了烟头说。

她终于知道为什么程弈鸣会对她做那么多诡异的事情了，也终于明白为什么郑佳辰始终冷漠待她，原来都是她咎由自取。

"你是不是要问我，如果程弈鸣并没有参与到那场车祸里，为什么墓地里会有他女朋友的照片？"

苏微微已经说不出口，只能任由郑佳辰继续说下去："那不过是他随便找的照片，其实那是个空墓，如果一定要说他埋了个人下去的话，那只能是那个时候的你，或者更加准确点儿来说，是你下意识中屏蔽的那一段关于他的记忆。"

"为什么现在才告诉我？"因为不能接受这样的事实，她的整个身体都开始颤抖起来。

"因为我天真地以为我还可以接受你。"

"他们呢？他们不可能跟你商量好的。"苏微微颤抖着声音，最后无力地为他口中那个懦弱的自己狡辩。

"苏微微，你难道不知道有一种默契叫心照不宣吗？"郑佳辰冷哼一声，"你当然不知道你有多自私，可没办法，还是有这么多傻瓜想着只要你快乐就好，毕竟……"他停顿了一下，似乎在想该用什么样的口吻说出下面的话，"毕竟在这些年里，无论如何，相对于我们来说，你是最大的失去者。"说到这里，郑佳辰停顿了下，似乎想起了谁似的看了一眼窗外的夜色，"不过现在，至少我跟你是一样的了。所以苏微微，别再指望我还可以继续陪着你自私下去。"

苏微微不知道那天晚上自己是如何挺到天明的，她脑海里最后停留的画面和声音极为不符——在一片雪白的记忆中，惨烈的车祸现场，有两张血肉模糊的脸颊在她的眼泪里幻化成生动的面庞。在这幅画面之外，郑佳辰的声音一直在徘徊，只有一句话："我等了这么久，用了好长时间，才发现我不爱了。所以苏微微，不要怪我出尔反尔，我们谁没有出尔反尔过呢？找个时间，我们把婚离了吧。"

在这个惨烈的画面之后，她浑浑噩噩地睡着了。她本以为兵荒马乱的梦境，却安静得不像话，只有两个人在梦里轻轻地踩过雪地的"咯吱咯吱"的脚步声。她在梦里想，她的脚旁边跟着的那一串脚印是郑佳辰的吗？

然后她在梦里缓缓回过头，看见程弈鸣笑着对她说："喂，我想你还是付个预付款吧，不然我这心里老是没底儿，生怕被你给骗了，你们女孩子最喜欢干这种事情了。"

苏微微听见她字正腔圆地说："呸！滚！"

程弈鸣笑吟吟地走过来，伸手去拉她的手："那我还是要沾点儿光才好，免得真被骗得人财两空。"

然后苏微微看着面前越走越近的程弈鸣的脸渐渐变成了郑佳辰的，她听见自己的呓语声，她听见自己站在白雪皑皑的路的尽头对着郑佳辰的背影喊："这辈子我们不要在一起了，下辈子，我什么都不要了，就只要你，好吗？"

而她想要的，也不过是不想伤害郑妈妈的心，也不过是想要郑佳辰按照他早已规划好的人生稳妥地走下去。她不在乎知情的人嘲讽她有多么虚假，她不过是为和程弈鸣在一起找了个借口而已。她也不会理会自己内心深处那个大喊大叫着让她扯下虚伪的伟大的面纱的声音，她只要他好好的，她只希望他可以按照自己的路走下去，如果那是他想要的。

第九章
Chapter 9

匆匆那年

1 >>>

　　苏微微是在晚自习的时候听到程弈鸣的名字的，她没有什么印象，后来知道了是比她大一级的高富帅。那一段时间正好是郑佳辰有意和颜惜走得比较近的时候。苏微微也说不清自己心里到底是想要借着程弈鸣远离郑佳辰，还是想要借着程弈鸣小小地报复一下跟颜惜走得近的郑佳辰。

　　总之，她就这么干了。

　　因为郑佳辰的妈妈在她离开前的那一晚单独跟她的谈话中曾经说过："阿姨也跟郑佳辰说了这件事，你们现在在一起不合适，以后有机会再说吧。"

苏微微不说话，只是低着头，强忍着几乎快要涌出眼眶的眼泪。

郑妈妈语重心长地说："阿姨看得出来，让他离开你是不可能的，这孩子我一眼看到底。所以苏姑娘，阿姨希望你可以主动一点儿。"

苏微微感觉那一句一句的话像是刀子一样"唰唰"地刺进了她的心脏里。

在这场分崩离析的爱情里，他们都选择了做坏人，争先恐后想要做那个刽子手，因为惧怕对方没有勇气而受伤害，倒不如自己先下手为强。就算是冷血无情，也不过是暂时的，就算是伤心难过，总好过连一个恨的理由都没有。

只不过笨拙的他们竟然选择了同样的手段。

于是在这么多年后，在他们终于辜负了彼此的同时，还搭上了颜惜和程弈鸣这对倒霉蛋。

苏微微下意识地在那场车祸之后将一切臆想成自己想要的模样，以逃过内心无尽的煎熬，却不曾料到三年后在郑佳辰的侵蚀中，连连败退，不得不继续承受往事的锋利刀刃，那些被她强制流放的时光在回溯的过程中，同时附赠给她现下的悲恸。

只有梦里是真实的。苏微微在梦里就这样想着。

大二那年北京的雪下得好大好大，郑佳辰待她如路人，不过没关系，她想总会过去的，一切都会被时间治愈的。那个冬季，陪着她的就是程弈鸣。

那天大三级的几个败家子在学校外面的蓝山咖啡馆里举办了一场交友会，那是他们第一次见面。

苏微微那段时间低迷得可怕，很多同学都说她变了个人似的。以前跟郑佳辰一个寝室的"江南七怪"偶尔在校园里撞见了她，开她玩笑说："你家公子呢？"苏微微只是笑，却再也不能像从前那样上去给他们一人一脚，然后勾肩搭背地去郑佳辰寝室找他。

班级里几个跟苏微微走得近的北京女孩在那个晚自习愣是拉着扭扭捏捏的苏微微去了校园后门旁边的蓝山咖啡馆。一大堆的帅哥美女，苏微微却躲在最里面的卡座里，轻轻喝着面前的卡布奇诺。

尽管那时程弈鸣就是焦点，但苏微微是真的没有注意到他。直到邻桌忽然爆发出一阵哄笑声，待苏微微抬头去看究竟发生了什么事情惹得他们如此高兴时，光鲜如妖精般的程弈鸣已经站在了她面前。

他那时显得比现在青涩，大概是输了赌注，被朋友们推着过来，看这架势，明显她成了无辜的赌注。最后得知是让她随便说一件事，只要程弈鸣能办到，他就必须义不容辞。

苏微微不知道该说什么事情，怕惹得他不高兴。程弈鸣尽管看上去非常有亲和力，却有强大的气场。最后被他的朋友和拉着苏微微来的几个女孩一顿挑拨，苏微微只好说："你送我回去吧。"

时间也的确不早了，学校门已经关了，混在外面的这群人都是北京本地的主儿，自然不用担心回寝室的问题。苏微微其实也可以回家，只是时间太晚，怕回家后吵了爸爸妈妈，于是只好硬着头皮往学校走。

路上苏微微也是沉默，路旁只有青绿色的冬青。冬天的北京实在干燥，若没有旺盛的生命力，只能将绿衣褪去，也只有冬青是这里冬天少有的绿色点缀。程弈鸣是天生的话痨，见她沉默，就一路找话说，什么电影上映啦，什么明星跟他有关系，若是她喜欢可以帮她要签名照啦，谁谁的八卦是真的是假的啦，总之都是跟娱乐圈有关的。

苏微微那时还觉得这人虚荣，泡妞儿用这样的方法在别人身上还成，在她身上还是算了吧。况且她那时的状态，的确不能容人打扰。

后来她才知道他家的生意离不开娱乐圈，才让他的话题总离不开这些。

苏微微却不想说话，只是听他说。一般人都说北京遍地是侃爷儿，那他简直就是侃爷中的战斗爷了。可遇着了苏微微这样的你说十句对方都不搭理你一句的主儿，他也技穷了。不过好在他实诚，苏微微当时觉得他这一点很难得。

他口干舌燥地说："喂喂喂，我都说了一路了，你也不表示表示。"

"表示什么呀？"苏微微没来由地笑起来，这是她在那段时间为数不多的笑容。

"给我买瓶可乐喝呗。"程弈鸣无赖地靠过来。

"你们高富帅不都喝咖啡吗？"苏微微话里藏着刀子。

程弈鸣感兴趣地哈哈笑道："这你就不懂了吧，高富帅才不喝咖啡，他们都喝可乐。"

也是正好路过一家小超市，苏微微就顺手给他买了一瓶百事可乐。

程弈鸣扬扬得意，一边喝，一边指着远处的校门说："现在铁定关门了，要不哥哥带你去君临？"

他虽是开玩笑，但苏微微心里也觉得不舒服，想着这等花花公子，以后还是少接触的好，再深入一想，不禁想到她乖巧的郑佳辰，心里一阵唏嘘。程弈鸣看出她的不悦，急忙道歉说："我开玩笑的。你别生气呀。"

苏微微不理会他，两个人站在校门口，苏微微二话不说就去翻铁门。

程弈鸣眼睛都险些掉在地上，又怕她摔下来，急忙过去扶住她的……屁股。

苏微微惊呼一声："干吗呢？！"

程弈鸣急忙松手，苏微微被一扶一送，胳膊顿时失去了控制，一屁股摔下来，好在程弈鸣手疾眼快，伸手就把她给抱了怀里。

苏微微又气又急，程弈鸣也尴尬得不像个久经胭脂场的花花公子，一双好看的眉眼落了苏微微的瞳孔深处。

苏微微还没有来得及挣脱，正愣怔间，程弈鸣却恢复了本该有的浪荡气，低头就在她唇上啄了一下。

苏微微恼怒地推开他，三下五除二翻过了校门。程弈鸣在她身后喊："喂，做我女朋友怎么样？"

苏微微回头恶狠狠地盯着他，他笑笑，嘚瑟地压抑着声音说："明天见，亲爱的。"

俩人就是这样认识的，虚妄得不像是真实世界该发生的事情。

后来苏微微总想起那时的她为什么会就这样稀里糊涂地接受了程弈鸣的表白，她又不是真的笨蛋，自然看得出程弈鸣的玩心。

她最后给自己找的理由是：也许与程弈鸣相遇，是为了与郑佳辰彻底别离。

苏微微曾经从烂俗的某本言情小说看到哪个作家说，女主角用别的男人来抵消从前的男子，简直是在用一种痛苦替换另一种痛苦。

苏微微觉得写得真好，整本书十几万字都可以省略，只写这一句话就足矣，就印这一句话。当时苏微微这样想。后来她知道那是不可能的，抛开外界所赋予这个世界的规则不谈，估计书中的女主角若活在现下，也不会同意的。因为所有的痛苦都在昭示着她有多爱。有多痛，就有多爱。

不过那些日子其实也是有快乐的。苏微微整天沉默寡言，程弈鸣便带她去参加他们系美男靓女组织的交友会。他们这种人最不缺的就是这样的聚会，其实就是为这帮饥渴的男女创造一个沟通的环境。苏微微不太想去，但程弈鸣说："那你说你想做什么？我陪你。"

苏微微什么也不想做。说到底，那时候她根本就不喜欢程弈鸣，一点儿也不喜欢。只能说，她不讨厌他。毕竟对于程弈鸣这样条件的男子，任何取向正常的女人都不会讨厌的。

只是苏微微没有想到的是，她竟然会对那晚他们第一次的遇见如此记忆深刻。

那是一个没有月色的夜晚，与郑佳辰的所有美好记忆相较，她和程弈鸣的相遇少了一轮月亮。不过不打紧，她还记得那晚的冬青，在道路两旁延伸向无尽的夜色深处。如果不是眼睛适应了黑暗，几乎是伸手不见五指。可奇怪的是她一点儿也不担心，相反她感觉到从未有过的安稳。后来走到学校门口的时候有了路灯，校门外的小超市暖黄色的如同小学时学过的小橘灯一样的光晕里，程弈鸣站在她身后喋喋不休地说着话，她递给老板三块钱，接过一瓶可乐塞进他手里。他笑嘻嘻地追在她身后，一边喝可乐，一边继续跟沉默的她闲聊，开心得像是个孩子。

后来的那个吻，简单而又若有若无的吻，是发生在校门口的白炽路灯下的。铁门里面是青葱的象牙塔，校门外是熙熙攘攘的老北京，她和他站在青春的分割线上，他愣头青似的留给她一个吻，笑嘻嘻地说她以后就是他的女朋友了，完全没有看到当时的她回头看向他时眸子里的犹豫。

她当时不外乎在想：既然这个倒霉蛋送上门来，那么，就是你了。

2 >>

隔天她跟大三级校草高富帅程弈鸣一起回校的事情就被整栋女生寝室楼给传遍了，每个人看她的眼神都是一副"有了新人忘旧人"的不屑表情。

倒是寝室的几个姑娘本就是拉她去聚会的罪魁祸首，于情于理都站在她这边挺她。

后来不知道是谁忽然在苏微微耳边笑嘻嘻地说："听说程大公子昨儿个晚上遭劫了呢！"

苏微微心里一慌，忙问是怎么一回事。

几个姑娘把早上听来的事情七拼八凑给她说了一遍，大约是他晚上回去得迟，在学校外面那段没有路灯的小胡同里被几个顽主劫道了。

"好在小流氓们只是劫财，不然……嘻嘻嘻。"其中一个姑娘暧昧地笑起来，几个人打闹成一团。

苏微微拿了围巾，胡乱包裹了下裸露在外面的修长的脖颈，奔出了寝室。

程弈鸣不住校，她这才发现自己对他根本一无所知，唯一知道的就是他的名字。后来在大三级的教学楼下看见他和几个人正往校门外走，苏微微犹豫了下跑过去，到他跟前时，他正打开一辆跑车的车门，回头看见苏微微，也愣怔了下。

跟他一起的几个男孩子笑着问："哎哟，这不是那谁吗？"几个人暧昧地看向苏微微，"唰唰"地全在心里给她打了分，估摸着就是程弈鸣一锤子买卖的姑娘。

程弈鸣怕他们再口没遮拦地说下去，急忙摆摆手对他们说："你们先过去吧。"

几个少年嬉笑着开着各自的车子，迅速消失在他和苏微微身边。

苏微微担忧地问了他一句："你没事吧？"

程弈鸣觉得很奇怪："我？我没事啊？"

原来是她自己想多了。

"哦。"苏微微干巴巴地应了一声，"那没事我先走了。"

"喂，你干吗呢？说来就来，说走就走的。"程弈鸣不满地调侃她。

"没什么事儿还不走，赖着干吗？"苏微微反讥，"不耽误你泡妞了。"

程弈鸣搔搔脑袋，似乎终于想起了什么事情，一拍脑门："哦，你是为昨晚的事情来的吧？"说着，他信誓旦旦地坏坏一笑，"放心，哥哥对你负责到底。"

苏微微心想这人还真感觉良好，随即强调道："我是听别人说你昨晚被劫道了……"

程弈鸣愣了愣，随即说："几个小毛贼，没大碍。"说着摸了摸额头上还肿着的小包。

苏微微多看了他的额头几眼，想说点儿什么，又觉得矫情，索性闭口不言。

日光在头顶照出好看的光晕，冬日的阳光将程弈鸣的皮肤衬托得更加光洁。苏微微呆呆地看了几眼，丢下他一个人往回走。程弈鸣追在她身后，问她什么时候有时间一起出去吃饭，他请客。

苏微微说："我怕吃穷你。"

程弈鸣说："我仅对吃货负有不可推卸的责任。"

于是苏微微疾走几步，终于把程弈鸣甩在了身后，情不自禁笑了起来。

日子就这样慢慢过去，程弈鸣常常来找苏微微，时不时拉她出去腐败一顿。再后来关于两个人在一起的传闻越传越神，甚至已经有些风言风语表示苏微微是被程弈鸣包养了，打算生孩子为家族培育继承人……能有多扯就有多扯。

在这期间，她很少见到郑佳辰，只能从颜惜的嘴里偶尔听到一点儿关于他的消息。从前她在学校里怎么都能撞见的郑佳辰，现如今似乎一夜之间消失了。很多个晚上，她想他想得实在难过，就躲在被窝里偷偷抹眼泪，那个时候她总忍不住想要给他寝室的某个男生发条短信，让其转告他，她想要去见见他。到最后，总是理智战胜情感。为了避免自己一时冲动，她不得不一遍又一遍地告诫自己，伤痛不过百日长，熬过去就好了。

她觉得程弈鸣其实还不算太糟糕，除了嘴贫点儿。可现在满北京的顽主们谁不贫啊？两个人不论干吗都避免不了要争论，唯一的一致基本出现在吃东西的时候，两个人都是吃货，都是那种看上去不像能吃多少，但只要实战一番，立刻吓倒一群人的脾胃。

后来苏微微发现其实就算是吃东西，他们也要吵个不停。

比如苏微微说要去吃红烧肉，他偏偏要去吃牛排，结果两个人就从红烧肉和牛排直接争到猪和牛的起源……

绝大多数情况下程弈鸣都会妥协，于是苏微微每次胜利之后吃饭都吃得格外卖力，就好像能吃饭是她努力争取来似的。苏微微发现那段时间她竟然胖了，难道正常情况不是为伊消得人憔悴吗？

程弈鸣扬扬得意地说："哈哈，汝已中了我的妙计！我就是为了把你养成小胖猪，除了我，看谁还要你。"

总会有那么一个人会要她的吧？

苏微微在心里默默念叨"郑佳辰"三个字，其实，她也不知道。

　　说到底，程弈鸣对她挺好的，除了嘴上经常不让着她之外，别的方面都是尽了做男朋友的责任，每天接送，每天拉着她去吃东西，晚上送她回寝室或者回家。两个人倒也像大多数恋人一样，程弈鸣爱玩，带她去打电动。她起初觉得自己没有心情去玩，可到了电玩城，她一会儿就玩疯了，跟程弈鸣抢着游戏币，后来输完了，程弈鸣就去敲打电子鼓。

　　他学过几年声乐，各种乐器都能玩一下，惹得一帮花痴围了一圈，拿着iPhone拍个不停。站在一边的苏微微发现自己心里竟然有微微的醋意。

　　但最终促使她跟郑佳辰摊牌，却是后来那一段程弈鸣住院的日子里发生的事情。

　　还是那次劫道的事情，几个小混混跟程弈鸣纠缠之时，其中一人斜刺里冒出来一拳打在他的肋骨上。当时程弈鸣没觉得有什么，后来越来越疼。他又不想在苏微微面前示弱，就强忍着照样陪她各种疯闹。

　　苏微微好几天没见着他，心里正空落落的。还是经常跟程弈鸣在一起的那几个败家子在校园里撞见她时，问她程弈鸣怎么样了，苏微微才后知后觉知道他住院观察了。

　　她慌慌张张去了医院，又找不到他，只好打他电话。程弈鸣惊讶于她怎么会忽然来看他。她二话不说让他赶紧说他的具体位置，最后在他的电话指挥下，足足找了个把小时才找到他所在的VIP病房。

3>>

　　苏微微蹑手蹑脚地走进去，程弈鸣躺在洁白的床单上，脸色苍白得可怕，苏微微呆呆地看了两眼才在他的嬉笑声里走到床边。

　　"哎哟，今天这什么风呢？"他还是一如既往的没心没肺。现在想起来，苏微微总觉得程弈鸣和那时的他判若两人，她不知道一个人要经历一些什么样的事情才会变得如此乖戾。

苏微微不说话，只是看着他，想到他那几天没心没肺地跟在她身后和她吵、和她闹，却是忍着这样的疼痛，她心里难受得紧。

程弈鸣看出来她的不悦，于是收敛了放肆，微笑着说："坐吧，你站着我有压迫感。"

苏微微瞪他一眼。他于是又嚅嚅起来，眨巴眨巴眼睛说："怎么？心疼了？"

"想得美。"她嗔怪一声。

"嘿嘿。"程弈鸣只是看着她笑。苏微微回身去拉椅子过来，眼睛酸涩得难受，故作随意地用手揉了揉才转过身，看着他，问："到底怎样了啊？"

"什么怎么样？"他明知故问。

她皱皱眉："废话，还能是什么！"

程弈鸣笑着装作不知道，继续等她说下去。

"什么时候出院啊？"她不情不愿地问。

"你说什么时候就什么时候呗。"

"我又不是医生。"

"可你比医生有用得多，你瞧，我看见你一来，立刻就觉得我怎么躺这儿啊，我该跟你出去可劲儿玩才对啊！"

"行了行了。"苏微微摆摆手，"说真的，到底怎么样了？"

他坐直身子，苏微微急忙去扶他，他忽然抬眼认真地看着近在咫尺的她，静默了几秒之后，说："我还以为只有等我出院才能再看到你。"

苏微微慌张地躲过他的直视，他的手紧紧拉住了她的小臂。她使劲挣了下，没有挣脱开，他更加用力。她有些着急，他则将她猛地揽进怀里。苏微微一急，刹那间用力退了出去，他痛苦地低叫了一声，她紧张是不是自己太用力弄疼他了，急忙又上前急切地问他是不是碰到他哪里了。

程弈鸣笑笑："我以为你只会关心你那位郑佳辰呢。"

苏微微愣了愣，内心深处某个角落里发出一声长而缓慢的叹息声。

程弈鸣无所谓地转移话题问她："饿不饿，要不要叫东西上来吃？"

她摇摇头说："你想吃什么？我帮你去买吧。"

"那我要吃你亲手做的。"

"我不会。"她坚决地拒绝他。

"那我不吃了。"他孩子气般耍赖，清秀的脸庞透着一股坏坏的可爱。

苏微微无奈，只好说："那我只会煎鸡蛋。"

"就这个了。"

小护士不知道什么时候出现在他身边："吃什么煎鸡蛋呢，病人不准吃油腻的，弄点儿清淡的。"

"她不会做别的。"程弈鸣微笑着对小护士说。

小护士将一盘针管药物什么的摆在病床边，回头看了一眼苏微微，说："怎么做女朋友的？什么都不会做，还来照顾病人。"

苏微微窘迫极了，程弈鸣却在一边贼笑，小护士于是体贴地表示他如果想吃什么，她下班之后可以给他做。

苏微微立刻像是打了鸡血似的"噌"地站起来，示威似的看着小护士，却对程弈鸣说："你想吃什么？我去做！"人要脸，树要皮，不就是争一口气嘛。

回家之后，苏微微才知道争一口气的代价就是必须求爷爷告奶奶地让她妈帮她炒两个清淡一点儿的小菜。

苏妈妈奇怪地看着女儿，说："你到底做给谁吃啊？"

苏微微当然不能说是程弈鸣，她妈妈还以为她现在跟郑佳辰打得火热呢。

苏妈妈回想了下说："好像很久没有看见佳辰了呢。"

苏微微顿时没有了说话的欲望。

她带饭菜去医院的时候，程弈鸣还夸她做得好吃。苏微微喜滋滋的，自然不肯说其实是她妈妈的手笔。

"以后天天做给我吃吧。"程弈鸣没脸没皮地说。

苏微微猛地一怔，转身去帮他盛了一碗小米粥，说："你说人小混混怎么就不往你嘴上招呼呢？吃了这顿没下顿，赶紧的，别凉了。"

"最毒莫过妇人心！"程弈鸣立刻抗议。

苏微微皱皱眉："嗯，我还下毒了。"

程弈鸣哈哈大笑两声，喝了两口粥，又被烫到了。苏微微嗔怪："怎么跟个小孩子似的，什么都需要人照顾。"程弈鸣耍无赖说："是不是激发了你的母性呢？"苏微微说："你去死。"程弈鸣说："那好，有你陪着我，死也是快事。"

苏微微愣了愣，程弈鸣是这样的口无遮拦，亦真亦假，她不知道他说的是真心话还是玩笑话，也许她也不过是他那么多的玩伴中的一个吧，而且还是最平凡的那一个。

"我们以后还是不要再见了。"她也不知道自己怎么忽然就来了这一句。

程弈鸣倒像是早就预料到她这句话似的，笑了笑，放下碗筷："怎么？我连挡箭牌都做不了了？"

"……"

"我还以为我虽然不能俘获美人心，至少是块称职的挡箭牌呢。"他自嘲道。

"不是的。"她轻声说。

"嗯，所以呢？"程弈鸣苦笑着，深深地看着她。

她不知道该说什么，只能沉默。

"我喜欢你。"程弈鸣这样说，整个病房里安静得不像话，只有他这句话在苏微微的耳畔不断徘徊又徘徊，直到他又说道，"我知道你不喜欢我，你别担心，我就是告诉你一声，没其他的意思。你要是觉得咱们没必要再见面了，那也成。反正这事儿就是你情我愿，强扭的瓜甭说不甜了，还苦呢。"程弈鸣说完笑起来，又端起碗筷吃起来，一边吃，一边夸赞她，"不过你做饭是真的好吃。"

苏微微记得她就是那天回校之后对颜惜说了那番言不由衷的话，她最终还是没有勇气，只能让颜惜去帮她摊牌。虽然不公平，但至少她知道颜惜是乐于做这件事的。颜惜的小心思，她早就知道。

其实也不能说是言不由衷，至少在医院里，她是真真切切地亲口跟一脸失落还明显强装淡定的程弈鸣说了，她说："那我以后有机会就做给你吃吧。"

程弈鸣难以置信的眼神，让苏微微心里一阵绞痛，不是因为程弈鸣，也不是因为她此时此刻无奈的妥协，而是她知道，说出这句话之后，她便彻底与郑佳辰决裂了。

在离开郑佳辰的路上，她狠狠心，又踏出去了一大步。

只不过她没有料到，在这些之后的那段日子里，一直处于无消息状态的郑佳辰，却忽然回到了她的生活里，这让她措手不及。

起初是赵宣扬打过来几次电话，苏微微都没有接，她知道那边的那个人肯定是郑佳辰。好几次在家里，妈妈说又是那个谁找你，苏微微就压低声音说："就说我不在。"她妈妈捂着话筒说："我说你在呢。"苏微微说："那就说我刚出去了。"

苏妈妈再糊涂也渐渐看出了在她的女儿身上正发生的事情。毕竟都是从那个年纪走过来的，他们也不是一生下来就这样古板。那不过是岁月这把无情的刻刀在"嗖嗖嗖"地削出人们的年龄时，顺便哼唱给他们听的一首灵魂倒计时小曲。

4>>

后来苏妈妈烦了，在电话里把那端的郑佳辰臭骂了一顿，问他们俩到底怎么回事。郑佳辰一五一十把苏微微跟他回家之后，他妈妈对苏微微说的话给苏妈妈说了一遍。苏妈妈顿时气结，又劈头盖脸地把郑佳辰骂了个狗血淋头。

最后苏妈妈不解气，还要去找他准备当面骂他。郑佳辰自知理亏，只能唯唯诺诺地应着。

苏妈妈当然也只是说说。

程弈鸣出院之后的那几天，某个黄昏很美的午后。火烧云将大半个天空染成莫奈的印象派画作。北方的黄昏的美便这样肆无忌惮地显现出来了，丝毫不怕被别的，比如太阳、星星或者只会在晚上才羞赧地露出一点儿娇媚脸庞的月亮嫉妒。

苏微微就是在这样的一个美好时刻与郑佳辰不期而遇的。

说不期而遇也只是苏微微单方面的想法，郑佳辰可不这么认为，为了这个所谓的"不期而遇"，他可是足足煎熬了一个多月。

这也是那年她最后看见他的时候。

他像个傻瓜一样站在她身后喊她的名字，他的自信满满在此刻早已崩塌沦陷，只剩可怜兮兮的祈望。

她根本就不想给自己和他面对面的机会，于是低下头，急急地想要逃开他的跟随。他喊她的名字，她不应，最后他没办法，只好鼓起勇气抓住她的手，急切地说："是我不好，微微，我跟我妈妈摊牌了，我以后都不会这样子让你受委屈了。"

她不说话，想要挣脱他的手腕。他抓得更紧，这样急切的他，她还是第一次看到。若是在先前，她该有多开心，只是此时此刻，除了带给她更深的痛楚，别无他用。

他近乎讨好地继续说："其实不按照那样的路走也可以啊，我想过了，并没有那么绝对，是我之前太死脑筋了，微微，对不起……"

"就是这样，"她终于开口，狠狠心说出那番违心的话，"郑佳辰，就是这样，你知道你有多自私吧？之前就算了，你有自己的成长轨迹，我懂那有多难，所以我可以退让，因为我以为那不是你真实的想法，至少不是你能做的选择。好吧，谁也不能改变自己的出身和命运。我不怕这些，你知道我怕什么，我怕我选择了，你却根本就不想要我的选择。后来你要了，你知道我有多开心吗？我觉得世界也不过如此，我觉得命运就是扯淡，只要它们遇见了我这种人。那时我觉得你的自私是可以理解的，那至少可以片面地说是你的责任，是你的尊严。可是现在呢？我越来越觉得我看错你了，你什么都没有，而你现在连从前的那点儿宝贵的东西也要丢掉不要了。你自私可以，我不怪你，谁不自私？但你怎么可以违背那些爱你的人的意愿？你想想你的妈妈，还有，想想你的爸爸。郑佳辰，别傻了，傻瓜不是我，真的，是你。你才是最笨、最自私、最无情无义的那个，你不会不知道吧。从前是我不知好歹，我错了。我不要了行吗？我们不是一个世界的人，就像你说的，你以前还能看得清，为什么现在却反而糊涂了？你想想，凭什么？你凭什么？"她一口气说完。她还没有如此畅快淋漓地跟他说过话，从前的她面对他，都是小心翼翼再小心翼翼，生怕哪句话她没有注意，就伤到了他脆弱的自尊心。现在她不怕了，相反，她从前害怕的倒成了此刻她无比期待可以由她带给他的唯一。

他几乎是浑身颤抖地看着她，难以置信那一番话是从他的丫头嘴里说出来的。

她又要走，他还是不放手。她苦笑一声，睨着他，说："放手吧。"

他无动于衷。

"你到底想要怎么样？"她无可奈何地问他。

他还纠结于她是怪他没有担当，只能说："我发誓，一定不会再有之前的事情了。"

她冷笑一声："郑佳辰，我最后跟你说一遍，和这些事情无关。好吧，就算有这些原因，但这不是关键，关键是我看清楚了你，也看清楚了我，我们不合适。你不会真的以为我会和你这样的人在一起吧？"她伪装出嘲讽的口吻，连她自己都忍不住在心里感慨她的演技竟是这样炉火纯青。

他的呼吸急促，眼睛像是要冒出火来，但又被巨大的悲恸瞬间浇灭，他沉浸在炼狱最煎熬的冰与火之间，冷热交替，让他几乎晕倒。他真有点儿看不起这样的自己。可是他没办法，他不得不这么做，他觉得在她面前，他变成了一个木偶人，身上的所有线不再属于他自己，而被掌控在一只无形的大手里，这只手就是面前这个忽而变成了另外一个人的女孩子。他觉得自己真是活该，这场战争本就是他挑起的，只是他没想到自己会是最后那个狼狈的失败者。他从头到尾都在想着苏微微会出什么招，他甚至都想好了接招的方式，比如彻底的沉默和冷漠。

但她什么招式也没有出，她甚至连认输都不算，她只是剽窃他早已准备好的招式，然后以其人之道还治其人之身。

正像她最后离开时对他说的那句冷若冰霜的话："既然不是一个世界的人，那就不要硬挤进彼此的世界，反正结果总是一样，何必呢？"

郑佳辰再无他言，只是觉得浑身彻骨的冷，直到苏微微走出他的视线，他才缓缓地意识到她离开了，干涩的眼眶瞬间充满眼泪。他转身朝来时的方向走去，跟跄着走了两步，腿一软，险些摔倒在地。

用赵宣扬的话来说就是，当时的郑佳辰简直跟刚刚死过一次一样。那木讷的神色，那呆滞的眼神，那灰沉的脸色，简直不用化妆就可以去北影门口蹲点扮行尸走肉。

程弈鸣没想到的是，那天遇见蹲在地上哭得跟个泪人儿似的苏微微，竟也是最后一面。

他刚刚打完网球，看见一个人影蹲在花坛边，琢磨着有点儿像苏微微的影子，走过去一看果然是她，他招呼了两声她都没答应。待他耐心地蹲下来，才发现她哭得上气不接下气。程弈鸣着急了，问她怎么了。她不说话，只是哭，也说不出话来。

程弈鸣急得想要立刻撞墙："谁？谁欺负你了？"

苏微微摇摇头，眼泪哗啦啦掉了一地。他拉她起来，她不起来，他就陪着她蹲着。他顾不上手里的毛巾是刚刚自己用过的，给她擦眼泪，她躲闪着，他只好任由她去哭。不知道她是怎么了，也不知道该怎么安慰，程弈鸣长这么大，第一次面对一件事情觉得这样无措。

后来终于让他猜到。

"是因为他吗？"他认真地盯着她，她的眼神闪了两下，睫毛上下翻飞，眼泪簌簌地往下落，看来他说对了。

"我去帮你找他。"他起身就要离开。她急忙拉住他，顺带着被拉得站了起来。她还没来得及阻止他，眼前忽然一黑，可能是蹲久了，可能是哭了大半天身体吃不消，总之她无比狗血地晕倒了，最后看到的画面就是程弈鸣一双焦虑的眸子。

以前苏微微总想着，那些偶像剧里女主角晕倒的场景真的是已经假到了不需要智商的地步，她也总想着，人怎么能说晕倒就晕倒，难道不会自己控制一下吗？就一定要晕倒才浪漫，才撕心裂肺，才抓人心吗？

等到一切轮到她身上，她才知道原来晕倒这回事儿，还真不是凭借人的意志力可以阻止的。那种感觉，那种天旋地转，紧接着黑暗降临的窒息感，让她在虚妄的须弥世界里徘徊又徘徊，直到她再次醒来，一切都已不是先前的模样。

舅妈急切地说："天杀的小祖宗，你可算醒了。"

舅舅在一边安慰她："你别担心，一切有我和你舅妈呢。"

5>>

苏微微没有像所有晕倒后再次醒来的人那样问及自己身在何处，因为她知道那个属于爸爸妈妈的结局，至于过程，原谅她记忆中自我保护的下意识已经帮她屏蔽掉其中的纠葛。

她那时是真的不能再想起这一切的真实原委，下意识为她编造了一个绝佳的自我流放出口，在这个出口里，她不至于连生命的权利都被剥夺。医生也说这种事情不是很常见，但发生的可能性是有的。舅舅和舅妈索性顺水推舟，堵截了一切外界的因素，后来生怕力所不能及，便将她送到万里之外的大洋彼岸。

医生也说了，只是暂时的，总有一天会恢复，至于是什么时候，就不得而知了，可能是明天，可能是一个小时后，也可能是去世前的那一秒所有屏蔽的记忆迅速闪现。回到熟悉的场景有助于她的恢复，不过恢复这种事情，还是要顺其自然。

苏微微不知道她是该庆幸自己的后知后觉还是该诅咒自己懦弱的下意识，后来当她下意识里越来越压不住那一段记忆，当郑佳辰那一番话成为她记忆倾泻的出口，她终于将散了一地的真实的珠子串联成完整的项链。她这才知道那天自己晕倒之后，是程弈鸣送她去的医院。

在三十分钟的车程里，死神带走了他们在这个世界的灵魂，只留下两具冰冷的尸体，昭示着曾经的鲜活。

后来临近年关的前几天，郑佳辰有一天忽然打来电话说是在民政局门口的咖啡店等她，还说是他们最后一天上班了，再不去今年都来不及了。苏微微恍惚地答应了，出了大楼打了车，路上却稀里糊涂想着现在的人真会做生意，咖啡店这种小情侣爱去的地方都开到民政局门口去了。又想到原来离婚也要赶时间吗？她不禁苦笑了。司机见她去民政局，兴高采烈地带着新年的喜悦说"恭喜"。

苏微微苦涩地想，这个可爱的大叔还以为自己是去结婚呢，也对，谁会在快要过年这几天用离婚来败自己的兴呢。

整个过程倒没有多烦琐，比结婚那会儿要简便很多，大概是人都知道悲伤的事情最好速战速决。

整个过程两个人都是沉默的，最后分开的时候，郑佳辰非常客气地表示要送她回去上班。苏微微客气地说不用麻烦。

两个人在这种不合时宜的客套里呆滞地看着彼此，走出去老远，苏微微一直告诫自己不要回头，千万不要回头。可是眼泪却模糊了她的双眼，也模糊了她的意识，所以当她回头看见郑佳辰一直站在原地看着她的时候，她终于抑制不住，蹲下来哭成了泪人儿，就跟很多年前分开时一样。原来时光从未离开，原来有的人就算重逢，也只是将从前的无奈重复一遍。

郑佳辰努力克制着想要走过去的冲动，眼看着苏微微蹲在那里颤抖着肩膀，他的心简直要滴出血来。可是他不能，他又怎么能眼睁睁地看着她继续跟他在一起不开心呢？他知道，就像她曾经下意识忘记一样，她在内心的某个角落里，一直给那个叫程弈鸣的家伙留着位置。

只是她不知道罢了。

也许，她现在知道了也说不定。郑佳辰在心里自嘲地想着。

最后分开的时候他问她："你喜欢他吗？"

她沉默着，只是眼泪簌簌地往下落。

他伸出手温柔地掐掐她的脸蛋，替程弈鸣打抱不平，轻轻说："那家伙好不容易才把你找回来，要是看见你在这个问题上沉默，说不定会伤心死了。"他这样小声说着，却是无比的羡慕，"不过他比谁都会演，当然不会让别人看穿他。他才该去做演员。"他惨淡一笑，"说到底，我如果没有他，大概什么都不会发生了，我还是普通的郑佳辰，你可能这辈子都不会回来。"

苏微微默默地听着他说这些话，怔怔地望着自己的脚尖流眼泪。

"所以你懂我说的吗？微微。"

她不懂，她也不想懂。

郑佳辰最后说："你说得对，我们不是一个世界的人，就算是现在，我用这么多的努力换来现在，可到头来，我才知道，有时候不是一个世界，并不是我伪装得跟你像是一个世界的，我们就真的在一个世界。没用的，我用了三年时间，以为可以坚持到底，以为可以非你不可，但这只是我异想天开啊。苏微微，说起来这次算我对不起你。你骂我没出息吧，我还是像从前那样把那点儿破尊严看得比什么都重要，我不想欠着你，也不想欠着他，可我终究是要欠着你了，没办法了。但我可是对得起他的。呵呵，程弈鸣，他就是太自以为是了。他自以为你还爱着我，以为我还在等你，可事实呢？早不是这样了。苏微微，今天的一切，你记着吧，哪天你想报仇了就来找我，让我干吗都成。只是现在，我要走了，你也走吧。我看着你离开，好吗？别哭了，擦擦眼泪，有什么事打我电话，好吗？我二十四小时开机。"

　　他后来说的每一句话、每一个字都柔软得像是棉花，试图让跌落的她好受一些，可是对于当时的她来说，每个字、每句话都像是沉如千斤的铁块，狠狠砸在她的心脏上。她知道，自己以为时间可以治愈的一切，她终将是没有留得住。

　　他最后看着苏微微坐进出租车里，渐渐消失在街角。他感觉非常累，此刻只想回家去陪陪母亲。

　　分开之后，苏微微还住在郑佳辰那里。郑佳辰说她可以过完年再搬，也可以不用搬出去。那意思很明确，这座房子就等于是补偿给她了。可她连爱情都没有了，还要什么房子。后来她还是在过年前搬到了柴筱朵的家里。

　　郑佳辰说要帮她搬家，客套得不像话。只可惜后来他也忙，那天分开之后，他就一直在外地忙。

　　新年那一天，整座北京城洋溢着欢乐的气氛，街道上到处都是喜气洋洋的气息。赵宣扬说公司里有好多外省的员工，正好就在公司给不回去的员工做个新年晚会。程弈鸣特意打电话问苏微微去不去。

　　表姐柴筱朵去国外跟父母过年去了，家里就苏微微一个人，再加上苏微微有点儿想要见见程弈鸣，就答应了。

　　华灯初升，苏微微在公司巨大的落地窗前看见了程弈鸣。他照例一脸贱笑，说："新年快乐。"

　　苏微微微笑了一下，其实公司里也没有几个员工，不过七八个人。她想大部分人应该还是会赶那一趟拥挤的列车，奔赴千里之外的家乡吧。

苏微微思维发散地想着，忽然看见眼前的程弈鸣逼近了，递给她一杯红酒，做了个要跟她碰杯的动作。她笑笑，轻轻抿了口红酒，涩涩的。

她终于明白他的用心良苦，想想也是，他是什么身份？新年夜竟然在这里耗着，她自恋一点儿地想，他大概也是为了和她见上一面，所有的一切不言而喻。她又想起自从再遇见他之后的种种，想着他定是忍耐了很多很多。苏微微自己是不能想象跟一个曾经拿自己做挡箭牌，最后又无情无义，彻底遗忘彼此的人面对面的。她觉得从前的自己真是狠心，也活该现下的报应。

他见她只顾喝酒没有开腔，觉得不对劲儿，抻长脖子看着她，兴高采烈地说："我跟你说件有趣的事情啊……"

苏微微忽然抬起头，莫名地喊了声他的名字："程弈鸣。"她的声音糯糯的，柔软得像是端午节吃的粽子。

程弈鸣呆了呆，随即微笑道："你今天怎么怪怪的？"

她有那么多话想要说，可是此刻却一句也说不出来，眼泪"唰"地一下涌出了眼眶，簌簌地掉在面前的键盘上。程弈鸣着急了，急忙跑到她身边，一边给她递纸巾，一边可怜兮兮地问："怎么就哭了？怎么回事啊？"

她不说话，只是流泪，抑制不住地流泪。她想：一个人的眼泪怎么能有这么多？像是湖泊。

"郑佳辰欺负你了？"他猛地想到郑佳辰，正色道，见她依旧没有反应，又说，"你别哭，我去帮你找他！"

一切都像极了那时候，他信誓旦旦地说要帮她去找他。他可真是傻瓜啊，他能帮她找郑佳辰做什么呢？臭骂郑佳辰一顿？揍郑佳辰一顿？还是把郑佳辰五花大绑拖到她面前？

她抬头看向他，轻声说："你怎么老把他想得那么坏？"

程弈鸣停住脚步，站在办公室门口，回头呆呆地看着苏微微，兀自扯出一个笑容说："谁让他看着就不老实。"

她站起身，走过他身边，擦肩而过的时候她还是不敢再看他一眼，只低低地说："好了，没事的，你别一惊一乍的，我先去下洗手间。"

程弈鸣看着她离开他的视线范围内，轻轻地叹了口气。他回头看了眼办公室挂着的吊钟，再有四个小时，他就该出现在首都机场了，然后再过十二个小时，他就会站在伦敦的希思罗机场。以后会不会回来他心里也没有底，或许永远不会回来了，爸爸妈妈也在着手办那边的签证了，大概以后就会定居在那边了。

他唯一放心不下的就是她，可是也没有什么放心不下的，至少，他还是把她送到了郑佳辰的身边，他想那是她想要的。他可是一点儿也不怪她当年拿他做挡箭牌，其实那时候他也没有多认真，对，他说的是起初。他也不清楚自己是什么时候开始觉得离不开她的，也许就是那个送她回去的夜晚，只是他自己心里没有意识到罢了；也许就是在医院那几天，当他看着她忙前忙后，替他做好吃的，尽管他知道那可能是她妈妈做的。但就是在某一个瞬间，他看着面前的那个叫苏微微的女孩子，忽然觉得她似乎跟从前的所有人都不一样。

那一刻他想，会不会这辈子，如果有可能，就是她了？

他倒是真的以为这个"可能"十分有可能发生，后来的事情也证明的确如此。不过他还是败给了那个可恶的叫上天的家伙。

他什么都不怕，不怕她暂时不能全心全意对他，甚至不怕她一直爱着郑佳辰那个木头人，他那个时候还很天真地相信有志者事竟成，于是做好了迎接一切困难的准备。但他还是失算了，他再充分的准备，也抵不过上天一次随意的洗牌。他知道人死不能复生，而她失去的是，是他和郑佳辰都不能代替的存在。

所以，她走了。他觉得那是他和郑佳辰活该。

其实程弈鸣猜测，郑佳辰那个家伙也是这么以为的，只是郑佳辰比他更会伪装。没办法，郑佳辰那种人，在这些事情上总归是要比他强一些。

6>>

苏微微从洗手间出来的时候遇见了赵宣扬。

"新年快乐。"他笑着说。

"新年快乐，给红包。"她伸出手。

赵宣扬还真的从口袋里摸出一个红包，递给她："早准备好了。"

苏微微受宠若惊，打开一看，竟然是一枚钻戒。

她吓了一跳。

赵宣扬解释说："就当是我替程弈鸣给你的吧。"

"啊？"苏微微不太理解这个举动。

赵宣扬解释说："我知道你跟郑佳辰分开了，既然已经分开了，那就别挡着面前的幸福嘛。我看程弈鸣也是那种打死都开不了口的人，就想着新年礼物送他一枚钻戒，正好替他交给你，就当是替他求婚了。"他开心地说着。

苏微微听得目瞪口呆，随即好笑地又递给赵宣扬，说："送给你家那位浅川吧。"

赵宣扬这家伙竟然害羞了，嗫嚅道："他不要啊，不然干吗送给你和程弈鸣。"

苏微微想笑，但看着赵宣扬淡淡的失落，只好强忍着，可又不能真把戒指接过来。他纵使再有钱，她也不能接受这样贵重的礼物，何况意义还如此特殊。

赵宣扬推搡了半天，苏微微硬是不要。赵宣扬叹一口气，语重心长地说：“你是不要戒指，还是不要人呢？”

苏微微皱皱眉，不想跟他再胡扯下去，公司里有人在欢呼着，不知道所为何事。苏微微正想着找个什么理由躲开，赵宣扬忽然又说：“人总要往前看嘛。郑佳辰不要了，不代表程弈鸣也不要啊。”赵宣扬说得如此欠揍，苏微微却一点儿也不生气，只是静静听着他继续说，“你还记得吗？那个时候学校寝室里有一次演习火警预警，学校都没有跟我们说。你不知道当时程弈鸣给着急的，直接冲进女生寝室去找你，多感人的一幕啊！我记得后来‘江南七怪’那谁还问我你们不会真搞一块了吧，我还说你们是骚女遇见贱男。可现在再看看你们，真是越活越倒退，胆儿还没有那个时候肥呢。虽说作为郑佳辰的好兄弟不能在背后这么煽动你吧，但苏微微，人就算不往前看，也要替自己做打算嘛。你都多大了？你不会忘了吧。”

苏微微当然不会忘，连带着他说的那件事情，她也在郑佳辰坦白的那晚之后，记忆便肆无忌惮全都跑了出来。其实也没有记忆，只不过刚刚好足够她回忆一个晚上的时间。

那时整个寝室乱成了一团糟，后来遭到了学校的严厉批评，因为在之前也经过了一番对火警知识的了解，可到了实战，依然是溃不成军。甚至苏微微整个过程都还没有被人叫醒，等整个寝室楼乱成一堆的时候，她还美美地睡在被窝里做美梦。

后来她诉病于寝室那帮没心没肺的只顾自己逃命，都不叫醒她。她们也有理由，什么“谁知道你睡在被窝里啊，我们都还以为你出去跟你的程大公子约会去了呢”。

程弈鸣找了半天没有看见苏微微，问了她寝室的人都说不知道，心里也没有多想，不顾赵宣扬的阻拦就朝女生寝室冲了进去。

苏微微记得自己被他从被窝里叫醒的时候，只穿着小内衣，顿时羞红了一张脸，一脚踹在他的胸口，吼：“干吗！”

程弈鸣二话不说，直接把她扛在背上就往楼下跑。苏微微这才发现整个寝室一片狼藉，还没有搞清楚是怎么一回事，程弈鸣脚下一滑，跌坐在楼道里。后来他们去了医院才知道是脚踝脱臼了，没有大碍，不过也疼得程弈鸣龇牙咧嘴。

两个人狼狈地逃出大楼，才从人群里得知原来是演习。苏微微禁不住骂他笨蛋，万一是真事儿呢，他这样进去不是搭进去两条人命？

程弈鸣无比欠揍地说："我当然知道是演习，所以才故意装作不知道，冲进去博得美人心嘛。"

苏微微那时候竟然信了他是提前预知这场闹剧的，可赵宣扬说："他知道个屁，你没看他那时候不要命的着急模样儿，那哪儿是知道真相的人该有的情绪。"

苏微微恍然大悟，多年前他就这样真心对她，她却丝毫不知道。

赵宣扬说："我问他，等他走了，苏微微又没有郑佳辰又没有他，多孤单，真正的一个人了。可你猜这家伙怎么说？"

苏微微投去感兴趣的眼神。

"他说，只要他走了，郑佳辰迟早会回来，说郑佳辰其实想的跟他一样。可他想的是什么？我看他脑子是坏掉了。你说得对，苏微微，他是脑子坏掉了才会这么做啊。"赵宣扬淡淡地笑着说，干净的面容别有一番愁绪。

苏微微愕然。

赵宣扬撇撇嘴："在我看来，他和郑佳辰简直就是活该！一个比一个贱！你不知道你出国那会儿，这俩人有多苦。郑佳辰开足了马力不要命地奔事业，可明眼人都看得出来，他那哪儿是奔事业，简直是想要过劳死。程弈鸣就更加白痴了，直接天天茶饭不思，连觉都不睡，不睡就算了，还整出来一个什么抑郁症。他们都活该，都该拉去午门直接五马分尸。他们放着好日子不过，偏偏喜欢折磨人，折磨自己就算了，还折磨别人。苏微微，我跟你说，别看我一直劝你跟这个跟那个在一块儿，赶紧把你自己给交代出去，其实我心里才不愿意你跟着他们其中任何一个呢，你跟他们命里犯冲，在一块儿就闹得你死我活。微微，其实我们公司也有几个单身青年……"赵宣扬开始胡扯了，苏微微笑笑说去外面透透气，急忙找借口走掉了，心里却空落落的，跟掉进了深渊似的。

苏微微在天台看见程弈鸣的背影，北京的夜色尽收眼底，天台上很安静，不像从前那些富丽堂皇的地方，可是苏微微觉得这里比那些地方更能让她安心。

程弈鸣回身看着她，笑起来，招招手让她走过来，轻轻拉着她的手，然后一双漂亮的眸子看着远方的天空。

"有什么好看的？"苏微微压抑着刚刚从赵宣扬那里得来的忧愁，强颜欢笑着狐疑地问。是看不出来什么呀，她看了半天，还是一片黑暗。她忽然调皮地想，难道程弈鸣是外星人，今天他的母星要开飞船带他离开地球吗？

程弈鸣最后看了一眼手机，指针指向新年开端的时钟刻度，要开始了。

他在心里默念五四三二一，远方的天空忽然升起一片绚丽的烟火。

苏微微惊呼出口，难以置信："怎么会？不是禁止放烟火了吗？"

程弈鸣只是笑，苏微微看得呆了，觉得不可思议，又拉拉他的胳膊："好美好美……"

"你喜欢就好。"程弈鸣轻轻地说。

苏微微心里一沉："不会是你安排的吧？"

程弈鸣摊手："怎么可能，我哪有那么大权力。那是今年北京规定的唯一可以放烟火的地方，就在这个时间。"程弈鸣指指手腕上的手表。

灿烂的烟火瞬间照亮了程弈鸣漆黑的眸子，苏微微呆呆地看着他，这才发现手一直被他牵着，顿时觉得不妥，便轻轻抽了出来。

程弈鸣愣了愣，随即转过头看着远方不断升空的烟火，许久后，他才说道："我听颜惜说你和郑佳辰分开了？"

烟火照耀在苏微微的脸颊上，她叹了口气："你才知道？"

程弈鸣笑笑："我消息不灵通嘛，而且大明星保密工作做得好。"

苏微微不知道该说什么，只是淡淡地一笑，怔怔地望着远方。她想，此刻的郑佳辰，大概已经在那座叫远方的小镇上陪着他的妈妈了吧。

"你可真够笨蛋的啊，连个男人都看不住。"他嘲笑她。

她反击："我身边不是就有一个吗，"

他这次却没有笑，略微一沉吟，才说："回去吧。"

"我还没看够呢。"她说。

程弈鸣深深地望着她："我是说，回到他身边去。"

"你管得好宽。"她撇撇嘴。

程弈鸣轻轻叹一口气："我是怕你以后没他，一个人日子太难过。"

"什么日子我都熬过来了，还怕这一点吗？"

"不要逞强。"

"我没逞强。"

"你敢说你不爱他了吗？"

"我爱不爱一定要告诉你吗？！"苏微微忽然莫名地生气了，大声质问他。

程弈鸣愣怔了下："你到底想怎么样？"

"我还想问你，你到底想怎样？"她逼问他。

他呆呆地看着她，说不出话来。远处的烟火渐渐停息，唯有人们的欢呼声穿过云层，散于夜空。

"我想让你过得好一点儿。"他终于说。

苏微微觉得他真能沉得住气："那么你真是个好人。"

程弈鸣觉得她不可理喻："苏微微，你不要太过分。"他抓住她的手腕。

　　她使劲挣扎，直视着他："你到底要瞒着我到什么时候？"她的语气里没有丝毫质问的情绪，有的只是无尽的无奈。

　　他缓缓松开她。

　　远处夜空忽然冒上来一团孤寂的烟火，它的朋友们都早早地走了，只剩它的夜空只是被照亮了一个小小的属于它的空间，像是一朵开在浩瀚宇宙里的花骨朵。

　　她最后看了他一眼，别过头去，任由冷风吹进她不知何时湿润的眼眶，轻轻地说："你怎么那么傻，程弈鸣，你怎么能这样傻……"

　　久久的沉默，久到苏微微以为他在她身边停止了呼吸，她听见他说："我只是不想让你后悔没有跟他在一起，苏微微，我怕到后来你会怪我，我想，如果我什么都留不下，那么我至少做到让你不能怪我。"

　　"可是为什么我什么都不记得？如果我能记得该有多好，为什么懦弱就是不肯放过我？很多年前是这样，相遇的时候也是这样，最后还是这样……为什么……为什么人生这么苦，是不是死了就好了？"

　　他不忍她再说下去，她的眼泪在冷风中飘飞，他知道自从和郑佳辰分开之后，她所忍耐的一切终于在此刻爆发，所以，他唯一能做的是不管她有过多么激烈的挣扎，都要紧紧抱住她，紧紧地，抱住她。

　　最后，她终于在他的怀里安静下来，她听见他说："你和郑佳辰还有机会，听我说，不要相信是他和你分开，他是爱着你的，真的，我发誓，微微，回去吧，好吗？只要回去，你就知道他有多爱你。"

　　她不说话，只是哭。

　　他用力地将自己的下巴抵在她的头顶，用力将她圈在自己的怀里，似乎只要自己一松手，她就会像一束光一样溜走。

　　可他还是在不断重复："答应我，我只有这一个要求了，苏微微，看在我也帮你做过挡箭牌的分儿上，就这一件事，答应我，好吗？今天晚上你就走，我让颜惜送你，你一个人可怎么过年……"

　　他淡淡地说着，她在他怀里哭出了声音。他低头看着她，再一次要她答应。他的眼泪不知道什么时候掉了下来，落在她的唇间，咸咸的。他的声音哽咽起来，呼吸急促起来，他知道自己终将难逃狼狈，他知道这样的亲密也许是此生最后一次，所以他只能用尽他所有的温柔，用力地吻住她。

尾声
Epilogue

唯愿时光善待后来的你

1>>

苏微微后来知道郑佳辰妈妈去世的消息也是程弈鸣告诉她的。苏微微恍惚了许久，只觉得周遭人世是这样无常。

年夜过去的凌晨，颜惜开车载她到机场去往郑佳辰的小镇。程弈鸣没有跟随，颜惜善解人意地替他解围说让他回去陪爸爸妈妈。

最后两个人分别的时候，什么也没有说，程弈鸣对她笑笑，摆摆手说："去吧，我赶紧回去陪他们守夜。"

苏微微笑着说："替我带话问好。"程弈鸣点点头，两个人沉默半晌，都没有离去的意思。还是颜惜解围，说："好了，又不是生离死别的，搞得这么沉重，我最怕这种场面了。"

于是几个人不得不各自转身没入黑夜。苏微微一路沉默，车子开出市区，行驶在夜色中的公路上，出了五环，靠近六环，首都机场的灯光闪烁在不远处。

颜惜低头看了眼车上的表，这会儿程弈鸣已经在飞往英国的最后一趟航班上了。她昨天问了程妈妈，程弈鸣这次出去的确是没有打算再回来了。老两口的手续也快办好了，颜惜不日之后也会跟他们一起去往那个遥远国度。

没办法，程弈鸣的病情虽然外在看不出来有什么，但其实还挺严重的，说是如果不治疗，变成神志不清的疯子不过是时间的问题。不过这还算好的，重度抑郁症最坏的结果就是自杀。

颜惜知道这大概才是程弈鸣执意要彻底离开的最直接理由。她是一个实用主义者，并不太相信那种为了爱情而放弃爱情的故事，她更愿意相信程弈鸣的离开是一种变相的托付。

车子停在机场外面的停车场，最后时刻，颜惜笑着说："微微，一路平安。"

"嗯，你也是，这么晚，麻烦你了。"

颜惜故作埋怨："还不是程弈鸣发神经，非要大晚上就把你送走。"

苏微微笑笑。

在天台的烟火零零落落的最后几分钟里，她躲在他的怀里，想要就这样失去意识，一直到天荒地老。她不是挺擅长失去意识的吗？为什么那一刻却怎么也不能如愿？她轻轻地抽泣，他伸出手帮她擦掉眼泪，笑着说："别哭了，再哭眼睛都肿成核桃了，不好看。"

她就真的不哭了，擦了擦眼泪，将所有的悲恸收起来，流着眼泪笑着说："你会不会等我回来再去英国？"

他毫不犹豫地点点头："当然，我等你回来，不过你要把郑佳辰那个家伙也带回来。"

"那要是我一个人回来呢？"

"那你也好意思来见我啊？连郑佳辰都搞不定。"他强颜欢笑，先前的眼泪像是一场幻觉。

"我们说好了要去三里屯吃那个老嬷嬷的臭豆腐的。"她固执地说，伸手抓住他胸口的扣子。

他将她的手握在手心，无限温柔地深深看了她一眼："嗯，等你回来，不管怎么样，我们都去。"

"不许骗人。"

"谁骗人谁是小狗。"

"不行，你发誓。"苏微微不依不饶。

"好好好，我发誓。"程弈鸣伸出手指向漆黑而深邃的夜空，"我发誓，等傻丫头回来，带她去吃臭豆腐，吃饱为止，如果我食言，天打五雷轰。"

"不行，如果你食言，"苏微微想着别样的惩罚手段，"我就让赵宣扬去追你。"

程弈鸣一副"一定要这样狠吗"的表情。苏微微破涕为笑，这下她是真的开心了。不过下一秒，她便又在程弈鸣深邃的眼神里失去了开心的源泉。

她是知道他会离开的，甚至知道具体的时间，就是今天晚上，就是在他找借口将她送走之后。她想如果她运气好，会在机场碰见他也说不定。可是不重要了，那一刻不是过分执着于结果的时候，她想要的也不过是一个承诺，至于这个承诺是真是假，都不重要。她只是想要在日后想起他的时候，还可以有些许的温存。

承诺不是承诺，是一种斩不断理还乱的牵扯，是要永远铭记在心的不会到来的美好终点。

颜惜从车子的后备厢里拿出几件简单的衣服，跟苏微微说都是程弈鸣前几天特意去商场给她挑的。

他为她准备好了一切，甚至连离开也是。

颜惜将粉色的小行李箱放在苏微微手里，欣慰地笑笑，说："微微，你会幸福的吧？"

苏微微不说话，眼泪又忍不住流出来。颜惜抱住她，在她耳边呢喃："别哭，哭了就不好看了。弈鸣让我告诉你，他都跟郑佳辰说好了，郑佳辰会在小镇接你的，你放心吧。快去快回，把郑佳辰带回来，我和弈鸣还要看你们复婚呢。你们也真是的，好不容易才在一起，怎么能这么轻率？弈鸣前几天在电话里将他臭骂了一顿，说他不知好歹，还说如果他敢再放手，保证揍扁他的同时把你抢走。嘿嘿，程弈鸣这个家伙，还好意思说别人不知好歹呢。"

苏微微的眼泪簌簌地只管往下落，落了颜惜一肩膀。颜惜扳正她的肩膀，微笑着看她，又说："好了好了，不说了，再说我就变成啰啰唆唆的大婶了。见着了郑佳辰，记得帮我带话问他好。"

苏微微抹抹鼻子，点点头。

"对了，"颜惜像是忽然想起什么，"顺便告诉他，我和弈鸣可都等着喝你们的喜酒呢，上次你们偷偷摸摸的，这次可不能便宜了你们俩。"颜惜调皮地笑着，惹得苏微微也不禁破涕为笑。

最后分开的时候，颜惜坐进车里，看着苏微微随着稀稀落落的人流走过一个又一个路灯的光影。苏微微回头看见颜惜，挥挥手，说："回去吧，我走了。"

颜惜也挥挥手。

苏微微走出几步，又停下来，犹豫了一下，终于回头说："告诉他，我走了。"

颜惜怔怔地看着站在夜色中的苏微微瘦弱的身影，许久后，突然伸手打开车门，朝她疾步走去。

待苏微微回过神来看见忽然出现在身后的颜惜的时候，颜惜握着她的手，朝她的手心里塞了一张纸条。那是颜惜早已准备好的一字纸条，她一路上都在犹豫要不要给苏微微，直到上一秒，苏微微说出那句话，当她看见苏微微的背影，她忽然就克制不住满心的决绝。

她想，管他呢！反正人生就是这样一个抉择接着一个抉择，是什么样的结局其实都已经注定，那么她这么做也就无伤大雅了吧。她给自己找足了理由，才迈出了脚步奔向苏微微的背影。

颜惜什么都没有说，只是深深地看了一眼苏微微，回身走到车里，打火，迅速掉转车头，消失在夜色里。

苏微微摊开手心的字条，是一串英文地址。待她回头，只有无尽的夜色横亘在她的眸子深处。

2>>>

郑佳辰将自己深陷在沙发里，面对着窗外的夜色，他已经足足呆坐了半个晚上。从天色将黑，到小镇中心广场上的新年钟声隐隐约约传进他的耳畔。

沙发是他自打懂事以来就有的，后来每年的这个时候，等到新年钟声敲响，妈妈都会让他跪在客厅里爸爸的遗像面前磕三个头，摆上一副碗筷，几十个热气腾腾的饺子。妈妈说一声"吃饺子了"，年幼的郑佳辰就"咚咚咚"磕三个响头，然后可怜兮兮地回头看着身后的妈妈，那意思是：他可以站起来吃饺子了吗？他好饿啊。

然而岁月流转，如今只剩他一个人。往日的点点滴滴一一浮现在他的面前，妈妈日渐憔悴的脸颊，偶尔有一丝欣慰的笑容，爸爸永远躲在相框里的微笑，以及他那时那张略带固执的青涩脸庞，还有小镇冬天惯有的彻骨的冷，以及飘散在远处的万家灯火……

他的眼泪掉在沙发前斑驳的木质地板上，说起来，这些小镇上很少见的地板，也是出自十几年前爸爸的手笔。

他抹了把眼泪，将厨房里的饺子盛出来。他不会包饺子，那是从小镇子的饭店里买回来的，他只是热一热，端到爸爸和妈妈的照片前，"扑通"一声跪了下去，哽咽着小声说："爸，妈，吃饺子了。"

眼泪瞬间汹涌，再也抑制不住，他一个大男人，最终还是拗不过自己的感性，哭成了一个连他自己都看不起的泪人儿，若是妈妈看见了他这般模样，大概又会教训他不像个顶天立地的男子汉了。

"妈，您肯定会说我不知好歹，有什么资格和她分开吧？您不用生气啊，她就要回来了，就是您常说的那个好心人，对，是那个叫程弈鸣的家伙把她送回来的。这家伙真是蠢得可以啊。您走了之后，我常常想，您在心里还是介意我和她的结合的对不对？您或许还有一点儿认为，是她的出现导致了最后的这个结局对不对？所以我才会做出分开的决定。可是妈，原谅儿子不能两全。不过，妈，既然您保佑我又有了一次机会，儿子答应您，这次绝对不再让她一个人，也不会再让自己一个人。爸，在那边好好照顾妈。妈，记得告诉爸，就说儿子去过他曾经说的那棵大槐树了，真不巧，丫头的家也在那里，我把那里的房子买下来了，以后我就不回来了，如果你们想我了，就去那里找我吧。妈，爸知道路，让他带着您，我们一家人都去北京。爸，妈晕车，您照顾好她，我等你们回来，我真的，真的好想你们……"

窗外的夜色越来越浓了，像是散不开的忧愁。

他身子后仰，跪坐着仰面靠着沙发，轻轻闭上了眼睛，一行泪水滑过他的脸颊，自下巴滚落。

漆黑的机场登机口，程弈鸣最后看了一眼苍茫的夜色，转身在空姐的微笑中走进了机舱。他有点儿昏昏欲睡了，临行前吃了安眠药，药效已经上来了。他当然也知道机场的规定，上飞机是不能吃安眠药的。可他只不过想今夜可以有一个不算糟糕的睡眠，这样他至少不会那么放不下她。

不管有多么放不下，他只想在异国他乡去承担，在这里，在此刻，他非常怕自己撑不下去，然后忽然冲下飞机找到所有人，告诉他们，他其实才没有那么伟大，他受够了自己这糟糕的身体，他才不想再管会不会疯掉，甚至会不会死掉了，他只要现在可以跟她在一起，至于以后……

谁管以后呢。

呵呵。

他在心里自嘲地笑笑，这种自以为是的不负责任的想法仅供在五脏六腑交流的时候，自然是有一种别样的痛快。但他亦知道，他就算离开，也不会这样自私，不然为何要离开？人世的离别，到这里变成无限温存的循环。

他像是被困在枷锁中的囚徒，没有办法挣脱，于是只好将所有的罪孽让自己一个人去背，以保全同伴。

飞机呼啸着升空，他满意地闭上眼睛，同时被强大离心力逼得紧紧贴在椅子上，意识开始在此刻模糊……

半个小时后，空姐询问就餐事项，看见一动不动的程弈鸣，只好耐心地推醒他。推了几下毫无反应，空姐大惊失色，急忙问身边的人他睡过去多久了。身边的人无辜地摇摇头，用一种警惕的目光看着依然一动不动的程弈鸣。

短暂的事故说明广播之后，飞机开始转向返回机场。机场内偶尔响起几句抱怨声。也有人好奇地问到底是怎么回事，其中一个靠近他的乘客绘声绘色地说："吃了安眠药，再加上机舱内氧气和空气的原因，以及长时间静卧，肺动脉可能出问题了，听说休克了。"

"你是医生吧？"那个乘客惊讶地问。

那个人笑着摆摆手："照顾大熊猫算不算？"

两个人说着轻轻笑起来，飞机在这个时候掠过云海，像是掠过一个世界，飞进另外一个世界。

3>>

苏微微在机场候机室等待着广播里播报登机的提示声，手心里那张字条被她紧紧地握在手心，颜惜最后看向她的眼神不断在她的眼前重现。

手里的手机是从颜惜递给她的行李箱里发现的，看来也是颜惜有意放在里面的。

苏微微认得这部手机，就是当初在医院里，程弈鸣放在她口袋里的那部。

手机已经被调好了视频的界面，画面暂停在三年前的一个时间。苏微微记得那个时间，跟她当初离开的时间有些吻合。画面是程弈鸣的一张脸，木然地盯着所有看向手机屏幕的人。她轻轻摁了播放键。

程弈鸣的声音就这样如同洪水猛兽般冲进她的耳畔。

"苏微微，这是你离开的第四十五天，我今天去找了你表姐柴筱朵，她没有告诉我你去哪里了，不过不用担心，我明天还会去的。

"苏微微，今天我说服了郑佳辰去公司做事，怎么样，你听到这个消息一定会小小地开心一下吧？毕竟，那可是你的郑佳辰啊。算了不说了，哥哥吃醋了。

"苏微微，你到底在哪？！你敢不敢出现一下？！我告诉你，你要再这样，我真的就不把郑佳辰还给你了！你信不信？！

"苏微微……

"苏微微……

"苏微微……"

从三年前的那个时候开始，三百六十五天，他从未缺席，一千多个日夜的喜怒哀乐和等待就这样出现在她的面前。

眼泪肆意地流，哭泣变得不可节制。她的声音惊动了邻座的人，他们纷纷起身躲开。

不远处有几个白大褂推着担架车狼狈地飞奔而过，路人指指点点，苏微微抹抹眼泪，怔怔地看着担架车从人群中杀出一道直线。她也大概听见了是怎么回事，一个男人，违反规定吃了安眠药，结果在飞机上出了事，飞机迅速返航，但似乎对于患者来说已经无济于事……

这件事当即被领着一个七八岁的小孩，正朝苏微微身边的位置走来的中年男人当作了说教的极佳事例。

"丢丢，记着哟，以后坐飞机千万不要吃安眠药哦。"爸爸拿捏着声音，学着孩子的口吻说。

孩子似乎觉得爸爸学得很糟糕，于是用更加标准的奶声奶气的声音问："爸爸，什么叫安眠药啊？"

"安眠药呢……"爸爸寻找着孩子可以理解的解释方式，他一拍脑门，"安眠药呢，就是帮助人做梦的糖果。"

"睡觉前不是不能吃糖果吗？"小孩子如临大敌地问。

爸爸笑了笑，摸摸孩子的头："对，所以那个叔叔就生病了。"

"叔叔不乖，就生病了。"小孩子笑起来。爸爸爱抚地将他拉在怀里，抬头看了眼头顶的时钟，像是自言自语，又像有意无意在寻求身边苏微微的共鸣似的低低地抱怨了句："这飞机又晚点了吧，新年夜也不让人舒坦……"

小孩子顺着父亲的眼光看了苏微微一眼，偷偷地小声问他爸爸："爸爸，上飞机不能吃糖吗？"

小孩子的爸爸严肃地点点头。

小孩子于是咬着指头，半晌后才鼓足勇气说："爸爸，那你问问姐姐坐不坐飞机，如果姐姐不坐飞机的话，我们把丢丢的糖给她一颗，好不好？"

连小孩子都看得出来她在伤心，中年男人尴尬地看了她一眼，不好意思地说："姑娘，你……你没事吧？"

苏微微感激地含着眼泪对中年男人笑笑，伸手摸摸小男孩的额头，沙哑着声音说："乖，姐姐没事。"

"那姐姐为什么哭呢？爸爸说哭鼻子的不是好孩子。"

"嗯，姐姐不是好孩子，姐姐是个坏孩子。"苏微微顺着小男孩的意思往下说，刚刚好不容易止住的眼泪再次汹涌。

她再也无法原谅自己，无法原谅自己任由他们爱着，却是这样伤他们每个人的心。

她想起郑佳辰最后离开时，站在远处怔怔地望着她的眼神，他说他不爱了，可是她知道他只是不知道该如何去爱了。

她想起天台上程弈鸣落寞的背影，他说他只是想要她过得好一点儿，可是她知道天底下过得最不好的却是他程弈鸣。

她想起大学时那晚的夜色、郑佳辰羞赧的侧脸，她信誓旦旦地说他就是她的梦想，她还说不论他去哪里，不论以后怎样，她都会把他找回来，都会等他回来。可是到头来，她却将他唯一的亲人也夺了去。

她想起那年学校的大铁门外，夜色弥漫了青葱岁月，程弈鸣戏谑地在她的唇上轻轻啄了一下，在她的身后笑得一脸灿烂地说："喂，做我女朋友怎么样？"

往事如烟，人面如故，只是时光不再，岁月荒芜。

郑佳辰和程弈鸣希望她可以过得比他们自己更好一些，却忘了她的愿望也仅限于此。人生如梦一场，如花开一季，皆是这样的不可预知却又早早注定。她亦是明白了爱与不爱都已然不是心之所向，从今以后都只是曾经爱过。因为她知道她的爱总是带着尖锐的刺，爱着，便是伤害着。而她不想伤害除她之外的任何人。

错过了的，那么就错过吧，永远地错过吧。今生既然已经错过，那么来世，她希望再遇见他们时，已成陌路，这样便可不伤害，这样便可不再错过。

广播里在此刻播放她的航班消息，果然晚点了。小男孩在征求爸爸同意之后，递给苏微微一颗糖，奶声奶气地说："给你糖吃，吃了姐姐你就会很开心啦。我爸爸说，什么都不要怕，要勇敢，因为只有这样，丢丢才能长大，长成像爸爸妈妈那样的大人。"

苏微微努力微笑着接过糖。小男孩看着她剥开，放在嘴里，才终于满意地看着她笑了。

她努力微笑着注视着小男孩，郑佳辰和程弈鸣的脸颊不断在她的脑海中萦绕。她想，他们会好好的吧。她知道，他们会照顾好自己的。所以，她也要努力照顾好自己。

苏微微想到这里，起身对小男孩和中年男人告别，拉着行李箱走出候机室。她现在只想回到久未回去的家中，美美地睡上一觉。

她微笑着迎着窗外的夜色想，等她醒来了，天就亮了吧。

机场外空旷的巨大落地窗前，有人在不舍地告别，有人在喜悦地相拥。

青春的女孩子羞赧地对离别的少年说要等他回来，飞扬的少年信誓旦旦地说很快就会再见到彼此。

苏微微轻轻走过他们的身边，生怕打扰到他们。

夜空里的星星在这个时候开始渐渐隐去，黑暗在地平线处被即将鱼跃的朝阳冲出一线光明，清凉的晨风吹拂过她的脸庞，晨露在风中像是音符般轻舞飞扬，吟唱着散落人海的一场又一场的告别。

而年少时的我们以为错过了一个人只是错过，等到后来才知晓，原来错过了就是一辈子，是一生，是一世，是再也不能回到的从前……

（全文完）

番外
Extra
不如我们重新来过

第一节 苏微微

时间像是一个仓库，回忆是从里面挑挑拣拣，在虚无的生活里，让人有抓住了某种牵绊的落地感。

苏微微从梦里醒来，心里想着时间的思绪。

窗外是皎洁月夜，落地窗不知道是睡前忘记关了，还是半夜被程弈鸣打开了，总之，它现在微微敞开，有凉飕飕的风从外面偷偷溜进房间。

她看了一眼空空的床铺，起身披上丝质的洁白睡衣，从房间里走了出去，隔壁卧室有轻微的呼吸声。她在黑暗中摸索了一下，打开了房间里的台灯。

程弈鸣半躺在床铺上，跷着二郎腿，微笑着说了句："吵到你了吧？"

她摇摇头，在他的身边躺下来，他顺势搂住了她的肩膀。

"怎么忽然醒了？"他问。

苏微微怔了怔，觉得还是不要把真实的原因告诉他为好。

她怕他吃醋，她可不想在一个失眠症患者面前说，她梦里又梦见了郑佳辰。这是一个横亘在他们生命里，如何也挥之不去的人。更何况，他们也没有想过要把他从生命里驱逐。

于是她轻轻地笑了一下，撒了一个小谎："梦见我怀孕了，你偷偷跑掉了，我就着急地醒了。"

程弈鸣宠溺地在她的额前吻了吻："我怎么可能丢下你们呢。"

他的声音柔柔的，像是窗前的月光般缥缈。

"你又睡不着。"她也不知道自己是在嗔怪他，还是在心疼他，也可能两种情绪都有吧。

他耸耸肩，表示自己也无可奈何。

程弈鸣最近的睡眠质量好了很多，但有时候晚上还是睡不着，不过比几年前倒是要好很多了。他们结婚前，据颜惜所说，程弈鸣总是整夜整夜地发呆，要么就是在房间里走来走去，辗转反侧，无法入眠。失眠折磨得他的黑眼圈若隐若现，还好他底子好，五官深邃，才压住了黑眼圈造成的颓靡，反而显得双眼更加深邃有神。

这个世界总是特别关照像他这样长得好看的人。

苏微微和他在一起后，每天想的就是怎么样可以让他多睡一会儿。

失眠是他身体里黑色的旋涡，里面藏了很多伤心的往事，往事已经过去，无法被改变，那些黑色的旋涡也只能尽量去平复，永远失去了抹平它们的机会。

苏微微不记得自己是从哪本书上看到的，说是伤害这种事情，一旦出现，就再也无法挽回了，起码，不会再和以前完全一样了。

但她相信，自此以后，生活会变得越来越善待他们，毕竟经历了那么多，他们总算是没有放弃。更美好的事情是，再有半年，他们的孩子就要来到这个世界了。

苏微微是在三个月前的一次孕吐中，忽然明白了在自己身上发生了什么事情的。她本就是个后知后觉的人，与程弈鸣在一起后，又总是担心他的睡眠，白天还要帮他料理经纪公司的业务，最近几年IP和电影电视业务猛增，她怀孕前几个月还像陀螺一样满世界地飞。

知道她怀孕之后，程弈鸣说什么也不让她抛头露面了，先是让她停职，之后请了用人保姆，又找了这一处坐落在地中海的小岛，说是让她好好养胎。他也干脆把公司的业务都托付给了颜惜。

颜惜虽然总是在电话里叫苦，但好说歹说为了他们家族的第一个男丁，还是义无反顾顶了上去。

苏微微在心底感激着颜惜为他们做的一切。

也不知道是因为怀孕，还是因为人到了一定的年纪，就总会恋旧，苏微微偶尔会想起第一次遇见颜惜的场景。那年她刚上大学，提着行李找到了自己的寝室，打开门，第一个看见的，就是颜惜的一张笑脸。

她说："你好啊，我是苏微微。"

然后颜惜并没有握住她伸出去的手，而是走上前来，轻轻地拥抱了一下她，之后她听见颜惜好听的声音响在她的耳畔："我叫颜惜，以后，我们就是好姐妹啦。"

时间一晃就过去了。

现如今，她都要成为一个妈妈了。

但这一切，似乎还要从多年前离开的那个机场说起。

说起机场，苏微微仰起脸颊，看了一眼抱着她的程弈鸣。他似乎又睡了过去，呼吸轻盈而又平缓，像是一个婴儿般安详。她生怕打扰了他宝贵的睡眠时间，于是维持着一个姿势，只是伸出手，小心翼翼地抱住了他。

这让她感觉到安全感。

她总是能在他的胸膛里找到安全感。

她曾经以为，这辈子都不会看见他了。因为他说他要去往地球的另外一端，还说祝她幸福。他这个人，总是有一点儿自以为是，以为把她推向郑佳辰的怀里，就会让她幸福。

也许吧，也许真的能幸福。可是在那个分别的机场里，她只想抱住他，不想让他去往那么遥远的地方。

她好不容易想起了一切，想起了发生在他们之间的一切，她不能放任自己再次成为人潮中的孤魂野鬼。

就算是她自私吧。

但他还是走了。

她曾经在机场里恸哭，可能还吓坏了身边那个递给她糖果吃的小孩子，她几乎就要放弃了。她告诉自己，回去好好睡一觉，然后重新在生活里出发吧。这些年的生离死别，教会了她很多事情，其中一件就是生活总是会继续的。哪怕此刻的分崩离析有多么惊天动地，下一秒，一切就又会恢复平静。

只要时间足够长，只要你的心冰冷的时间足够久，慢慢地，总会回温的。

也许是命中注定，用程弈鸣的话来说就是这样，

也许是老天爷已经厌烦了她哭哭啼啼的样子。总之，那一天的机场，有个不遵守规定的家伙，因为想要睡一觉而吃了过多的安眠药，结果飞机起飞了又被迫返回。好巧不巧，那个人是程弈鸣。又好巧不巧，躺在担架里的他还从她的面前经过。

只是她始终没有看见他。

后来她去了云南，彩云之南，那里天高气爽，云彩和山川似乎总是站在很遥远的地方看着她的样子。

她在泸沽湖找了一处客栈，住了个把月，有一天出门跟店主撑着小船去湖里钓鱼。店主是一个刚成年的小伙子，晒得黑黑的，笑起来有一口洁白的牙齿。他总是说："苏微微看上去很不开心呀，每天有这么好的阳光，还有这么鲜美的鱼，为什么不开心呢？"

苏微微总是无言。

他还说，当他第一眼看见站在岸边等候他们的那个叫程弈鸣的男人的时候，他就知道，这就是她不开心的所有原因。因为他从苏微微震惊的眼神里看到了很多的爱，很多很多的爱。

黑黑的小伙子说这话的时候，还用晒得黝黑的手臂画了一个大大的圆圈，仿佛他只要画一个足够大的圈，就能表达自己想要说的那些爱。

之后，程弈鸣还告诉她，说郑佳辰料理完他妈妈的事情之后，就出国了。

苏微微是知道这件事的，郑佳辰给她发了短信，她收到了，也看到了，只是没有回复他，因为不知道该说什么才最合时宜。

人与人最怕的不是恨或者爱，而是到了一种不知该说什么才好的境况。

苏微微回忆从前她和郑佳辰的种种，只觉得是做了一场梦。只是这场梦太惨烈了，惨烈到两个家庭分崩离析。

而她和郑佳辰，则是这场梦的罪魁祸首。

如果在爱情里，发生了让彼此悔恨的事情，哪怕是无心的，也很难再走下去。

所以她得说，他们只能结束这一切。程弈鸣那么聪明，却在这件事上想错了，无非是因为他眼里只有她的喜怒哀乐，以为郑佳辰是她的终点站，以为只要把接力棒放在她手里，她就会接过那根代表爱的棒子，跑向郑佳辰。

也可能是因为郑佳辰出国，她再也没有了别的依靠，程弈鸣这个大笨蛋才又出现。也可能是他自己所说的那样："想了很久，觉得还是没有办法过没有你的日子。有一天早上我煎了个蛋，放了一点儿盐，可是觉得还是太淡了，于是又放了一些盐，但是不行，还是淡！于是我就把蛋在盐盒里蘸了蘸，奇怪，还是没有盐味。于是我就想，我要去找你。没有你，我的生活一点儿滋味都没有。"

程弈鸣的油嘴滑舌，在大学里她就领教过。

他说完这句话的时候，她转过头，咧嘴对他笑了笑说："你还记得那一年，你第一次送我回学校的事情吗？"

他愣愣地点点头。

她说："如果那天不是你，是不是一切就都不一样了？"

世事没有如果，世事总是如此让人不知所措，唯有发生时，才明白所有的原委。

湖边冰冷的风吹拂着他们的脸颊，她忍不住抱紧了自己的双臂，然后听见他说："如果不是我，能让你快乐，我愿意用一切换回到那天，我不送你，你也不认识我。"他还说，"在我的心底，有一个秘密，我想了很久，决定还是告诉你……"

他说："你要听吗？也许听了后你会选择放弃我也说不定。"

如果的事，想想就罢了。但是关于秘密，他说得很慢很慢……

当他说完最后一个字，认真地看着她的眼睛时，她笑了笑，伸出手握住了他的手，她忽然觉得，一切似乎都变得没有那么庄重了，跟谁在一起，跟谁一辈子，跟谁从此朝夕相处，相拥而眠，不再像悬挂在她生命里的巨剑一样让人备受压迫，反而，这些在刹那间变得顺其自然。

这一刻，她想要握住他的手，她便握住了。

这一刻，她想要和身边的这个男人走完一生，她便开了口。

她说："不如我们重新来过。"

他沉默了一下，点点头，在她的眸子里变成了一团光，紧紧地抱住了她。

第二节 程弈鸣

程弈鸣抱住她的那一刻，他忽然觉得，就算下一秒世界末日，眼前的湖水瞬间滔天，他也不会逃亡。

他只会抱着她，等待一切毁灭。因为在毁灭之前，他已经拥有了整个世界。

苏微微就是他的世界。

他是什么时候拥有了这些看似可笑的，儿女情长般的想法呢？他已经不太记得了。

在遇见她之前，他似乎总是一个不靠谱的男生，惹得很多女孩子伤心，朋友嘴里的那个站在男生食物链顶端的人，他享受这一切的光环，却无视自己的堕落。

很小的时候，他就知道自己跟别人不一样，小学的老师总是私下里议论他有一张精致的小脸蛋，有上好的成绩，有显赫的家世。放学的时候，总有穿戴整齐的管家接他回家。

人人似乎都在羡慕他的人生。

再长大一点儿，他发现了身边那些女孩子对他的关注，还有那些男生的艳羡。

十几岁的少年，很快就融入了这个世界里。

上大学之后，他依旧我行我素，觉得世界上的事情无非就是那么回事。别人没有吃过的，他都尝过；别人不曾拥有的，他挥挥手指头就能得到。

他是一个游戏人间的人。

这大概是所有外界对于他的认识。

但每个人都有自己的秘密。

他的秘密是，他知道自己就算拥有再多的东西，也总会有一些东西，是他已经失去了的，是他再也无法拥有的。

他是在十五六岁的那段时间里忽然知道了一些事情，比如他的父亲其实并不是他真正的父亲，家里从未有人跟他提起过这些事情，他也从未感觉到有什么不妥，只是忽然有一天，不知道怎么的，就知道了这件事情。

他也是在那一年，偷偷拽了一下在教室睡觉的英语课代表的马尾辫子。英语课代表是校长的女儿，成绩很好，面容姣好，有很多的男生偷偷给她塞情书，都被她全部扔进了垃圾桶。他坐在角落里，看见过很多次她的这个举动。她就像是一只骄傲的孔雀，在他的眸子里横冲直撞。

然后终于有一天，他心烦意乱，决定把这只孔雀的骄傲撕碎。

那一天大家都去早操了，是英语早读，她在教室里，趴在讲桌上，也许是太过于劳累，她睡了过去。他走过她的身边，不知道为什么，忽然在脑海中想起了关于父亲的那件事。然后他鬼使神差地拽了一下她的马尾。她还在睡觉，没有醒来。于是他写了一张字条，贴在了她身后，那张字条上写着：我是一只骄傲的孔雀，谁也别想让我多看一眼。

她后来在同学的嬉笑声里趴在桌子上号啕大哭的时候，他依旧笑嘻嘻地鄙视着她的眼泪，只是心里却也同时泛起了一些酸楚。

她自始至终都不知道那个在她身后贴了那张让她羞愤的字条的人，是她心爱的男生。当她把一封粉色的信封递给他的时候，他整个人都呆住了。然后她什么也没有说，只是涨红了一张脸颊。他清楚地记得，自己对她邪魅地笑了一下，然后把那封信打开了。

那里面是一个女生对于喜欢的男生的所有梦想。

很多事情的发生似乎都没有太多的道理可讲，生命的大树也正是因为如此，才会有那么多的分枝。

他不知道这件事为什么会给他那么大的触动，他只是在看着女生望着他的迫切的眸子时，忽然原谅了之前那些让他觉得委屈的事情。

因为拥有了太多，反而在缺乏了一件东西之后，耿耿于怀。

他觉得自己因父亲而冰冷的生命，变得更加冰冷了。

那个女生总是在学校里尾随着他，他避之不及，她的眼神像是探照灯一样，照射在东躲西藏的他身上。他就像是一个老鼠，偷偷咬坏了别人的衣服，那人却完全不知道，反而把自己的所有都想要给他。

她总是在黑暗中的走廊里，站在他的身后，轻声对他说这是最后一次对他说那些喜欢的话了。

有了太多太多的最后一次，直到东窗事发。他们被撞见的那一次，是校长刚好路过教学楼，鬼使神差地，从来不去教学楼天台的校长，那天决定去那里视察一番。

然后校长在天台看见了自己的女儿正在跟一个男生告白。

年迈的校长什么也没有说，只是说让他自己退学。

他是个聪明的人，知道该怎么去做。退学之后，家里也不知道他到底为什么忽然态度强硬非要转学。好在家里关系还是有的，很快给他办了转学。

他走的那一天，在学校里走了很久。她的座位空空如也，抽屉里面什么也没有。他手上捏着她曾经送给他的那封信，却不知道该还给谁。

他终究没有再看见过那个女生，从此之后两个人再也没有相见过。

后来的几年，他强迫自己不去想这件事，直到有一天，听说那个女孩子在国外留学的时候，出车祸离世。

她在高中那一年，被父亲送往了国外，只因为她说如果父亲让他转学，她也会跟着去。校长找了关系，送她去了国外。也有传言说她并没有出国，只是被她父亲送去了他朋友所在的学校，那个高中远在千里之外。事实是他作为校长，自己的女儿公开早恋，让他丢尽了脸面，他必须用一切手段压下这一段往事。谁知道世事无常。

他听闻之后，在家里沉默地待了很多天，再出现的时候已经恢复如初了，他的生命里像是缺失了一块，于是他用更多的不羁来填补。

直到有一天，他在大学食堂里，看见了一个女孩子，跟在一个男生后面，百折不挠地表达着自己的爱意。

恍惚间，他仿佛又回到了自己的高中时候。

他的心底忽然涌起了一股无法言说的暖意，还有更多的是愧疚。其实在这之前，就有人曾跟他提起过这个叫苏微微的女孩子。

他以为那只是他看见的一对平凡的小情侣，可是在接下来的日子里，他似乎总能看见她，那个叫苏微微的女孩子，像是当年跟在他身后的那个女生一样，跟在一个叫郑佳辰的男生背后，坚持不懈地告白着。

真是一个傻乎乎的家伙啊！

他在心底强迫自己不去关注她，却总是能撞见她，渐渐地，他在心底开始埋怨郑佳辰这个家伙不识抬举。

关于郑佳辰，他早有耳闻。

他心里有了想法，慢慢打听起了苏微微的事情，知道了她的星座、爱好，喜欢吃什么，厌恶什么，甚至是她喜欢的电影、书籍以及她的社交账号，他都搞到了手，但他唯一做的仅仅只是像是个陌生人一样旁观着。

在她对他一无所知的时候，他已经在心底深深地爱着她了。

可惜，那个叫郑佳辰的家伙，终究还是接受了她。

他失去了这个机会，只有远远地避开。

直到他听说他们分手了，才又悄悄出现在她的身边。看似是狭路相逢的聚会，她坐在角落里，他犹豫了很久，才鼓足勇气去跟她搭讪。

朋友们都嘲笑他说，情场高手也有怯场的一天。

只有他明白彼时的苏微微对于他的意义。

并不是因为她是某个人的替代，而是因为，她融合了他心里的那些愧疚，那些渴望和期待，还有那些想要挽回一些什么的属于他的自私，这些融合在一起，促成了他对她的复杂的情感。

后来发生的一切让他明白了，有时候幸福并不是相守，而是相忘，然后祝她幸福。

在她的世界里，他终究是一个后来者。

去往英国的飞机上，他本来做好了再也不见她的决定，不然也不会吃下那么多的安眠药。只是那些药丸都太及时了，他没有达成自己的自私。

鬼门关上走过的人，再次回来，总会对世界有更多不同的理解。

他躺在医院里，听闻郑佳辰彻底离开了公司，去了国外，还留给他一封信，说微微心里的人不是他郑佳辰，而是他程弈鸣。

郑佳辰历数苏微微回来的种种，像是也放开了心里的往事，最后离开的时候，只是希望她能幸福。而能给她幸福的人，在他看来只能是程弈鸣。

郑佳辰还给了他苏微微在云南的住址，他顾不上医师的劝阻，连夜买了机票去找她。

于是，他又看见她了。

她就站在湖边的小船上，看见他出现，她愣了一下，随即脸上露出一抹笑容。

她只是轻轻地说了句："你来了。"他心里便波涛汹涌。

那个撑船的小伙子似乎话有点儿多，可说的句句属实，他是没有办法过没有她的生活的人，他也是那个就算是死，也要再爱她一次的人，他决定把自己的秘密告诉她，如果她不能接受，他就再次努力把她追回来。

幸运的是，当他说完那些往事，她抱住了他，并且在他的耳畔，伴随着湖面的微风，呢喃道："不如我们重新来过。"

滚烫的眼泪从他的眼角滑落，他来不及擦拭，她忽然仰起头，贴上了他的嘴角。

他深吸一口气，吻住了怀里的她。

第三节 颜惜

很多年以后，颜惜依然能想起告诉程弈鸣关于苏微微的事情时，他认真而又狐疑的眼神。

就像此刻她办公桌上放着的程弈鸣的侧脸照，照片拍摄于午后，是在伊斯坦布尔的街角，一处蓝白色的房子，他坐在桌子旁，看着远方的日落。

如果她没有猜错，应该是苏微微为他拍下的这张照片，总之他一定很喜欢，不然不会放在办公室。

办公室外人来人往，玻璃门外不时有人推门而入，向她汇报整个公司的各个项目的进展，以及资金的用度。

她像是个强大的女公爵一样，在这个办公室已经奋战了整整两个月，从程弈鸣得知苏微微怀孕，她就知道，伴随着这个消息而来的，必然是要替他管理公司一段时间。

她欣然接受。

不管怎么样，这件事对于他们程家来说是件非常好的事情。

自从郑佳辰离开之后，她已经很久没有听到好消息了，也很久没有像现在这样开心过了。她最近越来越爱发呆，忙碌过后，总是想起从前。

办公室外面是火热的商业战场，她在那里杀伐果断，但估计没有人会想到，等到安静稍微降临在她身边一分钟，她的思绪就会飘向遥远的过去。

她想起了那时的程弈鸣，那时的他还没有认识苏微微，他整天待在房间里，吃很少的东西，喝更少的水，沉默寡言。但只要到了外面，他就变得异常活跃。程弈鸣的父母都不明白高中之后忽然整个人像变了一个人的儿子到底是怎么回事。

但颜惜明白，她明白他内心深处藏着的那个秘密。

所以当她坐在他身边，慢慢地寻找着话题，捎带着把室友苏微微这个人讲给他听的时候，她分明看见了他眼睛里闪过一丝光。

后来的事情尽人皆知，他渐渐在学校里开始关注起那个总是跟在郑佳辰身后的女孩子。渐渐地，她总是听到程弈鸣在她耳边喋喋不休地讲着那个苏微微的傻。可是不知道从什么时候开始，他说起苏微微时的眼神，变得越来越温柔。

于是她明白，她成功了。

如果说这个世界上的所有事情都有一双命运的大手在安排，那么程弈鸣认识苏微微，则是她和命运完美配合，演出的一场相识戏码。

那个时候的她年轻、冲动，喜欢的东西就想着要霸占，一点儿也不想让给别人，哪怕这个人是大大咧咧，总是对她笑嘻嘻的苏微微也不行。

她都快忘了她是什么时候喜欢上郑佳辰的，也许是在年级大会上，看见那个长相清秀，僵硬地站在台上领取奖学金的郑佳辰看向她的时候；也许，只是在食堂里，忽然看见了苏微微跟在脸色冷漠的郑佳辰身后咧着嘴跟她打招呼的时候，郑佳辰的眼神越过人群，跟她短暂地交汇。

她听见自己的心脏轻微地跳跃了一下，加快了一个节拍。

她起初很害怕这种情绪，她怎么可以喜欢自己朋友喜欢的男生？

她越是克制自己这样的想法，越是发现皆是徒劳。

终于有一天，当她在家里的走廊经过时，看见程弈鸣发呆的侧脸，一个想法忽然出现在她的脑海里。

然后一切就这样发生了。

她知道，苏微微这样的女孩子，一定会吸引到程弈鸣这样的人，而郑佳辰与苏微微的成长差距，会让他们之间的缝隙越来越大，直到成为不可跨越的鸿沟。

她以为自己做完了这一切，就会拥有自己想要的。

后来她明白，她得到的不过是无尽的愧疚。

她不是那种可以心安理得做坏事的人，更没有办法坦然地去追寻郑佳辰。很多时候，她想过如果一切可以重新来过，她是否会依旧这么自私地做出这样的选择。

她不知道这么多年以来，程弈鸣和苏微微是否明白他们的相识背后，有一双无形的手曾经轻轻地推动过他们的遇见。她更加不知道，如果他们知道了这些，是否会恨她。

她只知道，这些年以来，她一直没有办法放下这件事。以至于后来跟郑佳辰结合后，她才明白自己失去的是什么，是她自己爱的能力。

她不敢再去爱自己心爱的人，只能告诫自己保持距离，远远地等待着。她想过让他们复合，所以才又与郑佳辰分开。

只是事情已经变得不再受她的掌控，也许她从来就不曾掌控过，一切都是她自以为是。

在这样的境况里，她封闭了自己的心。

后来，她也曾去找过郑佳辰。

郑佳辰离开的那段时间，她和程弈鸣的父母待在英国，知道了程弈鸣和苏微微的复合，她尝试过联系郑佳辰，可他的手机总是关机。她听说他去了洛杉矶，回绝了一切国内的演出机会，想要在国外有所发展，但刚开始总是到处碰壁，日子过得并不顺利。她想过去找他，于是独自一个人去了洛杉矶，人生地不熟，她也不知道他的地址，整天就在洛杉矶的那片影视区开着车转悠，心想着也许能遇见他。

却不曾想到，她竟然遇见了赵宣扬。

赵宣扬，曾经与郑佳辰在大学时期关系最好的男生。关于他的事情，颜惜知道一些，两个人的关系算不上很好，但也不差。

彼时赵宣扬在洛杉矶度假，好巧不巧，两个人的车子在大道上同时等红灯，一转脸，就看见了彼此。

于是两个人相视一笑，在街边停了车，随便找了一个露天的咖啡店，点了东西。

他们心照不宣地说了各自的目的，赵宣扬叹息一声，说："郑佳辰可真是一个无底洞啊。"言下之意是说，她不应该在这里这么耗下去，连对方在哪都不知道，怎么找呢？

"可我还是遇见了你。"她笑着说。

这个世界上有一些偶遇，需要极大的幸运，比如她和赵宣扬的相遇。可是她还是不够幸运，没有能遇见自己心里的那个人。

后来日头落下去，夜色就来了。夜里的空气有些冷，气氛就变得伤感了一些。她点了酒，喝光了，又点了啤酒。赵宣扬看着她喝酒，也不劝阻，只是缓缓地说起了大学时候郑佳辰告诉他的一件事。

赵宣扬说："郑佳辰这个人，很少跟人交心，他可能是怕受到伤害，所以受伤之前，先把自己包裹得跟个甲壳虫一样。可是也许我看上去没有什么攻击力吧，有一天晚上，他忽然喊我出来喝酒，也是这样的夜色，也是这样的街边，只是那时是在大学后面的巷子里。这个人还真是好笑，说要喝酒，自己却沉默寡言地坐在那里。还是我点了啤酒，他直接就喝开了，也不说话。我第一次发现，原来他酒量那么大，喝了一大堆，愣是不醉。"赵宣扬说到这里的时候，指了指对面的她，"就跟现在的你一样，他红着眼睛看着我，几乎是冷静地跟我说了他高中时候的一件事。"

赵宣扬说："他说，高中的时候，有一天，他们学校忽然来了一个转校的女生，据说是从北京来的。在小城镇的高中里，这算得上是一件让学生们兴奋的事情。那个女生一头短发，有非常精致好看的脸颊，只是看上去总是很不开心的样子。她转去了郑佳辰隔壁的班级，那是一个中等班级。郑佳辰也听说了这件事，只是沉默寡言的他没有参与那些讨论。有人说，那个女生之所以转学，是因为早恋，也有人说，她的身上发生了一些让人羞于讨论的事情。总之，那个女生被孤立了。女生都避之不及，男生呢，也站在远处投以鄙夷的目光，只有几个学校里的小混混，偶尔堵在她的面前，说一些有的没的。郑佳辰站在楼道里，偶尔能看见她和他们站在角落里，她沉默着，低着头，那些男生肆意地笑着，说着什么话题。他低着头走过，能感觉到女孩子的委屈和愤怒。日子就这么一天天过去，郑佳辰发现自己和那个女生还挺有缘的，总是能看见她在他面前走过……有一天放学，女生和他擦肩而过，他忽然站住了，女生也站住了。他们什么也没有说，回头看了彼此一眼。然后他看见女生笑了一下，他僵硬地伫立在那里，想要笑的时候，发现女生已经走远了。"

赵宣扬说到这里的时候调侃着笑道："你不知道郑佳辰跟我说这些的时候，他的样子。我去啊，这个木头一样的家伙，竟然也有懵懂的初恋？笑死我了！可我不能笑啊，因为他那时候看上去特别难过。于是他继续跟我说，他说，他开始越来越留意那个女孩子，女孩子似乎也对他蛮友善的。直到有小混混找到他，警告他离她远点儿。他固执地看着那些男生，只是从那一天之后，女孩子似乎就对他若即若离了。他说她可能是为了保护他吧。郑佳辰说这话的时候，他抬头看着我，他说他那时第一次感觉到，胸口有点儿堵堵的感觉。于是他就在一个放学的午后，提前去了车棚，放了那个小混混的头目的车胎气。"

"没想到他也有这样的时候。"她笑起来说。

赵宣扬说到这里的时候，半躺在椅子上的身子忽然坐正了，他认真地看着眼前的颜惜，她能感觉到他的情绪发生了变化，他说："那一天，那个女生坐在被郑佳辰放气的自行车后座上，出了车祸。"

赵宣扬后来还说了什么，她已经不大记得了，只是记得他说郑佳辰说从那之后，再也没有看见过那个女生。有人说她摔坏了腿，下半辈子都只能坐在轮椅上；还有的人说，她的父亲接她回去了，到国外治疗去了。

"就像是一场梦。"

赵宣扬说这是郑佳辰对他说的，关于这件事的最后一句话。

那一天，颜惜记得，是苏微微和郑佳辰分手的那一天。

那一天，也是颜惜眼看着苏微微和程弈鸣在一起的那一天。

那一天之后，郑佳辰变得更加沉默寡言了。

她听完赵宣扬说这些，赵宣扬又说："我知道他在哪儿，我在这里就住在他那儿，要不我把地址给你？"

她愣了愣，点了点头，手机收到了赵宣扬后来发的地址，但她只是看了一眼，回去便买了回程的机票，回到了北京。

她只是忽然明白了郑佳辰这个人为何如此对待爱情，她也明白了，自己执着追寻的，其实并不是只要够执着、够坚持就能追寻到。

爱情里，最没有用的就是用力去爱。如果她还想要自己想要的那份爱，她就要强迫自己学会等待，学会离开，更要学会顺其自然，还有水到渠成。

后来她收到赵宣扬的短信，他说：我告诉郑佳辰说你来洛杉矶了，他想要见你。

她回复他说：已经回国了。

后来是郑佳辰的号码回复的她："那有机会再见。"

总会有机会的，她想。

颜惜坐在办公室巨大的落地窗前，想到这里，她起身给自己倒了杯咖啡，站在通透澄明的玻璃窗前，看着脚下的车水马龙。已经是华灯初上，再有半个小时，天就完全黑了。

她静静地矗立着，望着车窗外。

她只是忽然想起了大一开学那年，她作为本地学生，义务在车站接外地的高考生来学校报到。

那时候的天色跟现在很像，再有几分钟，也许不到十分钟，天就会黑下去，北京的霓虹灯亮了很多，照亮了整个车站。

她站在等待的人群里，手里捏着自己要接的写着那个新生的名字的字条。

她有些担忧自己是不是记错了对方的名字，生怕让一个陌生人在这片陌生的土地感觉到失落，于是她又低头认真看了一遍掌心的字条上写着的名字——郑佳辰。

她默默在心底念了一声，她觉得这个名字真好听。

然后她一抬头，看见了人群中的郑佳辰。

她记得，那一刻的自己，呼吸停止了一下。

然后她笑着走过去，伸出手，对他说："你好啊，我是程颜惜。"

第四节 郑佳辰

郑佳辰给颜惜发完短信，一个人坐在租住的房子里发呆。这是他来洛杉矶的多少个日夜了？他已经不大记得了。他现在对于时间的概念总是很模糊。可能自从这个世界上只剩下他一个人的那一天开始，他就变得有些慵懒。

他租住的房子坐落在洛杉矶市区一处山坳里，房子有两个卧室，租金很贵，但好在他之前也积攒了不少的钱，还应付得过来。

妈妈离世之后，他就一个人选择了这里。其实关于程弈鸣叮嘱苏微微去找他的事情，他已经从颜惜那里听闻了。他出国之前，颜惜给他打过一个电话，说程弈鸣安排了一切，他们一家都要去英国。只有苏微微会留在国内，希望郑佳辰能照顾好她。

郑佳辰在电话里没有说太多的话，只是叮嘱颜惜让她照顾好自己，其他的事情他会有分寸。

郑佳辰处理完手头的事情，再次见到苏微微的时候，已物是人非。

他远远地看见苏微微坐在公园的长椅上，安静得像是一个聋哑人。这些年来，他们都有了太多的变化，不再像几年前认识的彼此了。

那个午后，他们坐在长椅上，说了很多话，说他们的大学，说他的家乡，还说他的学校，她还问了他，那个在学校里碰见的老师，现在可好。

还有他帮她买回来的家，她说谢谢他，可是她不想再回去了。她把钥匙给了他，最后拥抱了他。

她起身离开的时候，他拉住了她的手。

两个人沉默了片刻。

苏微微笑着回头，看着他，说："你知道那个时候我为什么那么喜欢你吗？"

他不置可否地看着她，等待着她继续说下去。

她说："因为那时候的你，似乎永远不会喜欢我。你看着我的时候，你的眼睛总是害怕的。我那时候总想，我好喜欢你害怕的眼睛，我想如果让你眼里的害怕变成渴望，那我是不是就是这个世界上最厉害的人了？"

他嗫嚅着，想要说些什么，她终于抽离了自己的手指。

年少时的爱是什么？是追求，是一心一意的对待，也是不撞南墙不回头的一腔孤勇。很多时候，爱情是复杂而又敏感的，让人分不清那些喜欢到底来自于哪里。到最后我们去回忆那些往事，会发现那些爱情里掺杂了太多别的因素。

嫉妒、自私、热情、懵懂……太多的因素，最后成就了此刻的你我。

那一天她离开很久之后，郑佳辰一个人在湖边坐到了夜晚，夜幕降临的时候，他给她发了信息："这一生遇见你，是我人生中最美好的经历。"

"我也是。"她回复给他，还有一个暖心的拥抱的表情，表情后跟着她的另外一行字："如果命运让我重新选择，我还是要选认识你。"

他看着手机屏幕，忽然落下泪来，那些年跟在他身后一直嚷嚷着告白的那个打不死的苏微微再次出现在他的脑海里，他一时没忍住，只得蹲下来大哭。

他哭了许久，再站起来的时候，忽然觉得一身轻松。

于是他知道，他终于放下了，所有的一切，都随着那些眼泪里流出了他的身体。

他是真的放下了。

郑佳辰觉得，自己从来没有像现在这样轻松过。他觉得整个人都轻快了起来，他相信在屏幕那一边的苏微微，也跟他一样。

在爱了很久很久之后，他们终于明白爱不是要捆绑和受虐，爱是放手，是让彼此再次轻装出发。

他在走回去的路上，脑海里想了很多很多，有从小到大的一切，有妈妈，还有印象中模模糊糊的爸爸，当然，还有他第一次看见那个来自于北京的转校女生的场景。多年以来，他都不敢再放任自己去想起那个女生的身影，好像一想起来，就是一种罪过似的。

很小的时候，郑佳辰就明白，他是和别人不一样的。

当别的小孩在胡同里疯玩的时候，他坐在阴暗的阁楼里，写着一个个的方块字；当别的同学在夏天的河道里欢快地游着的时候，他待在闷热的房间里，写着一个个的公式。

妈妈总是站在他的身后，像是一个尽心尽力的用人关照着他的起居，又像是一个严厉的父亲，时常会在他松懈的时候声泪俱下地谴责他，甚至是拿鸡毛掸子打在他的脊背上。

他从小成绩就很好，总是班级第一，如果考了第二，对于他来说，可能就是一场噩梦。

这场噩梦，是从父亲离开的那一天开始的。

关于父亲，他极力避免想起，因为那是他一切痛苦的源泉。

从小到大，郑佳辰的人生似乎都是灰暗的。

直到十六岁那年，他站在教学楼的走廊里，看见了站在拐角处的那个女生。

别人都说她是转学来的，从遥远的北京来的。

北京，这个城市对于郑佳辰来说，并不是一个简单的名字。他的父亲就来自于那里，后来再也没有回去。父亲临终前念念不忘的，是让郑佳辰回到那里。

从小到大，郑佳辰所做的一切，似乎都是为了去往那里。可是他对于那里，却一无所知。

十六岁的郑佳辰在走廊里，看见了他对于那座城市的唯一的了解。

那个转学的女生来自于那里，她穿着白色的裙子，粉蓝色的运动鞋，站在走廊里，呆呆地看着不远处的郑佳辰。那是一个早操，大家都在下面做操，操场上到处是人。郑佳辰因为感冒没有去，所以他得以用这样的方式与她初遇。

后来的很多天，他总是有意地在人群中寻找着那个女生的身影。他并不是喜欢她，他只是觉得，好像看见她，心里就会觉得他现在所做的一切，包括他之前的人生所经历的一切，都变成了活生生的，都是值得的。

她就像是来自于他心中的那个图腾。

他去往洛杉矶，也是想要再看一眼她，那年她受伤出国，据他所知道的有限信息，是被父亲送到了美国治疗。他辗转很多次，才打听到她在洛杉矶的一家医院做过手术，可找到这里的时候，资料已经遗失了。

于是他便住了下来，很多人以为他是来洛杉矶发展自己的演艺事业，大概也只有颜惜知道他来此的目的。

只是他找了许久都没有消息，却等到了颜惜再次打来的电话，这一次是关于程弈鸣和苏微微的事情。

回国的那一天，是颜惜在车站接的他。

就像多年前的那个夜幕降临的晚上，他一个人风尘仆仆地从外地来到这座城市。她站在人群中，朝他挥了一下手，笑着说，她是程颜惜。

他想着这些往事，走到她身边，自然地拥抱了她。

拥抱持续了几十秒，恰到好处的时间。

他低头看向她，她还是那么光鲜亮丽，只是比从前更多了一份成熟。

"换洗的衣服都在车子里了，我可以先载你回酒店，然后再去公司，今晚会有一个发布会。明天我们再去参加他们的喜事。"她有条不紊地说完这两天的安排。

他点点头，跟随她走出车站。

迎面而来的是很多年轻的面孔，还有离别的愁绪。他戴上了口罩，以免有人认出他来。

他是在几天前接到颜惜的电话的，电话里她告诉他说，微微和程弈鸣的孩子要出生了，他们想要补办一个婚礼，她想着也许他想要回来见一见他们。

他愣了愣，随即听见颜惜说："我只是觉得你应该知道这件事，如果你不想回来……"

"当然要。我订机票吧，到时候联系你。"他犹豫了很久，最后还是买了在苏微微婚礼的前一天回到了这座城市的机票。

一路上都是颜惜在开车，他沉默地坐在副驾驶座，偶尔会说一两句家常话，都是离开这段时间国内娱乐界的一些事情，以及他在洛杉矶那边的发展。

他在那边发展得不是很顺利，但也有了突破。颜惜劝他回来，他说再考虑考虑，日后再说。

两个人相对无言，车子驶出去很久之后，开上了高速公路。

车窗外是不断向后的树木。他发呆地看着车窗外迅速倒退的景色，忽然心里涌上一股酸楚。他一回头，看见了颜惜精致的妆容。她对他浅笑着，从身边摸出一盒药递给他："知道你晕车，给你准备了。"

他吃了晕车的药，又接过她手里的水。

"你还记得第一次我接你的时候吗？"她问。

他笑起来："记得。你又要说那件事。"

她嗔怪地笑着说："当然要说了，你吐了我一身。"

他不好意思地撇嘴："我一直晕车的，上车前我也告诉你了。"

"唉，时间过得真快。"她叹息一声。

沉默再次笼罩了两个人，许久后，他才开口问道："你还是一个人吗？"

颜惜不置可否，眼睛平视前方，什么也没有说，连表情都是淡淡的。

他知道自己又犯蠢了，问错了话，只好赶紧想着用什么话题岔开这个尴尬的问题："对了，程弈鸣和微微他们……"

"是啊，一直是一个人。你呢？"她忽然打断了他。

他愣了一下，随即笑道："我英语一直是弱项，所以出去拍戏也没办法和那些金发碧眼的美女进行有效沟通。"

他说完，两个人都笑了起来。

"上次你去洛杉矶，没有来得及见你。"他提起上次她去洛杉矶的事情。

"我去忙点儿事情，所以回来得很着急。"她说，她当然不会告诉他，她是专门去寻找他的。

"赵宣扬跟我说了我才知道。"他说。

"他还跟我说了一些别的事情。"她说。

"我知道。他也跟我说了。"他笑起来，"他总是这样大嘴巴，活得没心没肺的。"

"没心没肺也挺好，幸福指数高。"她笑着看了他一眼。

他皱眉，眉宇间是担忧，似乎是在犹豫着什么，过了许久才开口说："其实去洛杉矶，我是想着找找她，也许能找得到，当年只听说她出了车祸，之后就去了美国洛杉矶的一家医院治疗。"

她静静地听着，她知道他在说什么，他在说的，是那个他心里藏了许久的，关于那个女生的记忆。如果不是赵宣扬，他可能会带着关于那个女生的所有记忆走完自己的一生。

"找到了吗？"她问。

他摇摇头，手撑在车窗沿，露出好看的手指。

"我也听闻过类似的事情，那个故事里的女生，和你认识的那个女生很像。有时候我甚至都要以为她们是同一个人。只可惜，我知道的这个女生，已经离开这个世界了。"她目视着前方，淡淡地说道。

"她叫什么？"他忽然问。

她怔了怔，转过脸看着他，意思是，你不会觉得她们真的是同一个人吧？但在他的等待里，她还是说出了那个女生的名字，那是程弈鸣告诉她的，她一直记得那个女生的名字，因为那个女生的名字里，有一个字跟她的名字相似。

他在听闻那个名字的瞬间，眼睛里有什么东西瞬间幻灭了。

她愣了愣，耳边忽然响起刺耳的刹车声，她猛地踩住了刹车，眼前一片光亮，是迎面而来的巨大的卡车，冲破了高速公路的隔离带，朝着他们的车子撞了过来……

郑佳辰感觉自己的身体在车子里被猛烈地撞击着，巨大的痛楚并没有袭来，只有无尽的麻木。

他忽然在这千钧一发的时候想起第一次看见程颜惜的时候，她自我介绍说了她的名字。他听到她名字里那个字的时候，愣了一下。

那时，他以为这些都只是巧合，现在，他在这一刻忽然觉得，也许这就是命运。

车窗外的夜幕完全笼罩在了天地间，车子就这样静静地滑进那抹刺眼的亮光中，好像是一声无尽的叹息，载着两个人，驶进了时间的长河。

在那条无尽的长河里，夏夜长存，青春永驻，那些记忆中的欢笑和眼泪，都化成了夜空中的星辰，伴随着所有人的命运，熠熠生辉，永恒不灭。